까마귀

까마귀

맹난자

북인 수필선 2

도서출판 북인

작가의 말

잊을 만하면 머리맡에 와
내게 할喝을 던지는 까마귀
그 일구一句를 놓치지 않으려고
애썼다

목 쉰 매미처럼 내 뜨거운 삶을 사랑하며
어느새 팔십 노구에 이르렀다

눈물이 나도록 맑고 시린 저 겨울하늘
하늘과 나 사이에 아무런
간격이 없다

이제 바라밀다의 포구浦口에서
신 한 짝을 남긴다.

2021년 辛丑 元旦에

觀如

| 차례

제2장 몸을 붙들고

제3장 모과 한 알

제1장
내면일기

산책
추석 무렵
빈 배에 가득한 달빛
찻물을 끓이며
시간의 단면
뒤늦게 찾아온 이 빛깔은
흰 구름이 흐르던 언덕
내면內面일기
라데팡스의 불빛
탱고, 그 관능의 쓸쓸함에 대하여
투우
영혼에 대하여

산책

눈이 보는 대로 귀가 듣는 대로 마음에 물결이 일 때가 있다.

그런 날은 몸이 벌떡 일어나 마음더러 산책을 나가자고 한다. 동생이 형의 손목을 잡아 이끌 듯이 몸이 마음을 데리고 집을 나서는 것이다.

중국의 육상산陸象山이나 왕양명王陽明 같은 심학心學의 철학가들은 마음이 몸을 주재한다고 하지만 경우에 따라서는 몸도 마음을 선도先導할 수 있는 것 같다.

공연히 울적하여 일이 손에 잡히지 않을 때, 동네 목욕탕에라도 들어가보라. 뜨거운 물에 몸을 한참 담구었다 나오면 마음이 한결 상쾌해지는 것이다. 날씨마저 울듯이 꾸물한 날에는 더운 구들목을 지고 한나절 뒹굴다보면 마음의 울결도 어느새 풀어지고 만다. 마음이 앓아눕고 싶은 날은 그래서 몸이 먼저 쉰다. 몸이 가벼워지면 마음도 따라서 가벼워지는 것이다.

아파트 후문을 빠져 나와 횡단보도를 두 번만 건너면 바로 개롱開籠공원 앞에 닿게 된다. 옛날 임경업 장군이 우연히 한 궤짝을 얻어 열었더니 그 속에서 갑옷과 투구가 나왔다고 전한다. 개롱이란 여기서 붙여진 이름이다. 입구의 표지판을 뒤로 하고 완만한 경사를 따라 공원 안으로 들어선다. 적요寂寥와 청결감, 왠지 단정한 마음이 된다.

양쪽으로 도열한 벚나무며 느티나무·상수리나무들은 나목으로 늠름하게 서 있다. 찬바람이 얼굴을 때린다. 억울하게 죽은 임경업 장군의 심정이 되짚어진다. 남편 대신 청나라로 끌려간 그의 부인조차도 제 명을 살지 못하고 심양의 감옥에서 자결로 생을 마쳤으니 그들의 한이 어떻다 하랴.

어긋나는 인생이 어디 그들뿐이겠는가?

우리의 삶이 뜻대로 되지 않는다는 것을 아는 데에, 그리고 그것을 받아들이는 데에 전 생애가 다 걸리는 것도 같다.

볼이 얼얼하도록 나는 찬바람을 맞으며 외곽으로 난 작은 길을 따라 다섯 바퀴나 돌았다. 걷는 동안 마음이 점차 편안해졌다. 앞만 보고 부지런히 걷다보니 자잘한 생각들이 없어지고 만다. 땅이 흡수해 들이는 것일까?

가던 걸음을 멈추고 잠시 하늘을 올려다본다. 얼음조각처럼 투명하다.

햇살이 퍼지는 이 시간대면 운동장에 나와 게이트볼을 치곤 하던 노인들의 모습도 오늘은 보이지 않는다. 발이 시린 듯 비둘기 떼만 마당에서 종종거린다.

나는 언제나 그랬던 것처럼 정자의 육각형 지붕이 잘 바라보이는, 내 지정석으로 가서 앉는다. 의자의 차디찬 감촉. 이럴 때, 담배를 피울 줄 안다면 한 개비쯤 뽑아 물어도 좋으리라.

여름내 푸르던 나무숲이 휑하다. 마치 머리 밑이 드러나 보이는 것처럼 춥다. 눈이 가닿는 풍경의 표면에 따라 마음은 겨울나무숲처럼 이내 적막해지고 만다. 찬 하늘을 머리에 인 빈 나뭇가지며 텅 빈 공원. 마음도 따라서 텅 비어져버린다. 내 자신이 생명의 잔고 없는 통장처럼 느껴지기도 한다.

인생의 여름과도 같은 바쁜 시기를 나는 강남구에서 보냈다. 20년 가까운 세월이었다. 문정동으로 옮겨 앉은 것은 재작년 초겨울께, 이제 두 번째의 겨울을 맞는 심정은 제 몸의 잎을 다 털어낸 겨울나무처럼 홀가분하면서도 조금은 쓸쓸하다. 소나무 언덕[松坡] 아래로 물러나 조용한 노년을 시작하자고 자신에게 타이르던 기억이 되살아난다. 물러나 앉는다는 말에는 그것이 비록 자의라 할지라도 묘한 뉘앙스가 붙는다. 때로는 패자 같은, 때로는 현자의 은둔거사居士적 이미지를 떠올려주기도 한다. 어느 쪽이라도 상관없다. 하지만 정년을 맞은 남편과 함께 선뜻 여기로 물러나 앉은 데는 마음을 좀 더 외진 곳에 두고자 한 뜻도 포함되어 있었다. 마음이 속세에서 멀어지면 사는 거기가 곧 외진 곳이라고 하지만, 도연명陶淵明의 그러한 경지에 이르지 못하고 보니 자연히 환경을 탓하게 되고 마는 것이다. 다행히 이 부근에는 공원이 많다. 공기가 맑고 조용하다. 그 한적함이 외진 마음을 더욱 외지도록 만든다. 그리하여 철저하게 단절되어 보는 것도 좋은 일일 듯싶었다.

마음을 스스로 제어하지 못하는 나 같은 사람에게는 이런 타율적인 방법도 좋으리라는 생각이 든다. 바깥 경계境界에 따라 움직이는 마음의 물결을 잠재우자면 모든 감각 작용을 차단하는 것도 한 방법이기 때문이다.

사실 벌써부터 물러나 쉴 나이가 되지 않았던가. 예순 살을 인도에서는 '산으로 가는 나이'라고 말한다. 자연으로 돌아가는 나이가 된 것이다. 스스로 하나의 자연이 되어야 하는 나이이기도 하다. 하므로 이제 휴지기休止期를 맞아 온 산의 물을 퍼내고 숨을 고르는 저 겨울산처럼 가쁘지 않은 호흡으로, 조용히 숨결부터 다스리는 법을 배워야 하리라.

급한 물살에 격랑이 일 듯 때로는 턱없이 뛰는 가슴, 그런 가쁜 숨결부터 다스려야 하리라.

바로 며칠 전의 일이다. 뜻하지 않은 일이 생겨, 바빠진 마음으로 속을 좀 끓였더니 위가 탈이 나고 말았다. 억지로 마음을 느긋하게 하여 그 위염胃炎의 불꽃을 달래야 했다. 마음에 바쁜 일이

들어와 걸리면 이렇게 위가 탈이 나고, 신경에 한번 켜진 불이 꺼지지 않을 때는 눈에 실핏줄이 터지고 마는 경우도 있다.

몸이 마음의 무게를 감당하지 못하기 때문일까?

마음처럼 몸이 되질 않는다. 오래된 양복의 안감과 겉감처럼 안과 겉이 따로 논다. 양복 밑단으로 슬며시 삐져나온 안감처럼 궤도에서 이탈을 할 때도 있다. 이래서 둘 사이의 관계는 협응이 원만하지 못하다. 몸과 마음이 하나 되는 일은 이리도 어렵다. 몸과 마음이 순일純一하게 하나가 되기 위해 나는 오늘도 이 언덕을 오르는 것인지 모른다.

낡은 수레는 먼저 짐이 가벼워야 하리라.

몸이 늙으면 마음도 몸의 속도를 따라야 한다. 가볍지 않은 발걸음을 천천히 옮겨놓는다. 쩌르르 이따금씩 무릎에 와닿는 통증. 마음이 앞서는 날은 이래서 몸이 따라주지 못하고 마음이 미처 몸을 따라오지 못할 때에는 저만치 앞서 가던 몸이, 걸음을 멈추고 마음을 기다리는 것이다.

육신의 무게만 둔중하게 느껴지는 날은 정신이 몸을 이끌고, 그리고 이렇게 마음이 꾸물거리는 날에는 몸이 마음을 데리고 나와 이 자리에 앉는다.

누가 비키라고 하지 않는 마지막 장소. 내가 나에게로 돌아가 눕는 자리다. 몸도 마음에게로 돌아가 눕는다.

귀일歸一을 위해 바쳐지는 시간이다.

나비의 두 날개가 한 장으로 접어지듯, 몸과 마음을 포개어 마침내 아무것도 아닌 것으로 조용히 풍화風化되고 싶다. 텅 빈 숲 둘레에 어둠이 가만가만 내려앉는다. 나는 적요 속에 한 점의 정물靜物이 되어 그냥 앉아 있다. 이윽고 편안한 어둠이 몸을 감싼다. 푸른 어둠의 바다 밑으로 잠기고 있다. 이제 나는 아무것도 아니다.

추석 무렵

삽상한 기류가 서西쪽으로 흐르고 있다.

사람을 더욱 홀로이게 하던 계절. 울타리 밑에서 피어 올라오고 있는 작은 망울들의 소국小菊을 보노라면 포병객抱病客이 지병持病을 아끼듯, 생의 언저리를 쓰다듬고 싶어지는 건 나만의 버릇일까?

언제나 추석 무렵이 되면, 가을의 문을 여는 주문이라도 되는 것처럼 '추석 무렵이다'를 불러본다.

그것은 알 수 없는 무엇에 대한 그리움이자 내게는 말로는 다 풀어낼 수 없는 실꾸리에 서린 아픈 응집과도 같은 것이다. 삼십여 년도 더 지난 일이다. 아버지의 좌절과 돌연한 어머니의 별세로 마치 문짝이 달아난 것 같은 집 안에서 동생들만 데리고 맞이하게 된 명절날 아침.

하늘은 저쪽으로 멀리도 달아나 있고, 소슬함마저도 한기나 보텔 뿐, 올망졸망한 동생들의 모습을 투명한 햇살은 더욱 극명하게 드러내주었다.

처연凄然하던 가을날 아침. 상제喪制인 우리들에겐 마침 어머니의 사십구재가 되는 무렵이기도 했다. 열다섯 살도 채 못 되는 어린 세 동생들 앞에서 마음놓고 울 수도 없었던 그 무렵, 둥지에 제비처럼 날아든 한 통의 편지. 그건 멀리 제주도에서 보내온 K 시인의 긴 편지였다.

"추석 무렵이다. 손을 씻고 돌아와 향을 하나 사르고 이 글을 쓴다"로 시작된 조문弔問의 글. 슬픔밖에는 아무것도 없던 그 순백의 일상을 헤집고 '추석 무렵이다'라는 말이 그때 너무 깊게 들어와 박힌 탓일까. 그 후부터 그건 진공의 울림처럼 내게 하나의 의미 있는 부호가 되어버렸다. 이따금씩 바람 같은 엽서는 계속되었다.

"관棺 같은 일실一室에서 나는 지금, 썩고 있다"라는 글귀와 함께.

이 시구를 지금도 기억하는 건, 머지않아 나 역시 이 글귀의 심정으로 살게 되었기 때문이다.

결국은 서모집에 가 계신 아버지한테 동생들 셋은 들어갔고, 내 가슴의 절반쯤은 산사태가 되어 내렸으며, 알 수 없는 외톨이로서의 고단한 생활이 시작되었던 것이다.

텅 비어 있음밖에는 생각나지 않는다. 상당한 이유로 집을 떠나야 했던 아버지는 서모네 집으로 안주하시고 주변이 없으신 어머니와 동생들을 위해 나는 가장이 되느라고 어머니 몰래 1년을 앞둔 학교에 휴학계를 내고 돌아왔다. 그 후 복학을 권유하는 김옥길 총장의 편지가 두어 번 더 우송이 되었지만 그러나 겨우 자리잡은 직장을 그만둘 수는 없었다. 스물한 살의 그 소슬하던 가을 하늘을 어찌 잊을 수 있을까.

그간 가족들을 충실히 부양해왔음에도 어느 날 그 가족들에게 버림받아 구석방에 갇혀버리고 마는 '그레고르 잠자(카프카 『변신』)'가 된 기분이 들기도 하였다.

아버지와 서모는 그때 철저히 나를 고립시켰다. 갑자기 가족을 잃고 멍하니 '상심벽傷心碧'의 그 푸르디 아픈 하늘을 올려다볼 뿐이었다. 그 후로 나는 하늘을 자주 올려다보는 버릇을 갖게 되었다.

운수지심雲水之心으로 극락암의 경봉 선사를 찾아뵙기도 하고 하야시 후미코林芙美子의 『방랑기放浪記』를 읽으며, 해질녘 일본 전후戰後세대의 고아가 부모를 그리며 불렀다는 노래 〈오가아母상 고이戀시이〉를 자주 웅얼거리기도 했다.

동국대 불교철학과에 적을 둔 것도 그 무렵이었다. 그때 자취를 하던 방에도 만월滿月은 쏟아져 들어왔고, 빈 방에 냉수 한 사발처럼 앉았던 그때도 추석 무렵이었다. 남의 눈에 뜨일까 불도 켜지 않은 채, 촛불 아래에서 밤새워 책을 읽었던 기억이 새롭다.

그것밖에는 달리 할 것도 없었지만 왠지 허기와 함께 잠에 들질 못했기 때문이다. 그러면 그럴수록 더없이 맑게 깨어나는 정신. 그때 중국 당나라의 승려 시인 한산寒山과 습득拾得의 시를 읽으며 노트에 뽑아두었는데 찾아보니 '1966년 9월 29일'이라고 적혀 있다.

뱁새도 제 한 몸 편히 쉬기엔 나무 한 가지[一枝]면 족하거늘, 그 나무 한 가지를 아쉬워했던 때였다.

> 泣露千般草 풀잎 잎마다 이슬에 눈물짓고
> 吟風一樣松 소나무 가지마다 바람에 읊조린다
> 此時迷徑處 내 여기 이르러 길 잃고 헤매나니
> 形問影何從 그림자 돌아보며 '어디로?' 물어보네

이것은 한산자寒山子가 나를 두고 쓴 것이 아닐까 하는 생각이 들 정도로 내 심경을 잘 대변해주었다.

풀잎은 잎마다 눈물짓고, 소나무는 가지마다 바람에 한숨이었다. 어둠에 묻히는 신호등 앞에서 "어디로?" 되묻기를 문득문득.

"체머리를 흔드는 것이 어찌타 버릇이랴"던 김삿갓도 그때 온전히 이해되었다.

지금도 길을 걷다가 "어디로!" 하며 자주 걸음을 멈추게 되는 건, 아마 그때의 버릇인지도 모르겠다.

그림자 하나 이끌고, 그저 망연茫然할 수밖에 없었던 텅 빈 공간에 그때 달빛만 가득 들어차서 나와 맞닥뜨린 건 서슬 푸르던 밤의 하나의 차가운 실체, 그것과의 만남이었다.

빈 방, 그리고 달빛. 그래서 이후부터 '추석 무렵이다'라는 말은 하나의 '실존'을 뜻하는 부호로 남게 되었는지도 모른다.

밤이 환한 지금도 삽상한 추석 무렵이다. 말할 수 없이 그때가 그리워진다.

빈 배에 가득한 달빛

우리 집 작은 방 벽면에 수묵화 한 점이 걸려 있다. 사방이 겨우 한 뼘 남짓한 소품인데 제목은 〈귀우도歸雨圖〉이다. 조선조 중기 이정李楨이란 사람이 그린 그림의 영인본이다.

오른쪽 앞면에는 수초水草가 물살 위에 떠 있고 어깨에 도롱이를 두른 노인이 노를 비스듬하게 쥐고 있다. 간단하면서도 격조 있는 그림이다. 그런데 언제부턴가 나는 흐르는 강물과 그 위의 배 한 척이면 그것이 실경實景이 되었건 그림이 되었건 간에 무조건 좋아하는 버릇이 생겼다.

잔잔히 흐르는 물살. 그 위로 떠가는 시간.

그러한 강물과 마주하게 되면 이내 '서사정逝斯亭'이 떠오르고 '가는 자 이와 같은가' 했다는 공자의 그 말이 생각나곤 했다. 나 또한 발길이 막히면 강가에 나가 '가는 자 이와 같은가'를 되뇌어 보기 몇 번이었는지 모른다.

강물은 참으로 사람을 유정有情하게 하기에 충분한 것 같았다. 어느 날은 숨죽인 강물의 울음소리가 내 안에서도 일어나는 것이었다.

얼큰하게 술이 오르면 아버지께서 자주 부르시곤 했던 노래. 아직도 귓전에 맴도는 젖은 목소리.

"이즈러진 조가악달.

가앙물도 출렁출렁 목이 멥니다."

이런 강물 위에 달빛마저 실린다면 가을 풍경으로서는 나무랄 데가 더 있을 것 같지 않다. 그러고 보면 강물과 배와 달빛은 내게 우연히 각인된 것이 아니었다.

어느 날이던가 돌아가신 어머니의 옷가지를 내다 태우고 돌아온 날 밤, 동생들 모르게 실컷 울어보려고 광에 들어갔는데 거기에도 달빛은 눈부시게 쏟아져 들어왔다.

그때 달빛만 있으면 어디에서건 세상은 아름답게 보이는 것이라 생각하게 되었다. 슬프면서도 왜인지 그다지 서럽지가 않았다. 흰 눈이 더러운 흙을 감싸듯, 달빛은 지상의 온갖 것들을 순화시키는 따스한 손길을 갖고 있는 듯싶었다.

달빛은 또 감성의 밝기를, 그리고 그 명암의 농도를 조종하는 장치도 갖고 있는 듯했다.

16년 전쯤 되나보다. 교단에서 두시杜詩를 가르칠 때였다.

마침 가을이어서 「추흥秋興」 여덟 수 가운데서 나는 첫 번째의 시를 골랐다.

> 또 국화는 피어 다시 눈물 지우고
> 배는 매인 채라
> 언제 고향에 돌아가랴.

고향으로 떠나지 못하고 있는 한 척의 작은 배.

그 '고주일계孤舟一繫'는 두보 자신일 것이었다. 그는 오랜 표랑 끝에 무산巫山에 들어가 은거하고 있었는데 벌써 폐병과 소갈증으로 신병이 깊은 후였다. 고향으로 가는 도중 배 안에서 죽으니 나이 쉰아홉.

이 시가 그대로 내 가슴속에 들어와, 어쩌면 내가 그 실경實景 속의 주인공이나 된 것 같았다. 아니 내 경험 속에도 이와 비슷한 장면은 들어 있었다. 서울이 집인데도 명절날 집에 가지 못하고 자취방에서 멍하니 혼자 있을 때, 그때도 만월은 눈부시게 쏟아져 들어왔다.

빈 방, 그리고 달빛.

알 수 없는 무엇인가가 그때 가슴에 차오르기 시작했다.

누르기 어려운 충일充溢. 아, 어떻게 말로 다 풀어낼 수 있을까?

빈 배와 달빛과 그 허기를.

그래서 아마 그때부터 달빛은 나의 원형이 되었고, 빈 배는 그대로 나의 실존을 뜻하게 된 것인지도 모른다. 나는 저 수묵화 속에서 노옹을 빼버리고 아예 빈 배로 놔두고 싶다. 그 위에 달빛만 가득하다면 거기에 무얼 더 보태랴.

아무것도 가질 수 없을 때, 나는 버리는 것부터 배웠다. 그 때문인지 세수하러 왔다가 물만 먹고 간다는 토끼처럼 도중에서 아예 목적을 버리고 마는 버릇. 투망投網을 하러 바다에 나갔다가 또 '어획漁獲' 그 자체를 버리게 되고 마는 것이었다. 그리하여 돌아오는 배에는 달빛만이 가득하거니, 달빛만 가득하다면 그것으로 좋았다. 무형無形의 그 달빛은 내게 있어 충분히 의미 있는 그 이상의 무엇이 되었으며, 언제인가부터 나도 제 혼자서 차오르는 달처럼 내 안에서 만월을 이룩하고 싶었다.

저 무욕대비無慾大悲의 만월을.

찻물을 끓이며

우수가 지나서일까. 창문을 통해 들어오는 아침 햇살의 감촉이 벌써 다르다. 따뜻한 기운이 방안 가득 넘친다.

오늘 아침은 일찍 잠이 깨는 바람에 다른 날보다 집안일도 빨리 끝났다. 이렇게 혼자 남아 있을 때, 내가 하는 일이란 주전자에 찻물부터 올리는 일이다. 웬일인지 오늘은 무슨 좋은 일이 있을 것만 같다. 눈을 감으면 묵은 매화나무 등걸에서 꽃잎이 벙그는 소리도 잡힐 듯하다.

가스레인지의 파란 불꽃 위에서 '따르르 쏴아' 하고 주전자의 물이 끓기 시작한다.

'소나무 스쳐가는 바람소리' 같다고 말한 이도 있지만 잘 들어보면 그 안에서 유리구슬이라도 굴리는 것 같은 소리가 난다. 얼마간 이런 소리가 계속되더니 주전자의 뚜껑이 들먹거리기 시작한다. 흥겹게 어깨춤이라도 추는 것일까.

그때 비등점을 향해 약동하고 싶은 본능처럼 무언가 알 수 없는 힘이 내게서도 끓어오름을 느낀다.

봄인가보다.

작은 주전자 입에서 하얀 김이 폴폴 오르기 시작한다. 점차 굵어지는 수증기를 보고 있자니 흰 깃발을 출발 신호로 하여 어디론가 떠나려고 하는 기차가 연상되는 것이다.

원고지를 앞에 놓고 그 네모 칸의 어딘가를 향해 떠나야 하는데 서두부터 잘 풀리지 않을 때, 혹은 생각과 생각 사이의 이음새가 잘 이어지지 않을 때, 나는 어둠 속에서 출구를 찾듯 애꿎은 커피만을 연거푸 마셔댔다.

담뱃갑에서 꺼낸 담배 한 개비에다 성냥불을 그어 대는 순간, 섬광처럼 '번쩍' 하고 얽혔던 실마리가 풀릴지도 모르는 일. 또 해질녘 간절한 술 한 모금이 목안을 타고 퍼져내릴 때, 막혔던 단서가 풀릴 수도 있으리라.

하나 여자인 경우, 특히 내 경우에 있어서는 그것의 대체 방법으로 차를 더욱 마시게 된 것인지도 모르겠다. 아무튼 찻잔을 손에 들고 흘러가는 시간 속에 멍하니 있기를 얼마만큼 거듭하여 왔던가.

어떤 이들은 담배 한 개비를 손에 들고 있으면 시간이 정지되는 듯한 기분이 든다고 말하지만 나는 그러한 정지 효과나 시간의 흐름 같은 것은 염두에 두지 않은 채, 그저 멍하니 무념無念 속으로 빠져들 때가 많았다. 그런 때에는 으레 찻잔이 내 옆에 있게 마련이었다.

배가 고플 때, 밥처럼 배를 부르게 하는 것도 아니요, 그렇다고 몸에 이로운 것도 아닌 커피를 왜 그토록 마셔댔는지 알 수 없다. 태어날 아이의 얼굴이 꺼멓게 될까봐 걱정을 하면서도 '한 잔만' 하고 커피잔을 손에 들었다.

커피잔 위로 피어 올라오는 커피의 향기를 따라가다보면 저만치 안개 숲이 걷히고 젊은 날의 시간들이 재잘대면서 내 앞으로 다가오는 것 같다. 기억 속으로 시간의 순례를 떠나본다.

학기말고사 대신 제출해야 하는 리포트를 쓰면서 빈속에 줄커피를 마셔대서인지 눈 밑의 가벼운 경련과 함께 그런 날은 걸음도 모아지지 않았다. 마음이 춥고 배가 고플 때에는 손에 감싸쥔 차 한 잔의 온기가 도움이 될 때도 있었다.

또 어떤 날은 남의 담벼락 밑에서 동사凍死한 성냥팔이 소녀가 무수히 그어댄 짧은 불꽃 속에서 보았다는 그 환영을 나도 만날 수 있을 듯하였다.

이렇게 한갓 물에 지나지 않으면서 허기를 채워주고 때로는 한기寒氣마저 녹여주던 차는 물 이상의 힘을, 아니 마력을 지니고 있는 것 같았다.

차란 사색에 유익하다는 말처럼 그것은 역시 육체보다는 정신의 영역에 더 많이 접근되어 있음에 틀림없었다.

불에서 들어낸 주전자는 '치익 치익' 하고 몇 번 꺾는 소리를 낸다.

나는 침을 꿀꺽 삼키고는 억지로 한 박자를 늦춘다. 끓는 물을 붓다가 찻잔 밖으로 튀어올라온 물 때문에 손을 데일 뻔한 일이 있었기 때문이다. 그런 때에는 내 자신을 향해 '서둘지 마라' 하고 '욕속부달欲速不達'을 뇌어본다.

도달하고자 하나 이르지 못하는 이런 증상은 능력에 비해 언제나 마음만이 앞서는 내 글쓰기에 있어서도 마찬가지였다.

설익은 밥을 푸다가 뜸들 시간의 여유를 기다리지 못한 성급함을 후회하면서 한 발자국씩 물러나자고 그때마다 다짐을 해둔 터이다. 그리하여 물의 기세가 가라앉기를 기다려본다. 잠시 기다리는 그 사이도 나쁘지만은 않은 것 같다.

화선지를 널찍이 펼쳐놓고 먹을 갈면서 무한이 비어 있는 여백 앞으로 다가가려는 사이, 찻물을 끓이면서 차를 마련하는 동작의 그 행간이 문득 살아 있음을 느끼게 해준다.

우리 집에서 차[茶]를 먼저 시작한 사람은 남편이었다. 나도 이제 커피만을 고집할 수 없는 나이가 되었나보다. 위가 받아주질 않는다. 해서 한두 잔 정도로 제한을 하고 있다. 어느새 몸의 요구를 따라가야 하다니.

이렇게 까닭 없이 마음이 허전하고 무료할 때, 그 모든 것을 받아들여야 할 때, 혼자 차를 드는 것은 우리가 저마다 앞으로 써내려가야 할 원고지의 행간 그 어느 사이쯤에 멎어, 주변의 아름다움과 적막함과 사물의 깊이에 대해 마음을 기울이기 위한 행보行步의 쉼표 같은 것이라고 하면 어떨까?

나는 선반의 유리문을 열고 차 가운데서 춘설차春雪茶를 꺼내 든다. 겨우내 눈[雪]을 머금고 인고의 세월을 견디어 낸 춘설차春雪茶.

거기에서 삶의 의미를 되새겨도 좋으리라. 그저 무엇 하나 쉬운 존재는 없다는 생각이 들었다.

차의 성性이 바로 '검儉'이라고 말한 이가 육우陸羽였던가.

차를 마시기에 적합한 사람은 그래서 행실이 바르고 덕망을 갖춘 사람이라고 했나보다. 내가 앞으로 지향指向해야 할 바이리라. 무엇보다도 나는 사람의 기운을 가라앉게 한다는 그 쓴맛과 사귀고 싶었다.

알맞게 끓인 물로 춘설차 한 잔을 우려내어 앞에 두고, 봄이 오는 길목에 앉아본다. 아무것도 부러울 게 없다. 그냥 여백餘白으로 족足하다. 그리고 점점 부미無味한 것의 편안함이 좋아진다. 질박한 찻잔을 두 손으로 감싸 드니 잔 바닥에 어리는 은은한 향기의 연둣빛이 신비롭다. 가만히 들여다보니 그 속에도 봄이 온 것 같았다.

시간의 단면

예술의전당을 찾았다.

그곳에서는 20세기를 대표하는 초현실주의 화가, 살바도르 달리의 탄생 100주년 특별전이 있었다. 초현실주의에 대한 막연한 기대감과 기상천외한 그의 독창성 때문에도 관심을 갖고 있던 터였다. 전시장은 '꿈과 환상' '관능성과 여성성' '종교와 신화' 세 가지 주제로 꾸며져 있었다. 그가 초현실주의를 채택하게 된 것도 다름 아닌 꿈과 현실 사이의 대조對照이거나 혹은 상충相沖 때문이라고 했다. 그래서 그런지 그는 자신의 야생적 이미지를 꿈을 통해 표출해내고 있었다. 〈서랍이 달린 미로의 비너스〉도 새로웠지만 가장 눈길을 끈 것은 흡사 사슴뿔처럼 생긴 두 개의 나뭇가지에 걸쳐져 녹아내리고 있는 시계였다.

〈시간의 단면〉이라는 제목의 청동 조각품이다. 갈색 시계판에서 뚝 뚝 아래로 녹아내리는 쇳물은 마치 시계가 흘리는 눈물 같았다. '눈물을 흘리고 있는 시계…' 하고 그 앞에 섰더니, 아득한 기억 속에서 부로바 시계 하나가 눈앞에 떠올라왔다.

크지도 작지도 않은 원형판에 갈색 줄이 달린 시계였다. 남녀 공용인 그 시계를 놓고 나는 동생과 얼마나 다퉜던가. 중학교에 갓 들어간 남동생은 시계가 차고 싶었고 고등학생이 된 나는 실제로 시계가 필요했었다. 시계가 귀하던 때(1957년)였다. 우리 남매는 그 시계를 번갈아 차고 다녔다. 세 살 터울이던 동생과 다툰 것은 그것 말고는 없었다. 장기도 초등학교 4학년이던 그 애한테서 배웠고, 소낙비로 동굴에 갇힌 소년들처럼 우리는 마루 밑이거나 광에서 낄낄거리며 공상적인 이야기들을 함께 나누었다. 어린 그 아이의 말이 지금도 나의 어떤 정서를 지배하고 있다니.

"누나, 나는 9자가 참 좋아. 9자는 행운의 숫자야."

무슨 근거에서였는지 저승에서라도 그 애를 만나면 꼭 한번 물어보고 싶다. 그런데 더 이상한 것은 내가 아직까지 그 9자를 좋아하고 있었다는 사실이다. 1학기 말 고사를 치르고 나서 동생의 몸은 갑자기 고열로 펄펄 끓었다. 친구 집에서 시험기간을 보내고 돌아온 뒤였다. 병명은 뇌염. 동네 병원에서 서울대학병원으로 급하게 옮겨졌다. 옮겨지기 전날 밤 문병을 갔을 때, 히죽이 웃어 보이던 얼굴이 다였다. 그 무렵 나는 어느 문학 콩쿠르에 참가할 작품을 쓰고 있었다. 들창의 어둠이 걷히고 날이 훤하게 밝자 다급하게 문 두드리던 소리, 철렁하게 와닿던 소리는 부음을 알리는 전갈이었다. 병원으로 달려갔을 때, 영안실 앞에 멍하니 쭈그리고 앉아 계시던 아버지의 모습도 잊을 수 없다. 일찍 퇴직한 그분에게 장남은 희망이었는데.

우리는 동생을 데리고 미아리 공동묘지로 들어섰다. 관이 들어갈 만큼 땅이 패이고 동생을 묻으려는 순간, 나는 내 팔뚝의 시계를 내려다보았다. 마음속으로 그 시계를 몇 번이나 풀어 그 안에 넣었는지 모른다. 그러나 실제로는 그렇게 하지 못했다. 우물쭈물하고 있는 사이에 흙이 관 위로 쏟아부어졌고 시계를 독차지한 마음은 여전히 편치 못했다. 하루 걸러 그 애의 몫인 것 같은 나날을 속으로 짚어 가며 지냈다. 기이한 동거인 셈이었다.

비탄에 빠진 아버지가 외출에서 돌아오시면 양복 주머니에 면도날이 있을까봐 밤마다 몰래 뒤져야 했고, 어머니는 부득이 절간으로 요양을 떠나셨다. 동생의 학교를 찾아가 수업이 끝나기를 기다려 담임선생에게 어떻게 말하고 돌아서 나왔는지 모르겠다. 식구들 모르게 이따금씩 미아리 공동묘지를 찾아가 한나절씩 무덤에 기대어 책을 읽다가 돌아오곤 했다. 그 애를 외롭지 않게 하려면 내가 죽음 쪽으로 다가가야 한다는 것이 그때의 생각이었고, 이상하게도 그곳에 가면 집에 있을 때보다 마음이 편안했다. 식구들과 마주치는 일을 피하려고도 원고 쓰기에 매달렸었다. 그 덕으로 박수를 받긴 했지만 미8군에서 주는 파스와 나이드라지드를 매일 한 주먹씩 먹어야 했다.

수업 시간에도 부로바 시계를 내려다보고 있으면 동생의 체온이 느껴지는 듯했다. 제법 세월이 지나 식구들은 평정을 찾은 듯했지만 아버지는 약주만 드시면 '한 많은 미아리고개'를 외치셨고, 어머니는 그 후 7년밖에 더 살지 못하셨다. 몇 년 뒤, 이장 공고를 통보받았으나 나 혼자 처리하기에는 벅찬 일이었다. 승가사에서 제야를 보내고 아침 일찍 그곳으로 직행했을 때 휑하게 펼쳐진 들판, 뛰는 가슴을 주체할 수 없었다. 택지개발로 이미 쓸려나간 동생의 무덤. 그 잘못을 어디에다 빌랴.

지금도 나는 보호자 없이 처리된 그때의 일을 떠올리면 어떤 어려움도 견딜 수 있을 것 같다. 무연고자의 화장 처리를 떠올리며 추운 겨울날, 홍제동 뒷산에 올라 화장터에서 피어나는 누런 연기를 보며 황망히 서 있기도 했다. 바람결에 와닿는 누린내 속에서 동생의 실체를 느껴보려고 애썼다. 우리는 생사生死를 곧잘 구름에 비유한다. 그리고 구름은 본래 실체가 없는 것이니 그것마저 놓아야 한다지만 말처럼 쉽게 받아들여지지 않았다.

지금도 묘지 찾아다니는 버릇은 그때 잃어버린 무덤에 대한 어떤 특별한 보상심리가 뒤따르는 것일지도 알 수 없다.

"죽음이란 원래 없는 것이요, 영혼의 불멸성을 인정한다면 부스럼 딱지와도 같은 시신은 아무렇게나 해도 무방하지 않은가?"

이런 신사의 말씀으로 한 가닥 위안을 삼기도 하고 "흙으로 돌아간 나는 결국은 흙이 되어 없어져 아무것도 없는 공空으로 화하고…” 도연명의 「자제문自祭文」을 읽으면서 마음을 달래기도 했었다.

한때 ‘실험극장’ 동인들과 함께한 시절이 있었는데, 우리들은 학교가 파하면 보신각 옆에 있는 아세아빵집에 모였다. 어쩌다 막걸리집에라도 가는 날이면 나는 가끔씩 이 시계를 끌러야 했다. 대개 김성옥 씨가 계산을 했는데, 그때마다 돈이 모자라면 내게 시계를 풀라고 했다. 다음날 아세아빵집에 들르면 시계는 늘 그곳에 맡겨져 있었다. 동생도 이런 일이라면 기꺼이 동의해주었으리라 믿는다. 그러나 ‘꿈과 환상’은 동의어이기만 한 것인가. 연극에 대한 꿈은 짧은 환상으로 끝나고 말았다. 얼마 뒤 어머니가 빈 집에서 혼자 세상을 떠나셨기 때문이다.

칸나가 핏빛 목울대를 뽑고 있는 여름 한낮, 사인은 심장마비라고 했다. 그 후로 나는 사람들과 헤어질 때 ‘혹 이것이 마지막은 아닐까’ 하는 불안감으로 턱없이 가슴이 뛰어올 때면 마음속으로 고별사를 써보는 버릇까지 생겼다. 창졸간에 덮쳐온 파도 때문일까. 점차 저항 없는 사람으로 되어가고 있었다. 학교가 아닌 사무실로 출근을 하게 되면서 장남이던 그 애가 문득 그리워지곤 했다. 둘이 차던 시계의 운명처럼 그 애 몫을 대신한다는 생각마저 들었다. 그러면서 그 애와 함께였는데 누구의 뜻이었을까? 어느 날 갑자기 멈추어버린 시계. 부로바의 수명은 1965년 여름으로 끝나버리고 말았다. 끝나버린 것은 시계만이 아니었다. 열정으로 들끓던 내 인생의 여름날도 그리고 그 애도 내게서 차츰 멀어져갔다.

이성의 통제 없이 상상력이나 환각력에 의하여 무의식 속에서 표출하려고 했다는 저 달리의 시계처럼 늑골이 부러지듯 숫자판이 휘어져 줄줄 녹아내리고 있었던 나의 시계. 그것들은 실체로서 영구永久할 수는 없지만 달리의 작품 〈기억의 영속永續〉으로 되살아나 지금 내 가슴에 더운 불을 지피고 있지 아니한가.

눈을 감고 기억의 통로를 따라 근 반세기 전으로 돌아가본다. 견디기 힘든 지각地殼의 균열로 빼개진 가슴. 어머니는 그때 정신을 잠깐 놓으셨고, 환각처럼 나는 오후의 미열에 들떠 있었다. 세상이 텅 비어버린 듯한 한낮의 공포. 석류의 피멍울 같던 아른아른한 상흔들이 투명하게 떠오른다. 30년의 세월이 지나서 아버지는 당신이 바라던 대로 동생이 죽은 달 그 애 곁으로 떠나셨다. 살갗에 와닿는 소슬한 바람마저 서먹하게 느껴지던 그런 초가을 무렵이었다. 그러고 보면 아버지가 늘 이맘때쯤이면 비감悲感해 하셨던 게 생각난다. 그분의 가슴속을 헤쳐보면 휘어져 녹아내린 시계 바늘은 아마 그 언저리 어디쯤에서 멎어 있을 듯하다. 내게도 그 시간들이 공동空洞으로 얼룩진 폐의 어느 한 단면斷面처럼 암각화 한 장으로 남아 있다. 어두컴컴한 그 전시장 입구를 누에고치처럼 빠져 나왔다. 긴 터널을 지나온 것만 같다. 목을 축이려고 잠시 노천 카페로 갔다. 날은 어둑신해지고 엷은 어둠은 나를 위로

하듯 감싸준다.

그때였다. 푸드득 눈앞을 스치는 검은 그림자. 별안간 풍장風葬이란 낱말이 떠올랐다. 그러자 가슴이 마구 뛰기 시작했다. 그래, 모두 바람이 거두어간 생명들이었다. 바람이 데려간 목숨들! 허긴 저 이집트 파라오들의 거대한 무덤들조차 종내에는 세월의 바람 앞에서 풍사風砂로 흩어지지 않았던가. 비로소 나는 관棺 하나를 마음속에서 내려놓을 수 있을 것 같았다. 풍사가 눈앞에서 환영으로 흩어진다. 그리고 싱그러운 6월의 나무 냄새가 폐부에 깊숙이 와닿는다.

이제야말로 '시간의 단면' 속에 나 그대로 풍화되어도 좋으련만.

가벼이 볼에 스치는 바람, 나는 거기에 온몸을 내맡기고 있었다.

뒤늦게 찾아온 이 빛깔은

겨우내 나는 조바심을 치면서 진달래꽃이 피기를 기다렸다. 알 수 없는 일이었다. 무슨 조화 속인지 이번 봄에는 진달래꽃 빛깔의 재킷도 하나 장만했다. 그런 빛깔에 익숙지 않아 선뜻 꺼내 입지도 못하면서 바라보는 것만으로 봄을 지냈다. 무슨 현상일까. 뒤늦게 내게 찾아온 이 빛깔은.

피카소의 청색이 희뿌연한 어둠 속에서 서러운 포말로 발기되는 이미지라면, 흰색은 서러운 순수, 혹은 자잘한 흰 꽃의 비애로 그리고 노랑은 강렬한 충동으로 다가와 이런 빛깔들의 이미지는 설명이 그다지 어렵지 않은데, 안타깝게도 진달래꽃 빛깔은 어떤 내밀한 이미지가 손에 잡힐 듯하면서도 그게 쉽지가 않았다.

달리는 차창 밖으로도, 공원에 들어가서도 눈은 진달래꽃을 찾기에 바빴나. 꽃 모양이 비슷해 달려가 보면 진달래가 아니고 철쭉일 때가 많았다. 거기에는 진달래꽃처럼 마알간 슬픔이 들어 있지 않았다. 그리고 숨결도 느껴지지 않았다. 서양 물감의 핑크와 화이트를 섞은 유화의 그것처럼 둔탁한 마티에르가 느껴졌다. 드디어 공원의 북쪽 구릉에서 진달래꽃을 찾아냈다. 보드레한 그 꽃잎을 한 장 따서 손톱 끝으로 살짝 눌러보니 손끝에 와서 닿는 물기. 눈물 같아서 미안했다. 자세히 들여다보니 마알간 분홍꽃 속에 멍든 보랏빛이 아픔을 참고 있는 듯 보였다. 잎맥에 새겨진 실핏줄의 빗금무늬, 그것은 마치 상처의 낙인烙印과도 같았다. 꼭 다문 입술 같은 꽃 진달래꽃. 그 속뜰의 비의秘意를 짐작하게 한다.

예술가들은 표현 이전의 느낌을 곧잘 자신의 이미지로 기호화했다. 프랑스의 시인 랭보는 다섯 개의 '모음'에다 색채를 부여했다. 언어의 색色 이미지라고나 할까. '아'는 검정, '에'는 하양, '이'는 빨강, 이런 식이었다. 언어의 색채 이미지.

색채는 분명 언어 이전의 언어인 것 같다. 수묵화의 안개처럼 근원도 없이 피어올라 우리의 정서를 지배하고 마는 이 기묘한 색채의 감정을 어떻게 언어로 다 설명할 수 있을까?

"설명을 시작하는 순간, 색의 이미지는 사라지고 남는 것은 마치 다채색 나비가 벗어던진 애벌레의 껍질처럼 화려한 컬러는 사라지고 의미작용의 무채색만 나풀거린다"고 한 어느 미술가의 말이 떠오른다. 입을 떼는 순간 천리만리 뜻이 달아나고 만다는 선사들의 개구즉착開口卽錯이거나, 병뚜껑을 따는 순간 휘발되고 마는 향기처럼 그것들은 안에 가두고 머금고 있을 때에만 온전한 내 것이 될 수 있을지도 모른다. 옮길 수 없는 향기, 설명할 수 없는 색채, 드러낼 수 없는 경계境界. 그런 것은 몸으로 써야만 하는 언어 이전의 할喝이나 방棒일지도 모른다. 바람에 내맡겨진 풍경처럼 기실 우리의 몸은 외계에 어떻게 반향할지 알 수 없을 때가 있다. 다만 그것의 울림을 조용히 수렴하고 안으로 감지할 따름이다. 잠시 눈을 감고 진달래꽃 빛깔의 출처를 찾아 기억의 통로를 따라가본다.

자동차 바퀴가 지나간 자국에 고인 빗물, 그렇지! 그 속에서 무지개 빛깔이 아름답게 방사放射되고 있었지. 지금 생각해보면 자동차가 흘린 가솔린의 햇볕 반사로 인한 분광分光 현상이 아닌가 싶다. 볼수록 신기하기만 하던 고운 빛깔에 정신을 빼앗겨 그 앞에 혼자 쭈그리고 앉아 있던 계집애는 일곱 살이었다. 작은 웅덩이의 물은 미끈거리는 수은 같았고, 그 위에 현란한 무지갯빛이 어른대다가 금세 분홍빛으로 되어버렸다. 마치 누군가의 요술 손에 의한 것처럼. 그 후 무지갯빛의 연분홍색은 전복껍데기 안에서도, 비눗방울놀이에서도 만날 수 있었다. 비눗방울은 풍선처럼 점점 커지면서 영롱한 무지갯빛을 피워올리다가 '퍽' 하고 공중에서 소리도 없이 그만 꺼져버리는 소멸 때문에도 같은 동작을 되풀이하던 어린 날이 떠오른나. 허망하게 사라진 빛깔들이다. 올려다본 하늘에는 비누풍선이 사라진 대신 붉은 보랏빛이 물비늘처럼 어른거렸다.

색채에 대한 경이로움으로 가슴 두근거리던 때의 그 비밀스럽고도 왠지 고통스러웠던 기억. 앞으로 펼쳐지게 될 수많은 날들의 삶이 얼마나 고달픈 것인가를 정작 알지도 못했고 예쁜 빛깔만이 그저 환희였고 늘 그럴 줄만 알았던 시절, 그 기억 저편에 어머니가 서 계셨다.

진달래꽃 빛깔은 당시 어머니가 자주 입으시던 한복색이다. 그분은 정물화 속의 여인처럼 늘 조용하셨다. 주말이 되면 나는 친척 할머니의 손에 이끌려 타박타박 돈화문 구름다리를 지나 원남동에서 전차를 타고 돈암동에서 내리곤 했다. 한약 냄새가 나는 그 집에 엄마가 계셨다. 왜 그분은 그때 집을 떠나가 계셨을까. 나를 물끄러미 건너다보실 뿐 애틋한 모녀의 포옹 장면 같은 것은 연출되지 않았다. 차려 내온 점심을 먹고 그냥 돌아서 나오는 발길, 무언지 모를 먹먹하던 심정, 손이 닿을 수 없는 틈으로 서늘한 바람 같은 게 지나갔다.

정신이상을 일으킨 아쿠타가와 류노스케의 어머니는 친정이라도 있어서 그곳에 보내졌지만, 친정을 북에 둔 단신單身인 어머니의 심정을 나는 아직도 이해할 나이가 아니었다. 바람이 넘나들 수 없는 밀폐된 공간, 그 공간에 혼자 갇혀 있었던 것은 아닌지?

요즘 어머니의 심정을 짚어보는 날이 많아진다. 그러면서 자살로 생을 마감한 아쿠타가와가 이해되고 사람은 누구나 출구 없는 방을 하나씩 가슴속에 지니게 마련이라는 생각을 하게 된다. 이따금씩 허공을 올려다보며 혼잣말을 하시던 어머니의 옆모습이 떠오른다.

기억을 더듬어본다. 어머니는 그때 왜 그곳에 계셨을까? 어디가 아팠었는지 도무지 기억이 나질 않는다. 지금의 내 나이보다 훨씬 더 젊었던 그분은 혹시 마음의 병(?)을 앓고 있었던 것은 아닌지, 여기에 생각이 미치자 이상하게 마음이 허둥거려진다.

작은 웅덩이 속에 담겨 있던 내 어린 시절의 먹먹한 그 기억이 이제서야 서서히 피어오르는 것이다. 갇혀 있던 나만의 한 세계, 마알간 분홍꽃 뒤에 감추어진 뭔지 모를 보랏빛의 아픔으로 번지는 그 빛깔이 찌릿한 전류로 지나간다. 연분홍 치마가 봄바람에 휘날리는 영상 화면에 유혼遊魂처럼 거기 서 계시던 어머니. 나는 진달래꽃을 보고 있으면 까닭도 없이 오펜 바흐의 〈자크린의 눈물〉이 듣고 싶어진다. 첼로의 현을 따라 침잠의 세계로 무한 바닥 끝까지 가라앉고 싶다. 그리하여 어둠의 어떤 원형 속에 들어가 숨고 싶다.

다시 태어나도 화가가 되겠다던 최욱경. 별안간 왜 그녀가 생각난 것일까?

자신이 화가인 것 외에 여자라는 것을 깨닫는 데 29년이란 세월이 걸렸으며, 무엇보다 부러웠던 것은 임신한 중년 부인의 배부른 모습이었다고 고백한 그녀의 육성이 왜 자꾸 진달래꽃 빛깔에 들어와 차는지 모르겠다. 여성성의 비애라고나 할까, 여성의 본질이라고나 할까. 거기에 아이들을 셋이나 앞세운 어머니의 실어증과 아버지의 외도, 진달래꽃 빛깔의 투혼이 아프게 와닿는다. 오펜 바흐의 CD는 지금 〈천상의 두 영혼〉을 연주하고 있다. 제발 천상天上에서는 고통 없는 삶이 이어지기를 바란다. 허공을 선회하며 붉은 점點, 점으로 흩어지는 꽃잎. 그러고 보면 허망하게 스러져가던 비눗방울처럼 인생의 본질은 환幻인 것도 같고 슬픔인 것도 같다. 말씀이 통 없으시던 어머니는 그때 옷감에 꽃물을 자주 들이셨다. 외로운 사람에게 그 채색놀이는 하나의 위안인 것처럼 보였다. 혼자서 연출 가능한 환상의 세계. 화가들이 격렬하게 추구하던 색色이란 것도 결국은 허망한 빛의 놀이, 요즘 나는 환幻의 실체를 빛깔에서 만난다.

금년 봄, 알 수 없는 갈망으로 나는 진달래꽃 빛깔에 사로잡혀 있었다. 아른아른한 맨살의 얇은 진달래 꽃잎 한 장을 기어이 손바닥에 올려놓고, 그것의 실체를 들여다보는 중이다. 물기를 거두며 시들어가는 생명, 한 마리의 작은 나비 같은 꽃잎에서 나는 차마 눈길을 거둘 수 없었다.

흰 구름이 흐르던 언덕

눈밭에 발자국을 찍듯, 수유리 4·19탑 아랫마을에서 잠시 머물던 적이 있었다. 사십여 년 전의 일이다. 그때는 인가도 많지 않았고, 길도 직선대로가 아닌 곡선으로 좁게 구부러져 들어갔으며, 비 오는 날이면 땅이 질어서 신발이 엉망이 되어버리곤 했다. 버스가 대지극장 앞을 지나 수유사거리에서 '화계사 입구'의 팻말을 보고 천천히 몸을 틀면, 거기 늠름하게 잘생긴 산이 불쑥 눈앞에 다가서곤 했다.

그때 내 신분은 명색이 학생이었다. '가족 없음' '직장 없음', 있는 건 아무것도 없었다. 지금 생각하면 형편도 안 되는데 직장을 퇴직하고 난 홀가분한 자유 속에서 부려본 만용이었다고나 할까. 퇴계로에서 집으로 돌아오는 버스에 앉아 있으면 이런 노래가 흘러나왔다.

홀로 살고파 왔을까
홀로 울고파 왔을까
돌아가지 않는
길 잃은 철새

어스름한 차창에 성큼 어둠이라도 내려버리면 그만 가슴이 덜컹 내려앉는 것이었다. 어서 밤이 되는 편이 더 나았다. 어둑신하게 날이 저물려할 즈음이면 왠지 나는 마음이 진정이 되질 않았다.

산그림자를 길게 드리우며 내 앞을 '턱' 하니 막아서던 인수봉. 그러면 알 수 없는 어떤 절망감이 가슴 끝에까지 와닿는 것이다. 버스에서 내려 어둠과 마주 서 있으면 서서히 드러나기 시작하던 보랏빛 능선. 길게 이어진 그 능선의 꼬리는 어떤 시련의 끈과도 같아 보였다.

손곱은 추위, 발을 동동거리며 낯선 골목 안으로 구부러들다가 걸음을 멈추면 아득한 전생의 어느 길목을 더듬어가고 있는 것은 아닌가 하는 착각이 들 때도 있었다.

남의 집 뒷방, 부엌도 없고 밥도 없고 작은 방의 네모난 벽과 그 앞에 면벽하여 동그마니 앉은 내 자신, 그리고 할 일 없음뿐이었다. 창문을 사납게 흔들어대던 바람 소리를 들으며 그때 헤르만 헤세의 『싯다르타』를 읽고 「서구 작가와 불교적 경향」이란 제목의 글을 쓰기도 했다. 『채근담』에 밑줄을 그으며 냉기를 잊으려고 애썼다.

그 무렵 소설가 오영수吳永壽 선생께서 산보 길에 어쩌다 들러주시곤 했는데, 방바닥에 손을 짚어보기도 하고, 또 어떤 날은 막내 아드님을 시켜 쪽지를 보내기도 하셨다. '고료를 탔으니 한턱 쓸게. 아무 데로 나오너라'는 전갈이었다. 선생 댁은 11번 버스 종점, 개울 건너 솔밭 뒤에 있었다. 저녁까지 얻어먹고 밤이 늦어버린 시각이면 숙이(개)를 데불고 선생은 집 앞까지 바래다주셨다. 불교에 관한 책을 빌려 가시기도 하고, 내가 좋아하는 작가를 여쭙자 선생은 일본의 나쓰메 소세키夏目漱石와 『나라야마 부시고楢山節』를 쓴 후카자와 시치로가 부럽다고 말씀하셨다.

인적이 끊어져 아무도 없는데도 달밤이어서 그랬던지 숙이는 컹컹 짖어대고 나는 선생을 따라 타박타박 걸으면서 아무 생각 없이 그저 좋았다. 선생은 맏따님과 또래이던 나를 딸처럼 대해 주셨다. 그리고 내가 결혼하던 날은 눈길에 아드님 건이를 앞세우고 남 먼저 찾아와 축사까지 해주셨다.

결혼을 하자 곧바로 시댁으로 들어갔다. 아기까지 우리 식구는 열두 명이었으나 밥때가 되면 서너 명씩 불어나는 것은 예사였고, 서툴기만 한 큰살림 속에서 헤어나지 못하고 있을, 그로부터 몇 해째가 되는 가을이었다. 뜰이 넓어서 마당에 떨어지는 낙엽을 쓰는 일도 수월치 않았다. 하건만 이 일만은 누구에게도 양보하고 싶지 않았다. 남 먼저 일어나 낙엽을 쓸어 모으는 일은 나를 위한 검속檢束이며 어쩌면 그곳에서 내가 제일 잘할 수 있는 일인 것 같았다. 굽힌 허리로 마당을 한 바퀴 돌고 나면 훤하게 날이 밝았다. 방금 쓸린 마당의 고운 빗자국, 그것도 내겐 위안이 되어 주었다. 점심상을 물리고 장대를 돋우며 뒤란에서 푸새빨래를 널다가 문득 마주치게 되는 파란 하늘, 아득히 저쪽에 어린 동생들 얼굴이 주루룩 떠오르는 날도 있었다.

안방에서 어머님과 함께 어우러지는 어린 시누이들의 깔깔대는 웃음소리. 잘 섞이지 못하고 있던 나를 더욱 실향민의 심정이 되게 하였다. 그럴 즈음 낙엽처럼 엽서 한 장이 대문 앞에 뚝 떨어졌다.

가을이 깊었다
소식 없어 궁금하구나
언제 한번 다녀가렴

낯익은 오 선생의 필체였다. 사실 그 무렵, 손아래 동서를 들이면서 누가 건드리기만 해도 울음이 터질 것 같은 상태였다. 그러나 돌 전 어린애가 딸려 외출 같은 것은 꿈도 꾸지 못했는데, 그 엽서 한 장이 그만 마음의 파문을 일으키고 만 것이다. 설거지를 도와주던 언니에게 어린것을 맡기고, 외출복도 마땅찮아 한복을 입은 채 그냥 선생 댁으로 달려나갔다.

널따란 마당, 대문은 열려 있었고 잔디밭도 그대로인데 왠지 그 전처럼 나는 활발할 수가 없었다. 선생은 반가워하면서도 아무것도 묻지 않으셨다. 차를 손수 만들어 내주시고, 예전 그대로 담배 파이프에 던힐을 얹으신다. 무엇을 물으면 대답이 곤란할 뿐이었는데, 글을 쓰는 분이라서인지 짐작만으로 아무것도 묻지 않으셨다.

"일어나자!"

나를 일으켜 세우는 어떤 결단의 의지가 느껴지는 듯한 어조였다. 점퍼 차림인 선생을 따라 자리에서 일어났다. 대문의 왼쪽 돌담을 끼고 나가면 전부 소나무숲인데, 그 사잇길로 한참을 들어가다보면 작은 언덕에 이르게 된다. 그 아래 몇 채의 인가가 나오고 자은정사慈恩精舍 절 앞마당을 지나면 그 근처에 수령 오백 년이 넘었다는 은행나무가 장대하게 서 있다. 바로 그 뒤편 언덕에 연산군의 묘가 있었다. 선생은 그리로 가고 계셨다. 낯익은 길이었다.

역사 얘기에 신이 나서 톤을 높이던 내 목소리가 허공 어딘가에 남아 있을 듯싶어 사방을 둘러본다. 선생은 예전 그 장소에 올라가 자리를 잡고 앉으셨다. 말없이 나도 그 옆에 가 앉았다. 무덤 속의 부인, 신愼 씨가 적막한 연산군의 묘를 그나마 지키고 있는 듯이 보였다. 그들 둘은 지금 땅 속에서 무슨 대화를 나누고 있을까? 나는 태고 속으로 가라앉는 배처럼 침잠되고 있었다.

선생은 시가를 꺼내 불을 당긴다. 구수한 냄새가 사방에 번져난다. 눈앞에 있는 잡목들은 생기를 잃고, 나뭇가지들은 숱 빠진 머리 밑처럼 헐렁해 보인다. 그런 것들은 계절 탓이거니와 달라진 게 있다면 내가 지금 한복을 입고 있다는 것, 나는 그런 점을 생각하고 있었는데 별안간 침묵을 가르며 "니, 저 구름 좀 보레이" 하신다. 선생은 여직 구름만 보고 계셨던 모양이었다. 올려다본 맑은 하늘에는 과연 흰 구름이 둥실둥실 떠가고 있었다. 목화솜 뭉치처럼 덩글덩글 피어오르다가 금세 다른 모양으로 바뀌면서, 모였다 흩어지고 뭉쳤다가는 풀어지고….

한참 동안 구름만 보다가 돌아왔다. 그뿐이었다. 그런데 이따금씩 내 안에서 선생의 그 목소리가 되살아날 때가 있다. 호젓한 어느 산보 길에서 문득 올려다본 하늘이거나, 아니면 별 그리운 계절 벤치에 나와 있을 때, 그 여백으로 나지막이 들려오는 소리. 선생은 그때 무슨 말씀을 내게 하고 싶으셨던 것일까?

"니, 저 구름 좀 보레이."

나는 그만 콧잔등이 찡해져서, 그런 날은 빈 하늘가만 더듬게 되는 것이다.

내면內面일기

갈라진 구름의 틈새로 언뜻 내보이는 햇빛처럼 그렇게 떠오르는 얼굴들이 있다. 길을 걷다가도 별안간 어떤 오감五感의 부딪침에서 촉발되는, 내면의 찰과상과도 같은 그런 감정들이 무료한 내 심상心像 위로 떠오르면 그것들을 보듬고 천천히 발걸음을 떼게 된다. 인사동길로 접어들었다. 특히 안국동에서 종로로 빠지는 인사동길은 백두대간과도 같다. 젊은 날 근무하던 곳이 이곳이었고, 6년 동안 다닌 여학교도 이 근처였다. 어느 곳 하나 추억되지 않는 곳이 없다.

인사동 입구의 크라운베이커리 건너편 2층엔 검여 유희강 선생의 서실이 있었고 통문관 3층엔 추전 김화수 선생의 화실이 있었다. 합죽선에 그려준 오죽烏竹은 그린 이를 닮았었다. 고즈넉하던 이 골목이 반세기가 지나 외국인들로 붐비는 거리가 되었다.

앞만 보고 걷는데 누군가 어깨를 툭 치는 손길이 느껴진다. 돌아보니 낯선 사람뿐이다. 손가락을 튕기면 팽팽한 현의 가락이 울릴 것 같은 하늘이다. 올려다본 가을 하늘의 고공高空 저쪽에 슈베르트 음악을 들으며 혼자 생을 마감한 P의 얼굴이 떠오른다.

좌판에 앉아 있는 서러운 햇과일처럼 겨우 제 빛깔을 갖춘 사과 한 알의 투명함, 그 개체個體와 마주하던 시간 속 얼굴이 떠오른다. 인사동 네거리에 서 있는 지금도, 햇과일은 여전히 내게 청빈한 아침이요, 서러운 충일이다.

인사동 네거리 왼편에는 MBC 방송국이 있었고 우리 〈실험극장〉 동인들은 이 근처에서 자주 모였다. 장맛비에 갇혀 종일 떠들던 2층 그 다방을 눈으로 좇는다. 긴 여름방학, 가난과 열정 그리고 황홀과 불안이 교차하는 1960년대였다. 워크숍 때 나와 메텔링크 조組였던 H씨는 성공한 연극인이었다. 이중섭의 소 같은 뚝심에 침착한 연출가의 면모가 돋보였던 사람. "추석을 우리 함께 할 수 있을 것으로 믿고…." 소인이 찍히지 않은 그 엽서가 아직도 새로운 것은 내가 일찍 그 동네를 떠났기 때문일 것이다.

"우리는 취해야만 한다. 술에, 시에, 그리고 사랑에." 불문학도인 C가 혀 꼬부라진 소리로 외치자 누군가가 되받아 "술에, 연극에 그리고 사랑에"로 고쳐 말했다. 끔찍한 시간의 무게를 느끼지 않기 위하여 끊임없이 취해야 한다던 보들레르의 시였다. 원문이 '술에, 시에 또는 덕성에'임을 알게 된 것은 나중 일이었다. 안주도 없이 배갈로 가슴에 불을 지피던 시절, 막연한 불안과 허기와 그 장대비 소리는 우리를 데카당스에 젖게 했다.

데카당스하지도 못한 게 데카당스한 척한다고 나를 한방 먹이던 K도 캐나다 어느 마을에선가 지금쯤 늙어가고 있을 테지. 그동안 나는 무엇을 했나? 굴러 떨어지는 바위를 들어올리는 시시포스처럼 무엇인가를 하지 않은 적이 없었는데, 무엇을 했는지도 모르겠다.

인생에는 반드시 목적이나 의미가 있어야 하는 걸까? 그런 것들을 생각하는 날이 많아진다. 목적의 불필요를 말한다면 뜻을 이루지 못한 자의 변辯이라고 할 테지만 사실 인생을 사는 데 반드시 목표나 의의 같은 것은 필요없다고 생각된다. 계량計量에서 벗어나 자연 자체가 되어버린 농부의 삶이 부럽다

기실 무엇이 되고자, 그것에 가깝게 도달하고자 애썼으나 그 무엇이라는 것 역시 하나의 가설이거나 말뚝 같은 간이역에 불과한 것이 아니었을까? "인생을 즐긴다는 것 외에 인생에 무슨 목적이 있겠는가"라고 임어당은 말했지만 즐긴다는 그것에도 나는 동의하지 않는다. 끔찍한 시간의 무게를 느끼지 않기 위해서인가, 보들레르를 비롯한 프랑스의 작가들은 밤마다 생 루이 섬에 있는 로죙관에 모여 환각 파티를 벌였다. 신비주의적인 의식의 확장과 행복을 맛보려고 그들은 해시시 반죽을 먹었다. 인공人工낙원을 꿈꾸었으나 종내에는 정신병원으로 끌려가고 말았다.

환각상태에서도 그들은 되물었다고 한다.

"이것은 행복인가, 고통인가?" 그러고 보면 우리가 살아서 즐길 수 있는 환락의 종류도 그리 많은 것 같지 않다. 생계를 위해 안경알을 갈던 스피노자는 심심하면 거미를 잡아 싸움을 시켜놓고 구경했다고 한다. 재미있었을까? 그의 수척한 얼굴이 히죽이 웃을 것만 같다. 달리 더 할 수 있는 일은 없었을까?

재미있지도 않은 세상, 살아서 좋은가를 되묻는 사람이 저 상점 유리창 안으로 지나간다. 힐끗 쳐다보니 무성영화의 한 컷 같다. 쉴 겸해서 나는 사람들의 통행이 잘 내다보이는 찻집에 들어가 자리를 잡았다. 차를 주문하고 사람들 틈에 할 일 없이 앉아본다. 저승을 넘나드는 흑인 올훼의 거울 속에 내가 들어 있는 것 같다.

어김없이 오후만 되면 고급 레스토랑 창가에 와서 자리를 잡는 노인이 생각난다. 이 독거노인은 서너 시간씩 창밖을 내다보면서 사람들을 구경하며 무료한 시간을 죽였다. 인간의 삶은 다층적 고뇌이며 철저하게 불행한 상태라고 생각한 쇼펜하우어였다. 인간사를 그는 고난의 역사로 규정지었다. 나도 그와 의견을 달리하지 않는다. 인생은 고통을 체험하기 위해 태어난 존재가 아니던가 싶다. 내던져진 하나의 불안한 존재. 그들이 바쁘게 오간다. 오고가는 통행인을 무연히 바라본다.

갈 때는 가는 것이 다인 것처럼 가는 일에만 몰두하지만, 반드시 떠난 곳으로 돌아와야 하는 법. 쓸 데 없는 노릇인 줄 알면서도 괜히 신발만 닳게 할 뿐인, 이것이 산다는 것이 아닐까. 달리 무엇을 더 할 수 있을 것 같지도 않다.

나는 이따금씩 상반된 작가들의 자의식을 짚어볼 때가 더러 있다. 자신의 폐병이 무거워졌을 때, "모든 것에서 해방된 것 같은 기분이 들었다"는 카프카와 "슬프게도 병이 낫기를 바라지 않는/ 이상한 마음 나에게 있네./ 이 무슨 마음인가"라고 되묻는 이시카와 다쿠보쿠. 상반된 이런 심리가 또한 내게도 있으니, 참으로 알 수 없는 다층적인 인간의 내면에 고개가 갸우뚱거려진다.

조계사 쪽으로 빠지는 인사동 사거리 우측에는 '아자亞字방'이 있었다. 자그마한 한옥에 초정艸丁 김상옥 시인이 부인과 함께 가게를 지켰다. 신년이면 연하장에 글씨를 받겠다고 모인 문인들의 얼굴이 떠오른다. 초정 선생은 재주가 많은 분이었다. 사거리에서 직진하면 내가 다니던 종로구청 청사가 있었고 건너편에 종로도서관이 있어서 점심시간이면 책을 반납하러 다녔다.

그 무렵, 김구용 선생이 가끔 사무실에 들러주셨는데 차를 대접하러 올라갔던 그 이층 다방은 보이지 않는다. 그분들은 모두 고인이 되셨다.

나는 지금 기다란 시간의 축 위에 그림자를 늘이며 혼자 서 있다. "죄수들에게는 시간 그 자체가 진행하는 것이 아니고 회전할 뿐"이라는 어느 작가의 말이 요즘 절실하게 와닿는다. 산다는 것은 정말 인생이라는 하나의 축 위를 맴도는 것처럼 생각된다. 한껏 멀리 달려온 것 같은데 발밑은 기껏 제자리걸음. 그리하여 우리는 언 땅의 팽이처럼 고난이라는 하나의 축 위를 회전할 뿐인 것 같다. 그러다가 어느 시점, 제풀에 멈추어 서고 말 테지.

멈춤으로 가는 동안 세탁기에서처럼 잦아드는 속도감의 여진이 몸으로 느껴진다. 눈도 전 같지 않다. 가난한 서생에게 간편簡便한 즐거움이란 책 보는 일이건만 세월은 그마저도 허락지 않는다.

만년에 시력을 잃은 주자朱子는 눈을 감고 가만히 앉아 있으면 흐트러진 마음을 수습할 수가 있고, 눈앞의 외계 사물에 마음이 흔들리지 않으니 좀 더 빨리 장님이 되었더라면 좋았을 것이라고 했다지만, 그런 경지에도 못미치고 보니 엉거주춤 그 경계선에 걸쳐 있을 뿐이다. 책장을 덮고 이제 무엇을 할 수 있을까? 할 일이 별반 없는 것 같다. 흔들리지 않는 마음 되기를 꼽아본다.

그러나 나는 다만 창밖 보행자들을 멍하니 바라보며 쇼펜하우어처럼 앉아 있다. 전인前人의 답습, 이것도 인생인 것 같다. 다시 이 의자에 앉을 사람은 누구일까? 이렇게 지나가는 인사동 사람들 중에 '하나일 뿐인 나'라고 적어둔다.

라데팡스의 불빛

파리에 머무는 동안 우리는 두 곳에서 체재했다. 처음 일주일은 고전적인 분위기가 느껴지는 몽파르나스 근처였고, 그 후 집을 얻어 나간 곳은 전위적인 신도시 라데팡스였다. 샹젤리제 대로의 개선문을 빠져나와 그 뒤로 곧바로 뻗어 있는 그랑드 아르메 대로를 지나 센 강을 건너면 바로 거기가 라데팡스 지역이다. 저마다 특색 있는 건축물로 군群을 이룬 고층 빌딩가임에도 한적하고 매우 아늑했다. 우리는 새 천년 5월, 인생의 마지막 축복처럼 거기에 있었다. 인생 외길을 앞만 보고 달려오다보니 어느덧 멈춰 서게 된 나이 정년停年에 이르러 비로소 가능하게 된 일이었다.

열흘 간의 유럽 여행을 마치고 우리 내외는 파리에서 주저앉았다. 개선문이 서 있는 에투알 광장을 중심으로 좌측에 빅토르 위고와 폴 발레리가 만년을 살다가 숨을 거둔 집이 있고, 보들레르가 어머니의 품에서 숨을 거둔 정신병원이 있었다. 애인의 이름이

나 되는 것처럼 그들의 이름을 가슴에 품고 주소만으로 발품을 팔아가며 그들의 연고지를 찾아 파리 시내를 헤매었다. 숙소로 돌아오면 밤마다 준비해간 자료들을 들춰보고 아침이면 등교하는 학생처럼 서둘러 집을 나서곤 했다. 프랑스 작가들에 관한 기록은 내 몫이고 남편은 주로 미술관 자료를 챙겼다.

2000년 5월 19일, 이른 조반을 마치고 우리를 데리러 오기로 한 친구들을 기다렸다. 오베르 쉬르 우아즈로 가기로 한 날이었다. J군은 알베르 카뮈를 전공하는 불문학도였고, 친구 딸은 시각디자인을 공부하는 학생이었다. 아침부터 가는비가 조금씩 뿌렸다. 우리는 승용차로 시간 반 가량 걸려 파리 북부에 있는 오베르에 닿았다. 빈센트 반 고흐가 숨을 거두던 날의 정황을 알고 있었기에 가슴이 조여왔다.

50여 년 전쯤 되는 것 같다. 갓 대학생이던 시절, 일본 문고 판 화집으로 고흐와 처음 만났는데 그때 본 〈슬픔悲しみ〉이라는 제목의 그림이 왠지 오래도록 가슴에 남아 있었다.

무릎 위에 팔짱을 끼고 그 사이에 얼굴을 묻고 있는 늙은 나부裸婦의 연필 스케치였다. 구부린 등으로 흘러내린 윤기 없는 머리칼, 볼품없이 처진 유방 아래로 불룩한 배. 무어랄까. 암컷의 비애 같은 것을 느끼게 해주던 그림이었다. 고흐와 창녀 시엔과의 일을 알게 된 것은 훨씬 나중 일이었다. 고흐는 늙고 병든 창녀와 동거 생활을 서슴지 않았다. "그녀와 있을 때가 제일 마음이 편해"라던 말이 이상하게도 내 마음을 흔들었던 것이다. 그때 "왜 창녀가 성녀聖女인 줄 아십니까?" 하고 '창녀가 성녀'라고 목소리 높여 '성녀론'을 외치던 어느 화백의 말이 떠올랐고, 창녀의 '성녀론'은 이내 고흐와 로트렉의 이름을 연관지어 떠오르게 하는 것이었다.

선線의 화가 툴루즈 로트렉이 앙보와즈의 매음가에 드나든 것은 28세 때부터다. 몽마르트르 물랭 가街에 새로운 고급 창가娼家가 생기자 그는 아예 그곳으로 이사해서 창녀들 속에서 생활하기 시작했다. 창가가 그의 집이자 아뜰리에였던 것이다. "어디보다도 여기 창가娼家에 있을 때가 제일 마음 편안해"라던 로트렉의 그 늘진 얼굴도 떠오른다. 그는 사창가에 파묻혀 살면서 그녀들의 편지를 대필해주고, 신세타령을 들어주고, 술 파티도 열어주었다. 그리고 50여 점이나 되는 작품 속에 창녀들의 모습을 담았다. 손님과 자는 모습, 검진을 받는 모습, 속옷을 벗는 모습 등 노골적인 부분까지도 꾸밈없이 그려나갔다.

로트렉은 살아 움직이는 대상에 대한 관심이 남달랐다. 어려서 골절상을 입고 하체가 발육 정지된 기형의 불구자여서 그랬을까? 튼튼한 다리를 가진 말이라든지 캉캉을 추는 무희, 카페나 댄스홀, 사창가, 서커스, 극장 등을 찾아다니며 재빠르게 움직이는 동작들을 냉담한 시선으로 열심히 그려나갔다. 캐리커처적인 데생 기법으로 완성된 물랭루주 시리즈와 서커스 시리즈가 아직도 전해진다. 로트렉이 그린 창녀들은 타락한 여자도 아니고 구제받아야 할 인간도 아니며, 다만 그 이상도 이하도 아닌 '창녀'일 따름이라고 한다. 대상으로서의 냉철한 표현을 추구했다는 것이 되리라.

그러한 반면 화가 루오는 창녀들의 추악한 모습을 그려 그것을 묵인하는 사회에 대한 고발정신을 거기에 포함시켰다. 그런가 하면 고흐는 렘브란트가 그린 매춘부의 초상화에는 신비스러운 미소가 특유의 무게를 갖고 아름답게 포착되어 있다면서 그를 미술가 중의 미술가라는 극찬을 아끼지 않았다. 고흐는 네덜란드의 선배 화가인 렘브란트에게 경도되어 있었다. 그러나 고흐가 그린 매춘부 시엔에게서는 루오의 추악함도 아닌 렘브란트의 아름다움도, 로트렉의 창녀다움도 아닌 한 여자의 운명적인 슬픔을 나는 그때 전해받았던 것이다.

"빌어먹을, 벽은 너무나 춥고 나는 지금 여자가 필요하다"고 동생에게 편지를 써보낸 것은 고흐의 나이 28세 때. 그는 어느 추운 겨울날, 거리를 헤매고 있는 여자 시엔과 만난다. 그녀는 병들고 임신한 데다 남자에게 버림받은 만삭의 여인이었다. 고흐는 편지로 동생에게 알렸다.

> 나는 진심으로 시엔을 좋아하고 그녀 역시 그렇다. (…) 그녀도 나도 불행한 사람이지. 그래서 함께 지내면서 서로의 짐을 나뉘어 지고 있다. (…) 시엔을 만나지 않았다면 마법이 풀

려 실의에 빠졌을 것이다. 그녀와 그림이 나를 지탱해주고 있다. 시엔은 화가가 겪어야 하는 자잘한 고생을 도맡아주고 모델이 되어 포즈를 취하고 있다. 비록 그녀가 케이(약혼녀)처럼 우아하지도 않고 예절도 잘 모르지만 선의와 헌신으로 가득 차 있어서 나를 감동시킨다. (…) 나는 지금보다 더 나은 때에 그녀와 결혼할 수 있을 거라고 생각한다. 그것이 그녀를 계속 도울 수 있는 유일한 길이기 때문이다. 그렇게 하지 않으면 그녀는 다시 과거의 길, 그녀를 구렁텅이로 내몰 것이 분명한 그 길로 돌아갈 수밖에 없을 테니까.

그러나 시엔과의 관계도 오래 지속되지 못했다. 그녀에게는 다섯 명의 애들이 딸려 있었고, 고흐는 몹시 빈곤했으며, 그해 6월 병원으로 들어가야 했기 때문이다. 37세의 나이로 생애를 마감하기까지 고흐는 서너 차례 청혼을 한 일이 있건만, 하숙집 딸에게서도, 사촌인 케이에게서도 모두 거절을 당했다. 연상의 어느 여인과도 사귀었지만 가족들의 반대로 결혼의 꿈은 종내 이룰 수 없었다. 가난 말고도 그는 간질성 발작의 지병을 갖고 있었다. 만일 고흐가 지병을 갖고 있지 않았더라면, 또한 가난 때문에 청혼을 거절당하는 일조차 없었더라면 시엔과 사귀게 되었을까? 마찬가지로 로트렉의 몸이 정상이었다면(신장 137㎝의 기형임) 어떠했을까? 인생의 실격자라는 패배의식이 없었다고 해도 그는 창녀들과 어울렸을까? 그러나 이미 그건 어리석은 질문일지 모른다.

"내가 그림을 그리게 된 것은 우연에 지나지 않아. 내 다리가 조금만 길었더라면 난 결코 그림 따윈 그리지 않았을 거야" 하던 그의 말이 모든 걸 답해주고 있지 않은가. 운명은 이미 선택 이전의 것이었다. 귀족 집안에서 태어나지 않았고 그래서 또한 혈족 혼인의 피해가 없었더라면 그런 허약 체질은 물려받지 않아도 되었을 것이기에.

매춘부 시엔과 고흐, 그리고 창녀들과 로트렉, 그들의 교합은 어쩐지 마른 장작처럼 완전연소로 타오르지 못하고, 젖은 습목의 그것처럼 미완으로 남아 그들의 생애와 맞물려 사람의 마음을 젖게 만드는 것이었다.

어느새 발걸음은 그의 집에 다달았다. 반쯤 열려진 붉은 철제 대문 안으로 들어섰다. 담쟁이덩굴은 '반 고흐의 집'이라는 글자만 남겨놓고 벽을 온통 뒤덮어버렸다. 개장 시간은 9시 30분, 근처 카페에서 에스프레소를 주문하고 30분을 더 기다려야만 했다. 오베르는 아주 작고 한적한 마을이었다. 고흐가 이곳으로 온 것은 1890년 5월 중순이라고 하니, 우리가 고흐를 찾은 계절과 같은 무렵이다. 그가 즐겨 그렸던 보라색 붓꽃이 오베르 교회 앞에도 한창이었다. 생 레미 요양원에 가 있던 형을 테오가 파리로 부른 것은 1890년 5월 17일. 동생의 형편이 몹시 어려워진 것을 안 고흐는 곧바로 이곳 오베르로 떠나오게 되었는데 라부의 여인숙에 머물면서 화가이며 의사이기도 한 가셰의 치료를 받으며 그는 그림에만 몰두했다. 오베르에서만도 60점에 가까운 유화를 제작했고, 30점의 수채화와 드로잉을 남겼다. 거의 하루에 유화 한 점 꼴인 놀라운 성과였다.

2층 기념품 가게에서 방명록에 사인을 하고 3층으로 올라갔다. 계단을 밟아 오르는 순간, 알 수 없이 가슴이 조여왔다. 무엇 하나 허투루 보이지 않았다. 담벼락에 페인트칠이 벗겨진 자리에 지그재그로 난 균열은 불안한 그의 영혼을 보는 듯해서 마음이 좋지 않았다. 숨죽이며 고흐의 방으로 들어섰다. 한쪽 모서리가 깎여진 아주 작은 다락방이다. 참담했다. 달랑 의자 하나가 놓여 있을 뿐, 아무것도 없다. 언젠가 그의 그림에서 본 '울고 있는 노인'이 앉아 있던 바로 그 의자인 것 같아서 거기에 앉아 나는 사진을 한 장 남겨 왔다.

이 방에서 일어난 일들이 순간 파노라마처럼 지나갔다. 파리에서 달려온 동생에게 '총상은 실수였다'고 고흐는 말했지만 사실은 계획된 죽음이었다. 그 무렵 고흐의 손에서는 자꾸만 붓이 미끄러져 나갔다. 그런 손으로 고흐는 〈까마귀가 있는 밀밭〉과 〈오베르의 교회〉를 완성했다.

"남에게 욕이 되고 귀찮은 존재가 된다면 차라리 나는 죽음을 택할 것이다. 고통을 불평 없이 참아 넘긴다는 것은 인생에서 오로지 배워야 할 유일한 점"이라던 그의 육성이 들리는 듯해서 침묵 속에 고개를 숙이고 잠시 서 있었다. 얼굴이 굳어진 우리 일행은 누구도 입을 열지 않았다. 지붕으로 난 작은 들창과 마룻바닥, 나는 눈으로 고흐의 침대를 창가에 놓아보고 그 옆에 테오를 앉혀본다. 밤이 내리고 방안에 단 둘만 남게 되자 형제는 브라반트에서의 어린 시절 이야기를 조용히 나누기 시작한다. 새벽 1시가 조금 지났을 때, 고흐가 약간 고개를 돌리고 나직하게 중얼거렸다.

"테오, 난 지금 죽었으면 좋겠구나."

그리고 몇 분 뒤 그는 눈을 아주 감았다. 7월 29일의 일이다. 그의 유해가 오베르 교회 앞을 지나서 비탈길을 올라, 자살하기 며칠 전에 그렸던 '까마귀가 있는 보리밭'의 현장인 보리밭을 지나 마을의 공동묘지로 따라올라갔을 그의 마지막 발걸음을 좇아 나도 그렇게 묘지에 이르렀다. 왼쪽엔 고흐가, 오른쪽엔 테오가 팔을 뻗으면 손이 맞닿을 자리에 이들은 나란히 누워 있었다. 내 귀엔 나직한 고흐의 음성이 들려왔다.

"테오야. 나를 먹여 살리느라 너는 늘 가난하게 지냈겠지. 돈을 꼭 갚겠다. 안 되면 영혼을 주겠다."

이승에서 갚지 못하면 영혼을 주겠다던 형과 나란히 누운 두 사람의 묘비 가운데 서니 자꾸만 콧마루가 시큰해왔다.

형이 떠난 지 반 년 만에 이곳에 따라와 묻힌 테오!

헤어질 날이 언제일지 모르나 우리 두 사람도 이들 형제와 같다면 좋겠다는 생각을 해본다. 고흐를 보고 돌아오는 길에 지베르니에 있는 모네의 집까지 들렀다. 수련이 한창 아름다운 정원과 그림들을 감상하였다. 너무나 다른 두 사람의 환경, 상대적으로 고흐의 절망감이 더 아프게 느껴졌다. 그리고 '금욕적'이라던 고흐의 금욕을 다시 한 번 생각해보게 되던 것이다. 어느 날 그는 동생에게 편지로 이런 고초를 털어놓았다.

> 테오야. 모파상의 소설에 등장하는 토끼사냥꾼을 기억하니? 10년 동안 사냥감을 쫓아 열심히 뛰어다녀서 녹초가 되었는지, 결혼할 생각을 했을 때는 더 이상 그게 서지 않던 사람을. 그 때문에 그는 아주 초조해지고 슬퍼했지. 결혼을 해야 하는 것도 아니고, 하고 싶지도 않지만, 육체적으로 나는 그와 비슷해지고 있다. 뛰어난 선생 지엠에 따르면 남자는 더 이상 발기할 수 없는 순간부터 야망을 품게 된다고 하더라. 그런데 발기하느냐 마느냐가 더 이상 문제가 안 된다면 나는 야심을 품을 수밖에 없지.

그의 나이를 헤아려보니 겨우 서른다섯 살이었다. 이것은 죽기 이태 전의 편지였다. 성에 대한 욕망과 발기능력은 사람에 따라 다르다고는 하지만, 서른다섯 살의 좌절은 너무나도 가혹한 것이 아닌가.

오베르를 다녀온 날 밤, 나는 쉬이 잠에 들지 못했다. '야심'이란 살아 있다는 또 다른 이름의 생명력의 실천이 아니겠는가. 갑자기 나는 이 말이 떠올랐고 생명이라는 낱말 앞에는 속절없이 목이 메이는 것이었다. 창문에 어른거리는 불빛 아래 곤히 잠들어 있는 남편의 모습이 왠지 오늘 따라 낯설어 보인다. 깊게 패인 눈가의 음영, 어느새 시들어버린 생의 열정. 언제 이런 나이에 이르렀는가.

며칠 전의 일이다. 기념관이 된 '들라크루아의 집'에서 미술작품을 감상하고 생 제르맹 대로로 나와 카페 '프롤르'를 지나는데 책 가게의 '화집 세일'이 눈에 띄었다. 그에게 책 한 권을 골라 선물했다. 에로틱한 나체화로 꾸며진 『에로이카 유니버설』이었다. 책장을 들추니 쿠르베의 〈나부〉를 비롯하여 고갱과 피카소가 그린 성희性戱, 살바도르 달리, 엥그르, 로트렉, 드가, 도미에, 밀레, 로댕까지도 성을 주제로 한 그림이 거기에 집합되어 있었다. 힌두사원의 벽화와 에로틱한 캐리커처의 자극도 그에게는 이제 무용지물이 되었단 말인가.

사람을 난처하게 만들던 돌발적인 기습 따위는, 그런 장난스런 막무가내는 그러고 보니 언제부턴가 아득한 일이 되어버렸다.

나는 그 동안 남편이 그림을 그려온 사실을 까맣게 모르고 있었다. 학교에서 퇴직하던 날, 가져온 짐 속에 들어 있던 그림을 보고

서야 놀라지 않을 수 없었다. 장차 남은 시간을 죽이기 위해 연습 삼아 혼자 그려보았노라는 수줍은 그의 변이 이어졌지만 그것은 끝내 현실로 다가왔다. 어쩔 수 없이 이제부터는 시간을 죽여야 하는 일이 시작된 것이다.

과연 우리가 살아서 할 수 있는 일은 무엇인가를 가끔 생각하게 된다.

시간의 효용성을 운위하며 거기에 알맞은 의미를 부여하지만 실은 모두가 덧없는 구실만 같다. 그럼에도 우리는 살아 있지 않은가.

아침마다 눈을 뜨면 맞게 되는 하루, 축복의 보너스 같기도 하지만 때로는 솔직히 말하자면 그 하루 해가 조금씩 겨워지기 시작한다. 장거리 여행도 이제는 조심스럽다. 다행히 그 무렵 파리에 있을 때는 고취된 의욕에 건강이 따라주었다. 고통으로 점철된 예술가들의 삶은 우리에게 삶의 광휘를 보태주었다. 그 모두가 고통의 늪지에서 피워 낸 꽃들이었다. 나는 그 고통을 생각하며 오르세 미술관에서 고흐의 그림 앞에 오래 서 있었다. 숨찬 붓 놀림, 그의 그림을 보노라면 불꽃같이 휘돌아 치솟는 형상에서 어떤 억압된 분노가 분출되는 듯한 강렬한 인상을 전해받곤 했다. 그것은 더 이상 남자로서의 욕망이 멈추어 선 자의 변형된 또 다른 성의 에너지가 아니었을까. 그렇다면? 남편의 그림 그리기도 그와 같은 맥락에서였을까에 생각이 이르자, 갑자기 뜨거운 무엇이 목안에서 치솟는다. 지척에 있으면서 나는 그에 대해 과연 무엇을 안단 말인가?

타자他者, 이체이심異體二心의 타인.

개체個体란 어차피 독립적일 수밖에 없는 것인가?

순간 존재의 고립감이 뼈끝에 와닿는다.

창 밖에 에트랑제로 서 있는 저 라데팡스의 축축한 수은등 불빛 아래. 나는 밤 내 그것과 마주하고 있었다.

탱고, 그 관능의 쓸쓸함에 대하여

봄이 이울자 성급한 덩굴장미가 여름을 깨운다.

아파트 현관문을 나서다가 담장 밑에 곱게 피어난 장미 꽃송이와 눈이 마주쳤다. 투명한 이슬방울, 가슴이 뛴다. 그리고는 알 수 없는 통증이 한 줄기 바람처럼 지나가는 것이다. 6월의 훈향이 슬며시 다가와 관능을 깨운다. 닫혔던 내부로부터의 어떤 확산감을 느끼게 되곤 하던 것도 그러고 보면 매양 그 무렵이었다.

약속한 대로 나는 '예술의전당' 앞에서 남편을 기다렸다. 아르헨티나에서 온 뮤지컬 〈포에버 탱고〉를 관람하기 위해서다. 내가 탱고를 보자고 제안했을 때, 그는 순순히 동의해주었다. 순순히라는 말 속에는 그렇지 않을 수도 있다는 뜻이 담겨 있는데 그것은 우리가 흔히 탱고를 관능과 외설, 즉 단정치 못한 어떤 것과 연관시어 생각하기 때문이다.

관능과 외설에 대한 사람들의 반응도 가지각색이다. 팔뚝에 붙은 거머리 떼어내듯 말은 모질게 하면서 속으로는 내심 그 진한 유혹의 잔에 취하게 되기를 원하며, 궤도 이탈을 꿈꾸기도 하고 심지어는 파괴적 본능까지도 일으키는 이들이 있었다. 이렇게 논리로 설명될 수 없는 일이 일어나며 때에 따라서는 그것이 미화되고 대상에 따라서는 인간적이라는 지지까지도 얻어내고 있는 것이다.

『악의 꽃』을 쓴 프랑스의 시인 보들레르의 수간獸姦에 얽힌 이야기나 아르튀르 랭보와 베를렌느의 동성애 사건, 19세기를 떠들썩하게 했던 사르트르와 보바르 여사와의 계약 결혼. 이들의 자유 선언에도 불구하고 성性에서 끝내 초월적이지 못했던 보바르 여사를 떠올리면 성은 한마디로 무엇이라고 단정하기도 어렵다. 그러면서도 꼭 알고 싶은 것이 성의 정체이다.

성의 철학적 성찰을 시도한 조르주 바타유는 "우리 인간을 그런 열정적 충돌과 무관한 존재로 상상한다면 우리 인간을 제대로 파악하지 못한 것"이라고 힘주어 말했다. 우리는 열정적 충돌과 결코 무관할 수 없는 존재, 사실 그것으로 해서 우리의 성이 동물적 성행위와 구별되는 것이 아닌가 싶기도 하다.

감각기관을 통해 일어나는 우리의 욕망과 열정적 감정들이 빚어내는 갈망, 그리고 심리적 추구가 일으켜내는 프리즘의 굴절작용 같은 에로티시즘에서 동물의 것과 다르게 구분되는 인간의 성性을 찾아볼 수 있지 않을까 싶다.

성性, 나는 그 자체보다 성에 대한 심리적 반응에 더 관심이 모아진다.

감각의 비늘을 일으켜 세우는 우리 몸의 관능이 어떻게 하여 일어나며 어떻게 스러지는가? 생명의 에너지를 성의 에너지로 환치한다고 해도 다를 바 없다는 그 에너지의 본체는 무엇인가 하는 물음이 한때는 내게 화두였다. 백골白骨을 떠올리며 거기서 애욕愛欲의 공무空無함을 상상해보기도 하였다. 그러나 목숨이 있는 한, 성性은 우리를 자유롭게 하지 않는다는 사실을 알게 되었다.

며칠 전 조간신문에서 '관능적 몸짓, 유혹의 노출'이라는 큰 제목 아래 소개된 〈포에버 탱고〉 댄서들의 사진을 보게 되었다. 열정과 관능의 댄스라고 세계의 언론도 극찬한 바 있었지만 무엇보다도 나는 '솔직하고 아름다운 섹슈얼리티의 무대'라고 한 그 선전 문구가 마음에 들었던 것이다. 사실상 섹슈얼리티에서 한 발자국쯤 멀어진 나이가 되어서인지 섹슈얼리티의 무대가 궁금해졌다. 기다리고 있던 무대에 조명이 들어왔다.

아르헨티나의 고유 악기인 벤드오네온(아코디온의 변형 악기)이 상징물처럼 무대 중앙에 설정되어 있고, 부에노스아이레스의 밤 하늘에 슬픔의 고함처럼 울리던 그 벤드오네온의 선율이 오케스트라와 함께 울려 퍼지면서 댄서들의 춤이 시작된다.

말끔하게 턱시도를 차려입은 남성 댄서는 올백으로 붙여 빗은 머리에 거울처럼 반짝거리는 검정 구두를 신었다. 그런가 하면 여성 댄서들은 터질 듯한 앞가슴의 풍만함을 엿보이도록 깊게 패인 드레스를 입고 될수록 몸의 곡선을 강조한 타이트한 실루엣, 높고 뾰족한 하이힐. 거기다 내면의 외로움을 무시하듯 함부로 치장된 금속성의 액세서리와 머리에 꽂은 가벼운 깃털과 구슬 핀의 섬세한 장식. 대각선으로 어깨를 맞대고 있는 남녀 댄서의 얼굴은 정지 신호에 걸린 듯 잠시 무표정하다. 투우사가 소를 겨냥할 때의 그것처럼 긴장감마저 든다. 그러나 빠르고 경쾌한 탱고 리듬의 스텝이 몇 번 어우러지더니 급한 회전을 이루며 이내 타오르는 장작불처럼 격렬함에 이르고 만다.

여성 댄서의 손이 남성 댄서의 목을 부드럽게 감싸안는다. 입술이 닿을 듯 밀착된 가슴, 상대방을 갈구하는 듯한 눈빛, 마침내 남자의 손이 여자의 몸을 훑어내리기 시작한다. 정교하면서도 감성적인 터치, 허벅지까지 깊게 터진 스커트 속으로 공격적인 다리의 움직임이 자유롭다.

탱고는 원래 '만진다'는 뜻의 라틴어 '탕게레'에서 비롯되었다. 그래서 이 춤은 파트너 간의 밀착, 혹은 좀체로 끊어지지 않는 터치에 그 중점을 둔다고 말한다.

새로운 삶을 찾아 부에노스아이레스까지 흘러들어온 이민자들.

아프리카나 유럽 등지에서 떠나온 그들은 자신의 정체성과 스스로의 애환을 달래기 위해 밤이면 핸슨클럽에 모여들었다. 거기에서 그들만의 고유한 춤이 시작된다. 국가는 춤을 법으로 금지하기에 이른다.

탱고는 관능을 고조시키는 북의 단순 반복음, 원시성이 깃든 북의 반복음으로 시작된 룸바나 삼바의 기원에 그 뿌리를 둔다. 브라질게 아프리카 흑인 노예들이 아르헨티나에 전한, 그러니까 칸돔베스라는 춤이 탱고의 모체가 되는 것이다.

몸만큼 정직한 것이 있을까? 감정이 추운 것을 그들은 몸으로 부볐다.

아라베스크의 문양만큼이나 이국적이고도 음울한 도시.

부에노스아이레스의 좁다랗고 긴 골목의 회랑을 따라 걸어들어가면 불 켜진 '탱고 바' 앞에서 소리쳐 손님을 부르는 한 젊은 호객꾼과 마주치게 된다. 중국 영화 〈해피투게더〉에서의 야휘(양조위 역)이다. 동성애자인 그는 보영(장국영 역)과 이과수 폭포를 보러 아르헨티나에 여행왔다가 돈이 떨어져 이곳에 억류되고 만다. 이민자와 다름없는 생활이 시작된다. 첫 번째 고통은 허기와 외로움, 그리고 분노와 섹스. 그들은 어디서부터 잘못된 것일까? 영화가 끝날 즈음에 한 사람은 고국으로 귀향하는데 한 사람은 그냥 주저앉고 만다. 손을 쓸 수 없는 질병처럼 되어버린 자신의 삶을 끌어안고 절규하는 대목에서도 긴 가락의 흐느낌, 벤드오네온의 탱고 선율이 화면을 가득 채운다.

탱고는 남녀가 추는 춤이다. 유랑민의 허름한 방안 구석, 두 마리 짐승처럼 사내 둘이 부둥켜안고 추는 춤은 탱고가 아니라 차라리 슬픔이었다. 그들은 영화의 제목처럼 행복하지 못했다. 나는 몸으로 풀어내는 그들의 언어를 읽어내려가며 목 안이 아려옴을 어쩌지 못했다. 부에노스아이레스의 낯선 항구, 적막한 그 마지막에 기대 선 것 같은 인생들로 해서.

"욕망과 외로움을 표현하는 데 이보다 더 우아하고 솔직한 작품이 있을까?"『뉴스위크』는 〈포에버 탱고〉를 이렇게 평했다.

욕망과 외로움을 달래기 위한 스스로의 발열發熱, 고양高揚된 감정에 도달하려고 애쓰는, 그럼으로 해서 더욱 외로워지고 마는 탱고는 결국 외로운 몸짓의 형상화라는 생각조차 들었다. 화려한 복장과 경쾌한 음악, 에로틱한 율동에도 불구하고 나는 왜 탱고를 관능의 허무와 동렬同列에 두고 바라보게 되는 것인지 알 수 없다. 무대 뒤에서 화장을 지우는 배우의 심정처럼 처연해지고 마는 것이다. 가면을 내려놓은 뒤 거울 속 자신의 얼굴과 마주한 느낌이라고나 할까. 사물의 뒷모습은 때로 앞모습보다 훨씬 본질적일 때가 있다.

그리하여 열광과 갈채, 그것이 사라진 텅 빈 객석이거나 아니면 소모해버린 뒤의 육체적 욕망의 쓸쓸함 같은 것. 이렇게 서로 다른 두 개의 얼굴을 탱고에서 보게 되는 것이다. 관능의 열락悅樂과 축제 속에서 다른 한편으로는 울고 있는 자신을. 그래서 탱고는 둘이 추면서 혼자인 춤. 무표정한 얼굴의 속마음, 그 더듬이가 촉수觸手로 짚어내려가는 내성적內省的인 요소가 탱고의 본령이 아닐까 싶기도 하다. 그리고 그믐달보다도 더 매운 계집의 눈썹 같은 스타카토, 그 스타카토의 분명한 선線을 기점으로 하여 안으로 파고드는 수렴收斂의 감정, 더 철저하게 혼자가 되는 내성적內省的인 춤으로서의 탱고를 나는 좋아하게 되는 것이다.

지금 무대에서는 성장盛裝을 한 노년의 커플 댄서가 탱고를 보여주고 있다. 경륜만큼이나 원숙하고 호흡이 잘 맞는 춤이다. 맞잡은 손을 풀어놓고 잠시 멀어지는가 했더니 다시 공격적으로 다가와서는 폭력적인 정사情事라도 벌일 것만 같다. 그러나 마음을 줄 듯, 주지 않고 홱 돌아서는 여성 댄서는 곧 분리된다.

오케스트라의 리듬에 맞춰 그들은 썰물과 밀물처럼 끌어당김과 떨어짐의 동작을 유연하게 되풀이한다. 그리하여 끝없이 이어지는 긴장과 이완. 철썩거리며 해안가에 밀물처럼 굽이쳐 들어왔다가는 휘돌아나가고, 나가고 나면 다시 그 자리. 어찌할 수 없는 본원적인 자리일 터이다.

그럼에도 다시 거듭되는 단순 반복의 해조음海潮音, 관능과 외로움의 합주合奏. 제 몸에서 일어나는 조수潮水의 파고波高와도 같은 탱고 리듬, 그 슬픈 단조單調의 내재율內在律을 듣게 하는 것이다.

실체는 찾을 수 없으나 제 몸에 깃든 녹[鐵]처럼 다시 피어나는 관능의 노도怒濤와 해일海溢.

그것은 결국 우리로 하여금 맞닿을 수 없는 어느 허무의 벽을 짚게 하고야 말리라. 한 발자국 다가서면 또 한 발자국 비켜나는 자신의 그림자처럼, 어쩌면 몸이 도달하고 싶어하는 지점도 끝내는 허구虛構가 아닐까 하는 생각이 들었다. 양파 껍질처럼 한 겹 한 겹 다 벗겨지고 나면 끝내는 망실亡失, 바로 그 발 밑은 죽음의 계곡이 아닐까?

가서 맞닿지 못하는 허무虛無. 그리하여 나는 현란한 불빛, 탱고 음악의 물결 바다, 섹슈얼리티의 무대라고 한 거기 노련한 동작에도 불구하고 진정한 에로티시즘을 만날 수 없었다. 다만 서러운 포말泡沫과 다시 일으켜 세워지지 않는 관능, 노댄서의 이마에 돋은 힘줄을 보았던 것이다.

그것이 나를 스산하게 하였다. 탱고, 그 관능의 쓸쓸함이 나를 쓸쓸하게 하였다. 한 차례 탱고의 물결이 어렵게 지나갔다. 옆을 돌아보니 남편의 얼굴도 묵묵하다. 웬만한 일에는 좀체 고양되지 않는 우리들의 요즈음처럼.

객석에 불이 들어오고 나서도 우리는 한참만에 그 자리를 떴다.

밤 공기는 가을 하늘처럼 삽상하다. 돌층계를 막 내려서는데 불쑥 릴케의 시구詩句가 발등에 와 닿는다.

오! 장미여.
순수純粹하나마

서러운 모순矛盾의 꽃.

(…)

이제는

누구의 것도 아닌 외로움을

고이 간직하고 있는

아름다움이여.

나는 낮게 부르짖었다.

"누구의 것도 아닌 외로움을 고이 간직하고 있는 아름다움이여!"

만약 릴케 선생의 허락이 있다면 이 시구를 탱고에게 헌시獻詩하고 싶었다. 그러나 어쩌면 그것은 내 자신에게 보내고 싶은 말이었는지도 모를 일이었다.

투우

어느 여름날 오후였다.

찬물로 몸을 씻고 나와 리모컨으로 TV의 아무데나를 누른다. 권투가 나왔다. 두 남자가 육탄적인 싸움을 벌인다. 때리고 맞는 행위, 무더위의 권태를 한방으로 날려버리기엔 괜찮은 방법인 것도 같다.

안방의 라디오에서 마침 음악의 곡명이 바뀐다. 경쾌한 행진곡풍의 〈투우사의 노래〉다.

'토레아돌Toreador'로 이어지는 활력이 넘치는 노래, 권투의 동작도 이 노래에 맞추고 보니 춤이 되는 것 같다. 노래를 흥얼거리며 나는 하릴없이 그들 중의 한 사람을 소로 대치시켜 본다.

입에 물린 마우스피스, 윤기 흐르는 검은 피부, 단단한 근육질의 황소 한 마리가 거기 서 있다. 그러나 아무래도 투우는 되지 못한다. 짧은 발빠름, 싸움이 조급한 권투에 비하면 투우는 그 격이

다르다. 상대와 대칭으로 균제均齊를 이루면서 그놈을 천천히 무대 중앙으로 끌고 나와 선회하면서도 눈으로는 죽음을 가름해야 하는 일촉즉발의 긴장과 그러면서도 침착한 스텝으로 이어지는 우아한 동작, 거기에다 화려하기 이를 데 없는 복장이라니. 주역主役 투우사인 마타도르의 복장은 조역인 반데릴레로나 피카도르보다 훨씬 화려하다.

짧은 상의와 조끼, 무릎까지 오는 몸에 꼭 끼는 바지는 금과 은의 장식, 그리고 비단으로 치장되어 있다. 그 위에 레이스로 만든 셔츠웨이스트를 입고 산호색 스타킹을 신는다.

언젠가 영화에서 본 미남 배우 타이론 파워의 투우사 분장은 아름다움의 극치였다. 햇볕에 반사된 그의 옷은 황금색 비늘로 번쩍였다. 성장盛裝은 마치 죽음을 위한 제의祭儀 같다. 아무튼 투우의 목적은 소를 죽이는 데에 있다. 그러나 소만 죽는 게 아니다. 호셀리토처럼 세계적으로 손꼽히던 투우사도 결국엔 투우장에서 죽고 말았다.

해마다 경기장에서는 많은 투우사가 투우 대신 죽어나가기도 한다. 생명이 전제되었기에 관중들의 환호는 더 큰 것인지 모른다. 자극과 환호, 그것은 비례한다. 그러고 보면 우리 내부에는 파괴적인 욕구가 똬리를 틀고 있는 것 같다. 거기에 죽음에 대한 욕구도 붙어 있다. 들것에 실려나가는 투우사나 KO된 권투 선수의 뭉개진 얼굴을 보며 여러 가지 감정을 경험하게 되는 것은 나만은 아닐 것이다.

환호와 공포, 전율과 절망을 맛보기 위해 우리는 비싼 요금을 치르고 관람석에 앉아 있지 않은가.

스페인 특유의 강렬한 햇볕이 내리덮는 원형 경기장. 그 아래 펼쳐지는 한판 죽음의 무도舞蹈. 헤밍웨이가 투우에 매료된 것도 바로 이 '격렬한 죽음'의 이미지 때문이라고 한다. 극도의 쾌락은 파괴의 형식을 수반하는 것 같다.

죽음에 대한 파괴 또한 사람들은 아주 천천히 진행되기를 희망한다. 그래서 유능한 투우사의 신기神技란 소를 빨리 죽이는 데에 있지 않고, 위험할지라도 뿔에 더 가까이 접근하여 붉은 망토를 휘두르며 약 올린 소를 얼마나 오래 지속적으로 그리고 우아하게 피하는가에 달려 있다고 말한다. 죽고 죽이는 긴박한 절체절명의 상황에서 태연함을 가장한 마타도르의 여유와 서로의 몸이 부딪치는 그 아슬아슬한 모습에 관중들은 더 환호하는 것이리라.

우리에게 이런 재미를 더하기 위해 특별히 사육된 사나운 소가 장내에 등장하면 보조 투우사인 피카도르가 먼저 말을 타고 달려 나가 창으로 황소의 목덜미를 찌른다. 인간과 동물 간의 위험한 싸움이기 때문에 황소의 체력과 속도감을 떨어뜨리고 목을 내려뜨리게 하기 위함이라고 한다.

그 다음은 반데릴레로가 화려하게 색칠을 한 긴 작살을 세 개씩 들고 나와 목이나 어깨에다 그것을 차례대로 꽂는다. 이윽고 장내

가득히 트럼펫이 울려 퍼지면 그때서야 주역인 마타도르가 등장하여 죽음의 한 판 무도를 펼치면서 황소의 목덜미에 단도를 찌르게 된다. 검은 황소의 등에서는 붉은 선혈이 흘러내린다. 동물의 심장이 심하게 뛰면 등에 꽂힌 칼도 따라서 부르르 하고 전율한다. 전율에서 오는 환희, 어쩌면 그것은 엑스터시일지도 모른다.

신화神話에서 황소는 남성의 심벌이었다. 어느 날 크레타 섬의 왕 미노스의 아내 파시파에는 황소에게 심한 욕정을 느낀다. 아테네에서 온 장인匠人 다이달로스가 파시파에에게 나무로 된 황소 한 마리를 만들어주었다. 속이 비어 있는 황소의 몸속으로 들어간 파시파에는 마침내 그 황소와 정을 통할 수 있었다.

여자들의 내면에는 이런 파시파에의 성향이 잠재해 있다고 어느 철학자는 일갈했다. 구릿빛 살결에다 갸름하게 찢어진 카르멘의 정욕적인 눈에서 나는 파시파에의 암소 한 마리를 발견한다. 그녀에 의해 힘없이 무너지고 마는 돈 호세는 한 마리의 수소였다. 그는 메리메의 소설『카르멘』속에서 이렇게 외친다.

"나의 일생을 망친 건 너야. 내가 도둑이 되고, 사람을 죽이고 한 것은 너 때문이야. 카르멘! 나의 카르멘! 내가 너를 구하게 해 다오."

그러나 끝내 투우사 루카스에게로 마음을 옮긴 카르멘. 화가 몹시 난 돈 호세는 단도를 뽑아든다.

"나는 이제 네 정부 녀석들을 죽이는 일도 지긋지긋해. 이번에는 너를 죽일 차례다."

두 번을 찔렀다. 보헤미아의 집시, 야성적인 그 여자는 두 번째 칼을 맞자 소리도 없이 쓰러졌다. 돈 호세의 단도를 맞고 그 자리에 쓰러진 건 한 마리의 암소, 파시파에였다. 파괴적인 욕망은 사랑의 또 다른 얼굴이었다. 관능과 죽음은 참으로 등배 지간이었다. 귀가 멍멍해오는 백색의 여름날 오후의 권태를 죽이기에는 투우가 적합할는지도 모르겠다는 생각이 든 건 바로 그때였다. 죽음보다 확실한 생의 체감體感이 어디 있겠는가. 그런데 왜 내 안에서는 파시파에적 욕구조차 일어나지 않는 것일까?

적막한 이 몸의 평정平靜은 무엇이란 말인가.

거품이 잘 일지 않는 비누같이 되어버린 내 몸 안의 어느 부분을 더러 들여다보는 날도 있다.

창 밖엔 느릿느릿 땅거미가 지고 있다. 세월이라고 하는 이름의 닫힌 그 문門 안에 나는 이렇게 기대어 서 있는 것이다.

영혼에 대하여

인류의 철학사를 고찰해보면 영혼과 육체, 정신과 물질이라는 이중성의 문제는 그 우주론적 해석에서 가장 해결하기 어려운 문제 중의 하나였다. 고대 그리스의 콘포트는 이 문제를 인식의 측면에서 두 가지 방향으로 가닥을 잡았다.

하나는 생리학적, 경험론적 입장이다. 주로 자연탐구자나 의사들이 이러한 입장을 취했는데 이들은 다른 심적 현상과 마찬가지로 인식이 신체 기능에 의존한다고 생각했다. 아르크마이온, 에피쿠로스, 원자론자인 루이키포스와 데모크리토스, 그리고 4원소설의 창시자인 엠페도클레스 학파 등의 견해가 이에 속한다.

다른 하나는 영혼론적 입장이다. 이들은 인식이 단순한 감각적 경험을 초월하여 육체와는 본질적으로 다른 고차원의 영혼에 의하여 성취된다고 생각했다. 파르메니데스, 피타고라스, 아낙사고라스, 플라톤 등의 학파들이 이러한 견해의 대열에 있다. 플라톤이 말한 이데아의 형이상학은 후에 아리스토텔레스의 실재의 형이상학으로부터 도전을 받게 된다. 관념론과 실재론, 유심론과 유물론의 싸움은 이렇게 시작된 것이다. 이와 더불어 영혼과 육체, 정신과 물질에 대한 논의는 2,500년을 넘어 지금까지도 활발하게 이어지고 있다.

에피쿠로스의 관점으로 보면 인간의 육체는 다양한 분자와 원자로 이루어져 있다. 그러나 이 견해에 선뜻 동의하기 어려운 부분도 없지 않다. 육체와는 다르며 물질적이지 않은, 분자나 원자로 이루어져 있지 않은, 또 다른 존재가 있다는 사실을 가늠할 수 있기 때문이다. 우리는 그것을 보통 '영혼'이라고 부른다. 영혼은 우리의 생각과 의식, 그리고 인격이 자리를 잡고 있는 공간, 또는 그 기반이다.

반면에 형이상학적 관점으로 보면 정신이란 육체와는 다른 '비물질적 존재'다. 이원론자들은 정신은 곧 영혼이고, 영혼의 비물질적 존재라고 말한다. 그러나 물리주의자는 정신의 존재는 인정하지만 영혼의 존재는 믿지 않는다. 그들에게 정신이란, 생각하고 사랑하고 계획을 세우는 육체적 기능에 대해 이야기를 이끌어가기 위한 하나의 개념적인 도구일 뿐이다. 과연 어느 쪽 말이 옳은가, 영혼은 과연 존재하는 것인가? 아닌가?

영혼에 대하여 깊이 물음을 던진 사람이 있다. 고대 로마의 철학자이며 시인인 루크레티우스이다. 그는 자신의 저서 『사물의 본성에 관하여』에서 다음과 같은 물음을 제기하고 있다.

> 사실 영혼의 본성이 무엇인지는 알려져 있지 않았다. 영혼은 육체와 함께 나오는가, 출생 때에 도입되는가? 죽음의 파괴 속에 우리와 함께 소멸되는가? 오르쿠스(명부의 신)의 암흑과 그 처참한 심연을 찾아가는가? 또는 신들의 명령으로 다른 생명들의 신체에 잠입하는 것인가?

영혼이 있다고 믿는다면 영혼의 소재所在는 어디며, 사후에 그 영혼은 어떻게 되는 것인가? 루크레티우스의 질문은 우리가 생각할 수 있는 범주를 망라한다.

영혼이란 무엇인가?

고대 철학자들이 내린 정의만 보더라도 그 동안 얼마나 많은 사람들이 영혼에 대해 지속적인 질문을 던졌는지 알 수 있다. 나 또한 그 물음에 대한 답을 얻기 위해 수행적 자세로 선지자들의 사상을 훑어보았다. 그러한 탐구는 바로 물음에 대한 답을 구하는 과정이기도 하다.

이들의 정의대로 본다면 영혼이란, 그 자체로 움직이는 실체(플라톤), 신체에 퍼져 있는 정신(히포크라테스), 휴식 없는 본성(탈레스), 네 가지 요소들의 정수(제논), 광명(헤라클라테스), 감각들의 훈련(아스클레피아테스)이다. 이외에도 헤시오도스와 아낙시만테르는 영혼을 '흙과 물로 만들어진 사물'이라 하였고, 엠페도클레스는 '피로 된 것'이라 여겼으며, 베르길리우스는 '영혼은 정력을 가지며 그 근원은 하늘에 있으며, 열기로 된 기질'이라 보았다.

그렇다면 영혼은 우리 몸속 어디에 있는가?

영혼은 위장에 있다(에피쿠로스), 뇌수에 있다(히포크라테스와 히에로필로스), 신체 전체에 있다(데모크리토스와 아리스토텔레스), 두개골의 막에 있다(에라시스트라토스)는 등 의견이 분분하며 인간 예지의 시조인 스토아 학자들은 영혼이 '심장에 있다'고 믿었다.

이집트의 사제들은 죽은 자의 내세來世를 대비할 때, 뇌는 버리면서도 심장은 몸속에 보관하였다. 쇼팽은 자신의 시신을 파리의 페르라세즈 묘역에 묻되 심장만큼은 그의 조국인 폴란드로 옮겨 달라고 하였다. 그의 심장은 바르샤바 십자가 성당에 묻혀 있다. 몽테뉴의 시신은 보르도 대학 입구 홀에 안치하되(지금은 아키텐 박물관으로 옮겨져 있다) 심장은 몽테뉴 거리 근처에 있는 생 미셸 성당으로 옮겼다. 영혼이 담겨 있다고 믿는 '심장'을 그만큼 중시했다는 예증이기도 하다.

반면에 크라테스와 디카이아르코스는 '영혼이란 전혀 없고 신체는 자연의 움직임으로 흔들린다'고 했다. 또한 아리스토텔레스는 '영혼은 스스로 자기 자신을 움직이는 자'라고 했으며, '육체를 자연스레 움직이게 하는 것을 엔텔레케이아(생명 존속)라 이름 지었다. '생명이란 무엇인가'라는 물음에 대해서도 마찬가지로 '생명은 스스로 자기 자신을 움직이는 자'라고 답한다. 즉 자기 자신을 움직이는 자가 '엔텔레케이아'다. 김용정 교수는 자신의 저서 『과학과 철학』에서 '엔텔레케이아는 영혼이나 이데아의 자발적인 활동성을 필요로 한다'고 언급한다.

생명의 문제로 보면, 파동역학波動力學의 창시자인 슈뢰딩거는 『생명이란 무엇인가』에서 '생명은 네겐트로피negentropy를 먹고 생명 고유의 질서를 유지한다'고 하였다. 네겐트로피는 엔트로피의 감소를 나타내는 개념이며, 생물이 네겐트로피 상태를 유지할 수 있다는 것은, 생명현상에는 엔트로피가 감소함으로써 질서를 만들어가는 가역과정이 있다는 것을 의미한다. 엔트로피에 대한 해석은 고대 생기론生氣論의 부활을 의미한다고 말한다. 이러한 개념의 기원은 아리스토텔레스의 엔텔레케이아entelecheia에서 연유한 것이다.

아리스토텔레스는 '단순한 물질을 생물로 변화시키면서 그것을 완성하기 위해서 분투하는 생명의 합목적적인 기능을 엔텔레케이아'라고 불렀으며 그의 형이상학과 영혼론은 생물학에 그대로 적용된다. 고대인들에게 있어서 '영혼을 가지고 있다는 것은 곧 생명을 가지고 있다'는 말과 같은 뜻이었다.

통상적인 시각에서 영혼이란 정신(육체에 생명과 사고를 부여하는 힘)이 지나는 도관이었다. 그리스어로 '숨쉬다'는 프시케인 psychein이며 '영혼'은 '프시케psyche'이다. 생명은 일 호흡에 있다. 그러니까 호흡은 영혼이다. 영혼은 마지막 숨을 쉴 때 육신을 떠난다고 여겼던 것이다.

그리스의 철학자 갈레노스의 가르침에 따라 초기 교회의 신부들은 '불사不死의 혼이 머릿속의 빈 공간에 있다'고 생각했다. 데카르트는 "인간을 포함한 동물들이 복잡하고 물질적인 기계"라고 주장하면서(종교재판이 두려웠던 그는 그 기계를 신神이 설계했다고 부언했음), 인간은 물질의 기본입자로 이루어지지 않은 추가의 성분, 즉 불사不死의 혼을 소유한다고 함으로써 동물과 변별점을 두었다. 그가 말하는 영혼은 기계가 할 수 없다고 추정되는 모든 것, 다시 말해 사고, 의식, 의도, 추상, 의심, 이해 등을 할 수 있다고 언급했다. 데카르트는 뇌의 송과선이 바로 그 영혼과 뇌가 상호작용하는 장소라고 추측했다. 그러나 데카르트와 동시대인인 토머스 홉스는 "인체의 본질이 기계와 같다"는 데카르트의 의견에는 동의하지만 불사不死의 혼이 하나 더 있다는 개념은 망상이라고 지적했다.

키케로(BC 106~43년)가 최초로 소개한 영혼의 영생불멸에 대해 반대사상을 펼친 사람은 툴루스 왕 시대의 페레키데스 시루스였다. 그로부터 이 문제는 일원론과 이원론으로 대두되면서 유심론자와 유물론자 사이에서 끊임없이 대립되어 왔다.

유심론唯心論은 세계의 본질과 구원은 정신적인 것(영혼, 정신, 이성, 의지 등)에서 구하고 물질적인 것은 그 현상現象 또는 가상假象으로 간주하였다.

일자一者로부터의 만물의 유출流出을 주장하는 플로티누스는 로마에서 신비주의적 범신론의 철학을 강의하였다. 그의 주안점은 영혼을 육체와 감성에서 정화淨化하고 또한 사고를 초월한 망아탈혼(엑스터시)의 경지에서 신과의 직결시킴에 두었다. 신은 초존재론적 초사고적인 절대의 일자一者, 최고 완전한 선善이라는 것이다. 우리의 세계는 신 자체의 넘쳐흐르는 힘의 결과이며 그 발현이라는 것이다.

그런가 하면 유물론唯物論은 정신에 대한 물질의 근원성을 주장한다. 메터리얼리즘materialism이라는 명칭은 유럽에서는 18세기에 성립되었지만 관념론과 유물론과의 대립 자체는 철학사와 함께 오래도록 여러 가지 형태로 고대에서 현대에 이르는 철학사 전체에 일관하고 있다. 소크라테스 이전의 초기 그리스 철학, 중세 말기의 유명론唯名論, 근세에서는 프란시스 베이컨 또는 가상디를 선구자로 하는 18세기의 영국 유물론, 프랑스 유물론, 더 내려와 19세기의 포이에르바하 및 리시아의 게르첸 등을 거쳐 마르크스, 엥겔스에 의하여 계승된 유물론은 반종교적, 무신론적無神論的인

성격을 가진다. 또한 물질과는 무연無緣한 영혼, 의식, 정신을 인정하지 않고 실증과학實證科學의 성과에 입각하여 의식을 고도로 조직된 물질(즉 뇌수)의 소산으로 간주한다. 따라서 유물론은 우리의 의식에서 독립된 객관적 실재實在(물질)를 인정하는 동시에, 우리의 의식을 정신의 자유로운 창조로서가 아니라 두뇌에 의한 객관적 실재實在의 반영으로 이해한다.

요약하면 이원론자는 인간은 영혼과 육체로 이루어졌다고 보며, 인간의 정신을 비물질적인 존재로 본다. 이들은 혼령의 존재를 설명하기 위해 영혼을 인정해야 한다거나 초감각적 지각, 또는 임사체험이나 강신降神 및 영매靈媒의 존재를 설명하기 위해 영혼을 받아들여야 한다고 주장한다. 반면에 일원론자는 영혼의 존재를 거부하며, 인간은 육체로 이루어져 있으며 육체 그 자체라고 말한다. 물리주의자는 '영혼은 없다'는, 즉 영혼은 없고 육체만 존재한다는 일원론을 주장한다.

"세상에는 우리의 머리로 이해할 수 없는 현상들이 있다. 이를 설명하기 위해서 우리는 영혼을 인정할 수밖에 없다"는 의견에 적극 찬동하는 한 사람으로서 나는 그 동안 작가들의 무덤을 찾아다니며 혼령을 위로하고 영전에 꽃다발을 바치며 그들을 추모했다. 이순신의 『난중일기』를 읽으며 그에 관한 글을 쓸 때에는 장군의 억울한 영혼이 내게 이입되어 붓을 통해 억울함을 맘껏 쏟아놓기를 기원한 적도 있었다. 그리고 엄마 없는 두 남동생을 결혼시키기 전, 먼저 간 그의 가엾은 형을 위해 백방으로 죽은 신부감을 골라 동생의 영혼결혼식을 치러준 적도 있었다. 짚으로 된 원앙 한 쌍, 망자의 극락왕생을 기원하며 두 동생의 해로를 도와달라고 마음속으로 간절히 빌었다. 죽은 동생은 무당의 입을 빌려 모두 첫 아들을 낳고 잘 살게 해주겠다고 했는데 약속대로 동생들은 모두 첫 아들을 낳았다. 나는 그 동안 천도 및 제사에도 성심을 다하려고 애써왔다. 제삿날 상위에서 술잔을 받으시는 아버지께 '이번에 아무개가 이러저런 좋은 일이 있었어요'라고 큰소리로 알려드리면서 그분이 기뻐하실 것 같아 내게도 큰 위로가 되곤 했었다.

그런데 영혼이 없다니…. 인류가 영혼의 존재를 믿지 않았다면 예술도 종교도 철학도 가능하지 않았을 것이다. 정신을 숭상하는 인문학, 특히 예술과 문학, 철학에 있어 어떻게 영혼을 배제할 수 있겠는가. 특히 우리는 문학작품에서 영혼에 대하여 얼마나 많은 부분을 할애하고 또 열광하였던가.

괴테의 『파우스트』에서 파우스트 박사가 악마 메피스토펠리스와 영혼을 걸고 계약을 맺을 때, 얼마나 조마조마하였는가. 천지의 진리를 가르쳐주는 대신 영혼을 가져가게 한다는 계약이었다. 또한 작가 고골은 악마의 유혹인 문학을 포기하지 않으면 지옥의 업고를 면치 못할 것이라는 고해신부의 위협을 받고 얼마나 괴로워하였던가. 광란 상태에서 그는 원고 「죽은 혼」을 불태우고 삶을 끝냈다. 오스카 와일드는 늙지 않기 위해 악마에게 영혼을 판 『도리언 그레이의 초상』을 그렸다. 우리는 작중 인물의 심혼 속으로 들어가 영혼과 만나고 사랑에 눈뜨며 예술에 도취되고 진리에 각성되곤 하였다.

그런데 몇 해 전, 예일 대학에서 죽음을 강의하던 셸리 케이건 교수의 저서 『죽음이란 무엇인가』를 읽게 되었다. 물리주의자인 셸리 케이건은 인간이 영혼과 육체가 쌍을 이루는 존재라고 한다면 그 일부가 사라졌을 때 인간은 더 이상 존재하지 않는다는 것이다. 육체가 사라지면 영혼에 더 이상 아무런 자극을 주지 못한다고 말했다.

"나는 영혼의 존재를 믿지 않는다. 그리고 이원론자들의 주장이 옳다고 생각하지 않는다. 그렇기 때문에 영혼에도 공간이 필요한가에 대한 질문은 영혼을 믿는 사람들에게 맡겨두고자 한다. 영혼이란 어떤 공간적 위치를 필요로 하지 않는 존재일 수도 있다. 애초에 영혼에게 위치란 없는 것인지도 모른다. 내 영혼이 특정한 위치에 존재하고 있다는 느낌은 내 몸이 끊임없이 전달하는 감각에 의해 조작된 환상일 수 있다"고 케이건은 책에서 쓰고 있다.

미국의 신경과학자인 프랜시스 크릭은 "영혼은 팅거벨(동화 피터팬에 등장하는 요정)처럼 오로지 그것의 존재를 믿는 믿음 때문에 영속되는 환상에 불과하다"고 말한다. 크릭은 『놀라운 가설—영혼에 관한 탐색』이라는 저서에서 서두를 이렇게 시작하고 있다.

당신, 당신의 기쁨과 슬픔, 당신의 기억과 야망, 당신의 개인 적인 정체성과 자유의지란 단지 신경세포의 무수한 집합과 그 세포들이 결합한 분자들의 작용에 지나지 않는다.

그는 생애의 만년 20년을 바쳐 기초를 잡은 신경과학이 최근 비약적으로 발전하면서 영혼에 대한 이들의 믿음도 완전히 사라져버리게 되었다고 한다. 신경과학자들은 인간의 지각능력과 기억, 판단, 감정, 의식 등은 모두 뇌 속의 전기화학적인 신호가 변환된 즉 신경코드의 작용에 불과하다고 주장한다.

영혼 없다

『과학의 종말』을 발표한 존 호건 역시 유전자 코드 해독 분야에서 거둔 유전공학의 쾌거를 칭송하며 이렇게 선언한다.

"인간에게 영혼은 없다."

우리나라의 김대식 박사는 『빅 퀘스천』에서 '뇌가 죽으면 나의 모든 기억들이 파괴되고 자아가 전멸되며 영혼도 끝난다'고 한다. 그리고 "인류는 영혼을 가지고 태어난 것이 아니다. 영혼은 발명한 것이다. 영혼은 먼 미래에 지구를 정복하게 될 원시시대 인류가 최초로 개발한 '킬러 애플리케이션'이었던 것"이라고 언급한다.

영국의 철학자 길버트 라일은 영혼이란 해마에서 만들어지는 기억, 전두엽에서 만들어지는 성격, 뇌의 편도체에서 만들어지는 감정, 이 모든 것들의 합집합이지 그 집합의 다른 요소가 아니라는 것이다. 마찬가지로 데카르트는 전혀 다른 범주에 속하는 정신과 신체를 같은 범주 안에 묶었던 것을 라일은 그가 이야기한 '영혼과 자아'를 신체라는 '기계 안의 유령'이라고 비꼬았다. 하긴 철저한 자연관에 기초한 고대 철학자 에피쿠로스도 영혼이란 원자 입자들의 일시적인 구성물에 불과하다고 지적한 바 있다. 그러니 '죽음에 대한 두려움과 영원불멸에 대한 갈망은 삶을 망칠 뿐이니 그런 생각은 아예 집어치우라'고 했던 것이다. 그에게 "영혼이란 있습니까?"라고 질문했을 때 에피쿠로스는 이렇게 답했다.

"우리는 오직 태어났을 뿐, 두 번 다시 태어나지 않으며 미래에 영원히 존재하지 않을 것임에 틀림없다."

"영혼이란 감각에 의해 조작된 환상"이라는 셸리 케이건 교수, "영혼이란 존재를 믿는 믿음 때문에 영속되는 환상에 불과하다"는 신경과학자 프랜시스 크릭의 주장을 떠올려본다.

신경과학을 창시한 영국의 토머스 윌리스는 최초로 뇌의 해부학적 구조를 알아내고 몸 전체에 걸쳐 신경계를 추적한 사람이다. 그는 뇌로부터 신경계를 거쳐 신호를 전달하는 '정기Spirit(정신)'가 전기충동으로 이루어진다는 사실을 알아냈다. 심리적 장애는 뇌에서 일어나고 화학약품을 써서 그 장애를 치료하고 있다. 화학약품이 정신병을 일으키거나 정신상태를 변화시키고 심지어 환각적인 LSD처럼 '영적 체험'을 촉발할 수도 있다는 것이다.

신경과학자 마이클 퍼싱어는 뇌를 자기로 자극해서 사람들이 '종교적' 혹은 '영적'인 것으로 해석해온 유형의 경험을 여러 차례 유도했다고 주장하며, 올라프 블랭크는 뇌의 특정 영역을 전기로 자극하면 어떤 사람의 의식이 몸으로부터 분리되는 것 같을 수 있다는 것이다. 소위 유체이탈 경험을 일으킬 수 있다고 했다. 이들의 주장을 종합해보면 마음은 '이 물질의 단순한 부수현상'임을 드러내며 물질 혼자서도 전통적으로 영혼과 연관되어온 모든 활동을 실행할 수 있다는 발언이다. 즉 우리는 원자로 만들어진 몸과 뇌일 뿐, 그 이상의 아무것도 아니라는 뜻이다.

물질주의자들 역시 육체적 죽음 이후에 계속해서 남아 있는 '영혼'이라는 또 다른 존재를 인정하지 않는다. 육체적 기관이 망가지면 정신도 불가능하기 때문이다. 물질주의자는 정신의 존재는 인정하지만 영혼의 존재는 믿지 않았다.

영혼은 있는가, 없는가? 이러한 질문에 관해 이미 기원전 2세기경 그리스계 인도왕 미란다와 인도의 나가세나 비구의 문답이 있었다.

> "대왕이시여, 여기에서 눈과 색(대상)의 관계에서 안식眼識이 생기고, 수受, 상想, 사思, 촉觸, 작의作意가 그것과 같이 생깁니다. 이와 같아서 그러한 법(사람의 몸)은 연緣에 의해서 생깁니다. 여기서 영혼vedagū은 없습니다."

—『나선비구경』에서

귀, 코, 혀, 몸, 마음에 대해서도 마찬가지로 전개하고 그것들이 연緣에 의해서 생기는 것이어서 그 속에서 있을 법한 실질적인 주체자인 영혼이 존재하지 않는다는 것이다. 2,500년 전 붓다는 이것을 좀 더 쉬운 비유를 들어 설명하였다.

"파초나무를 보고 재목으로 쓸 수 있다고 생각하여 뿌리를 끊고, 잎을 자르고 껍질을 벗기고, 단단한 알맹이를 찾으면서 다 벗겨보아도 단단한 곳은 도무지 없는 것과 같다."

그러므로 존재들 속에도, 물질들 속에도 고정불변하고 영원한 어떠한 요소도 없는 것이다. 프랑스의 불교철학자 앙드레 바로가 말하는 것처럼 "서양인들이 생각하고 있는 영혼이나 힌두들의 자아âman, 자이나교에서 주장하는 '생명원리' 즉 지바jiva와 같은 것은 아무것도 없다는 것이다. 오온五蘊으로 구성된 존재는 실체적인 '아我가 없다는 것' 즉 무아無我, anâtman이다. 이 무아설은 불교를 다른 종교와 구별 짓게 하는 가장 특정적인 교리이다. 앙드레 바로에 의하면 "불교는 단지 인도에서 뿐만 아니라 세계에서, 어느 날 끝없는 지복至福을 누릴 수 있는 영원한 요소, 즉 영혼과 같은 어떤 요소가 인간에게 존재한다는 것을 단호하게 부정하는 유일한 종교이다"라고 언급했고, 스리랑카의 학승 왈뽈라 라훌라 역시 "불교는 영혼, 자아 또는 아트만과 같은 존재를 부정하면서 인류 사상사에 홀로 우뚝 서 있다"고 앙드레 바로와 의견을 같이 했다.

나는 『잡아함경』을 꺼내 「5비구경」을 다시 읽는다.

"비구들아 육체[色]에는 실체적인 나[我]가 없다. … 수상행식受想行識에도 나가 없다."

솔직히 고백하자면 나는 육체에 실체적인 나가 없다는 무아無我는 쉽게 수긍할 수 있었다. 그런데 이론적으로 '수상행식'에 '나'가 없다는 것은 글귀로 읽었을 뿐, 내 속에 영혼이 없다는 것은 나와 상관없는 이야기로 여겼다. 무아, 비아anâman는 이해하면서도 '아트만'을 버리지 못했던 것이다. 영혼은 육체를 초월한 존재이므로 위대한 영혼들은 시공을 넘어 존재하지 않는가. 나는 그것에 박수를 보내왔던 사람이다. 그러나 그들을 존재케 하는 것은 우리들의 기억이었다.

"인간의 육체는 인간의 영혼을 보여주는 최상의 그림"이라는 비트겐슈타인의 말도 나는 아주 미덥게 생각했었다. 그런데 식識에도 내가 없다는 것이다.

왜 색수상행식色受想行識에 '나'가 없는가? 색은 육신을 가리키는 물체이고, 수상행식은 정신을 이루는 요소이다. 수受는 눈 귀 코 혀 몸으로 받아들인 것을 인식하는 감수작용이며, 상想은 감수작용을 통하여 인식된 것을 형상화하는 표상작용이며, 행行은 형성 결합작용이며, 식識은 인식하고 분별하는 작용을 한다.

이러한 물질적인 존재와 정신적인 존재는 '나'라는 주체성이 있는 것이 아니라 인연의 작용에 의해 상대적으로 존재하는 제법무아諸法無我일 뿐이기 때문이다. 그러므로 『반야심경』에서 '공空한 가운데에는 색, 수, 상, 행, 식이 없다고 한 것이다. 공空한 가운데 오온(색수상행식)을 바라보면 바로 무아이며 무상이다. 실체 없는 이것(육체+정신)들이 서로 인연 조건에 의하여 생성되었다가 소멸할 뿐이다. 실체가 있는 것 같으면서도 사실은 실체가 없다. 정신작용인 '식識'도 그렇고 '영혼'도 그렇다. 나는 다시 한번 되뇐다. 왜 식識에 '나'가 없는가?

정신, 마음, 의식, 영혼을 함의하는 식識조차도 인연과 조건에 의해서 가합假合되어진 것이기 때문이다. 어린 시절, 그렇게도 마음 졸이며 기다리던 산타 할아버지의 존재가 가짜라고 판명이 나도 우리는 쉽게 그 환상을 떨쳐버리지 못하는 것처럼 영혼에 대해서도 마찬가지다. 그렇더라도 이제는 차가운 머리로 그것을 수긍해야 한다.

'영혼은 없다.'

제2장

몸을 붙들고

노년의 식탁

잔가지를 쳐낸 고목처럼 노년의 삶은 간소簡素하다.

더운 우유 한 잔과 인절미 서너 개면 아침식사가 된다. 우선 식탁이 간편해졌고, 번거롭게 갖춰 입어야 하는 외출도 멀어진 지 오래이다.

하루가 다르게 변모해가는 세상의 속도를 따라가지 못하는 나는 아직도? 라는 눈총을 받으며 핸드폰을 고수하고 있다. 주인의 심사를 아는 듯, 침묵하는 날이 더 많은 나의 핸드폰, 번잡한 소통을 나는 그다지 좋아하지 않는 편이다.

비껴가는 하루해가 겨울 때도 있지만 그것은 잠시뿐이고, 한 모양으로 지내는 심심한 그 단조로움이 헐렁한 옷처럼 편안하다.

오후가 되면 버릇처럼 식탁에 가 앉는다. 무릎 때문에 좌탁보다는 식탁이 편해서이다. 가을걷이를 끝낸 들판처럼 노역勞役에서도 면제되고 사람관계에서도 풀려나 모처럼 한가한 때를 보내고 있다.

사위는 고요한데 이따금씩 몸이 겪는 통증을 느끼며, 아무 하는 일이란 없다. 무사無事, 무위無爲다. 중천의 해는 나와 상관없이 뜨고 진다. 지인들의 행보는 활발한데, 그렇지 못한 자신이 때로는 딱할 때가 있다. 그런 날은 서가에서 노자老子를 꺼내든다.

> 다른 사람들은 다 넉넉한데 나만 홀로 부족한 듯하다. (…) 우매하고 우매하다! 세상 사람들은 다 분명한데 나만 홀로 어둑하구나! (…) 모든 사람은 쓰일 데가 있으나 나 홀로 고루하며 천한 것 같다. 나는 홀로 남과 달라서 만물의 근원인 도를 기르는 것을[食母] 귀히 여긴다네.
>
> —『도덕경』 20장

세상 사람들은 다 분명한데 나만 홀로 어둑하다니…. 그분의 심정을 되짚어보며 만물의 근원인 도道에 대해 생각해본다.

> 되돌아가는 것은反者 도의 움직임道之動이요
> 약한 것은弱者 도의 쓰임道之用이다.

예외 없이 우리는 도의 움직임을 따라야 하리.

융은 한때 노자에게 심취했고, 헤르만 헤세는 가장 지혜롭고 가장 많이 내게 위로를 준 분은 노자라고 로망 롤랑에게 써보냈다. 나도 요즘 그분에게서 많은 지혜와 위안을 받는다.

노자는 젊은 시절, 아내가 친구와 함께 침대 위에서 뒹굴고 있는 장면을 목격한다. 그때 그는 이렇게 생각한다.

내가 사랑하는 아내가 그 자신을 사랑할 때, 그 또한 다른 남자를 사랑할 수 있는 권리를 갖는다. 그러니 아무런 사심도 품지 않아야 한다며 아내를 놓아주었다. 그는 불륜을 증오해야 할 악惡으로 보지 않았다. 악은 선善의 바깥에 서 있는 이물질이 아니라 선이 분비한 자기의 다른 모습이므로 선의 다른 측면인 '불선不善'으로 보았던 것이다.

선과 불선은 이원적으로 따로 존재하는 것이 아니라 같은 유有의 이중적 모습에 불과하다는 것. 그러니 사바고해苦海에 살면서 그것을 송두리째 뽑아버리기보다는 마음을 바꾸는 편이 낫다고 생각한 것이다.

사심私心을 버리고 불선不善을 용인한 그분의 도량과 인간적 고뇌를 짚어보게 된다. 프랑스의 철학자 몽테뉴도 아내의 불륜을 목격했을 때, 노자처럼 생각했던 것이다. 시대를 거스르고 동서양이 다르건만 그들의 대응법은 다르지 않았다.

이후 그들은 아무것에도 연연하지 않고 오로지 사색과 독서에만 전념할 뿐, 만년에 노자는 『도덕경』을, 몽테뉴는 『수상록』 한 권을 남겼다.

대극對極의 양단을 물리친 동양의 현자와 서양의 철학자를 생각하며 나는 다시금 '선악불이善惡不二'를 반추한다. 아직은 어렵지만 대립심對立心을 갖지 않는다는 것부터 시작한다. 이것이 요즘 나의 과제이기도 하다.

노년의 식탁은 존재를 겨우 지탱해주는 임시 거처. 거기에 앉아서 나는 혼잣말처럼 중얼거린다.

노년은 비우는 것이다. 그리고 견디는 일이라고.

몸을 붙들고

천금千金에 값한다는 짧은 봄밤보다, 나는 여름날의 긴 하루해를 더 좋아한다. 더구나 별안간 쏟아지는 장대비에 갇혀 무상으로 주어지는 하일夏日의 그 여가 시간이란 얼마나 선물 같은 것이던가. 그런데 이제는 눈만 뜨면 긴 하루가 제한 없이 주어진다.

일흔에서 여든에 이르는 시간은 아이 때의 일주일 정도에 해당하는 것 같다고 말한 이가 있지만, 그 나이 때를 살고 있는 나로서는 그렇게 생각되지 않는다. 왜냐하면 몸이 시간을 감당하지 못하기 때문이다. 하루 중 반나절밖에 살지 못하는 노년의 시간은 사라짐으로 가는 휴지休止의 시간, 어느새 하릴없는 노인이 되어 땅거미가 내려앉는 뜰을 우두커니 내려다보고 있다. 어쩐지 저물녘의 뜰도 슬퍼 보인다. 성하盛夏를 지나고 있지만 소멸로 가는 그 푸른 것들의 발자욱을 알기 때문이다.

몸보다 무상無常한 것이 다시 있을까. 감꽃 같던 계집애는 등

굽은 노파가 되었고, 풍우를 막아주던 몸도 시간의 부식으로 닳아져 오늘 새벽에는 무릎과 손가락 뼈마디에 전류가 흐르는 것 같았다. 관절마디의 통증, 신경세포가 숨을 참고 통증을 견디느라 애쓸 때 비로소 내 몸의 존재가 절실하게 체감되던 것이다. 엉거주춤 이런 몸을 붙들고 나는 노후의 과정을 지나고 있다.

생에서 노사老死로 바로 가면 좋으련만 그 과정에 매복하고 있던 온갖 질병이 나타나 몸을 괴롭힌다. 사고가 아니라면 우리 대부분은 아프다가 죽는다.

몸이 떠날 때가 되었는데도 죽어지지 않는 사람의 몸처럼 괴롭고 끈질긴 것이 있을까. 보스턴의 한 호텔방에서 "왜 빨리 죽지 않는지 모르겠다"고 고함을 치던 유진 오닐의 모습이 떠오른다. 파킨슨병으로 그는 2년 가까이 그 방에 유폐되어 있었다. 인고의 한계를 감당한 그에게 머리가 숙여지기도 했다.

'봄의 첫날 가을의 끝을 생각한다'는 어느 시인처럼 나는 가을의 끝에 붙잡혀 100여 명 인물들의 마지막 순간을 채집하여 책상 위에 한가득 부려놓았다. 그렇게 해서 태어난 것이 졸저 『남산이 북산을 보며 웃네』였다. 남산이 북산에게 건네는 생사의 은밀한 눈짓 같은 것이라고나 할까. '역사 속으로 떠나는 죽음 기행'이라는 부제를 달고 있는 이 책이 나온 후 사람들은 내게 "어떻게 죽을 것이냐?"고 물어왔다. 모 방송국 PD가 찾아왔을 때 "글쎄, 좋은 죽음의 모델들을 제시할 수는 있으나 과연 그것대로 죽을 수 있을지는 의문이라"고 답했다.

"오! 주여. 자신의 죽음을 죽을 수 있게 하소서"라던 릴케의 말대로 어떻게 하면 '자신의 죽음을 죽을 수 있을까' 하는 것이 내겐 화두라고 말하며 의료행위를 거절하고 타계한 재클린 케네디 여사의 존엄사를 거론한 뒤, 나의 경우 다만 어떠한 연유에서건 자신의 죽음을 수용하게 되었을 때, 그때 죽음이 찾아와준다면 더없이 좋으리라는 생각이며, 떠나려는 시간과 끊어지는 시간이 적절하게 맞추어지기를 바랄 뿐이라고 말했던 게 생각난다.

그것은 죽음을 몇 미터 앞에 둔 20년 전의 일이었다. 죽음은 전적으로 몸의 소관, 몸의 일인 걸 몰랐던 것이다. 떠나려는 시간에 목숨이 때맞춰 끊어질 리 있겠는가. 억지로 목숨을 끊어 시간을 맞추기 전에는 어려운 일이지 싶다. 폐기종을 앓던 프랑스의 철학자 질 들뢰즈는 고통을 이기지 못해 자신의 아파트에서 뛰어내렸다. 그리스의 철학자 제논은 강의를 마치고 집으로 돌아오는 도중, 돌부리에 걸려 넘어지면서 발가락을 다쳤다. 그는 주먹으로 땅을 치며 이렇게 말했다.

"곧 갈 건데 왜 이렇게 야단이냐?"

죽음의 시간을 알리는 신들의 예고라고 생각한 그는 그 자리에서 목을 맸다. 92세였다. 그리스의 철학자 데모낙스도 107세가 되자 곡기를 끊고 아사를 택했다. 미국의 사회개혁자이던 스콧 니어링도 100세가 되자 식음을 전폐하였다. 그의 아내가 남편 곁에서 독려해준 그 속삭임을 나는 내 것으로 삼고 있다.

“몸이 가도록 두어요. 썰물처럼 가세요. (…) 당신은 훌륭했어요. 당신 몫을 다했어요. (…) 빛으로 나아가세요.”

스콧 니어링은 마침내 자신이 원하는 죽음을 맞이할 수 있었다.

내가 지금 할 수 있는 것도 몸이 가도록 두는 일이 아닌가 한다. 약을 쓸 때도 있지만 통증이 지나가기를 기다리노라면 경허 스님의 모습이 떠오르곤 했다.

스님은 길가는 아이들을 불러놓고 지게막대로 자기를 때려달라고 부탁했다. 많이 때리는 사람에게 돈을 많이 주겠다고 하니 아이들은 신바람이 나서 스님을 두들겨 팼다. 그때마다 스님은 “나는 안 맞았다 안 맞았다”고 외쳐댔다. 매를 맞은 것은 허깨비 같은 몸이요, 언젠가는 사라질 육체이고 청정한 진아眞我는 맞지 않았다는 것이다. 나는 이 허깨비 같은 몸을 붙들고 ‘안 아프다, 그래 아픈 게 아니다’라고 되뇌며 어떻게 하면 그분들처럼 몸을 버릴 수 있을까를 생각한다.

> 일체 변하는 법은 그 실체實體가 없는 것.
> 모양이란 원래 허망한 것이라는 것을 안다.

이 같은 임종게를 남긴 부산의 혜월慧月 스님은 안양암 뒷산에 올라 한 손으로 솔가지를 잡은 채 호흡을 접었다. 그런가 하면 중국의 경통景通 선사는 촛불을 켜들고 스스로 장작더미 위로 올라가 타오르는 불길 속에서 제자들의 우는 모습을 보며 열반에 들었다. 불교에서는 원래 죽음이란 존재하지 않는다고 말한다.

왜 불교에서는 죽음이 없다고 하는가?

우리의 존재는 인연에 의해 연기緣起 상황으로 존재하다가 조건이 다하면 돌아가는 무아無我적 존재이기 때문이다. 연기에 의해 가합假合된 이 몸은 본래 공空한 것. 따라서 이 몸에는 '나'도 없고 '주재主宰'도 없다. 그래서 붓다의 제자 바칼리 비구가 몸의 극심한 고통을 참지 못하고 자살을 결행했을 때 붓다는 "그는 내 설법을 듣고 분명히 깨달아 알았고, 법[진리]에 대해 두려움 없이 반열반般涅槃에 들었다"고 하셨다.

바칼리는 '오온(몸을 구성하는 色受想行識의 5요소)이 공空하다'는 것을 이미 터득하여 탐애로 구하는 업業이 멈추었다. 색色(몸과 물질)은 무상하며 변하고 바뀌는 것. 그로 해서 생겼던 번뇌가 끊어지고 집착할 것이 없게 되자, 안락에 머무르게 되어 반열반을 얻게 된다는 붓다의 말씀을 그는 믿고 따랐던 것이다. 그가 반열반에 들었다는 붓다의 기별은 그러니까 '윤회[再生]'의 문제를 해결한 인증표인 셈이기도 하다.

불교에서는 그분들의 열반을 자살이라고 칭하지 않는다. 그렇다면 자살과 열반은 어떻게 다른 것인가를 생각해본다.

마음없음心無常과 무아無我를 알지 못하고서 집착과 원한을 품은 채, 현실 도피로 자살을 감행한다면 거기에는 묵은 빚[宿債]이 남게 되고 업業이 따라붙어 윤회를 면치 못하게 될 것이다. 열반은 그와 반대가 되지 않을까.

기독교에서는 자살을 금기시하여 왔다. 생명은 오직 신의 특권이므로 우리가 마음대로 지배할 권리가 없다는 것이다. 이에 영국의 철학자 데이비드 흄은 자신의 에세이「자살에 관하여」에서 우리의 영혼은 필멸이며 죽는 순간 육체와 더불어 사라지며, 우리를 체벌할 신神도 없는데 자살을 반대할 명분이 있을까를 묻는다. 이상적인 자살이란 '금식禁食'이라고 언급했던 쇼펜하우어가 생각난다. 107세의 데모낙스나 100세의 스콧 니어링은 떠나려는 시간과 목숨이 끊어지는 시간을 맞추기 위해 금식이라는 방법을 택했다. 그들의 몸은 이미 기운이 소진할 대로 소진하여 자연에 동화되는 자연사에 가까운 죽음이었다. 그러니 젊은 사람들은 모방하지 않기를 바란다.

"살 만한 동안에는 어느 누구도 삶을 저버리지 않을 것이라고 나는 믿는다. 그러나 삶이 우리가 짊어질 수 없는 짐이 된다면 우리가 자살을 택하는 것은 정당하다"고 흄은 또 적고 있다.

나는 그것의 정당 여부를 쉽게 결론 내리지 못한다. 그것은 우리 최대의 고유한 선택이므로. 나는 나만 이 몸의 실체없음[無我]을 알면서도 생인손 같은 통증을 어쩌지 못하고 있다. 통증은 현실이다.

저 인도의 유마힐 거사는 번뇌를 떠나지 않고도 열반에 들었다고 하는데 나는 온갖 상념 속에 이 몸을 붙들고 있다. 아니 서서히 자살하고 있는 중이다. 늙는다는 것만으로도. 이것은 1980년 교통사고로 죽은 프랑스의 철학자 롤랑 바르트가 자주 인용하던 말이다.

"늙는다는 것, 이는 서서히 자살하는 것"이라고.

얼마나 다행한 일인가. 다만 그것으로 가는 과정이 길지 않기를 바랄 뿐이다. 죽음은 드디어 나를 쉬게 하는 것이려니, 나는 기쁘게 땅을 껴안을 수 있었다는 헨리 데이비드 소로처럼 포근한 땅의 감촉을 맨몸으로 느끼고 싶다. 진정한 휴식은 자연에의 복귀復歸이다. 망상妄想이 끊어진 침묵, 적멸寂滅이다.

땅거미는 정령精靈처럼 사뿐히 지상에 내려앉고 푸르스름한 어둠이 사위를 감싼다. 이 고요한 시간에 나는 대지와 하나가 되고 싶다. 심장마비로 혼자 눈을 감은 어머니처럼 긴 여름날 하오에.

미물들조차 생명의 번식이 왕성한 여름, 그 조용한 숲그늘 한켠에서 사위어가는 목숨들을 보며 아름다운 우주의 균형을 생각하게 되는 것이다.

간시궐幹屎厥

수세식 변기를 쓰면서부터 물을 내리기 전, 마주하게 되는 것이 있다. 자기가 내놓은 배설물이다. 사십여 년 동안이나 무의식적으로 지속된 행동, 그러다 어느 날은 문득 '기껏해야 똥 싸는 기계가 아닌가' 하는 회의가 들었다. 그러나 그것을 내놓지 않으면 살아 있는 것이 아니다. 그때 별안간 운문雲門 선사의 '똥막대기'가 생각났다.

"부처가 무엇입니까?" 하고 제자가 물었을 때, 운문은 거침없이 "간시궐幹屎厥(똥막대기)"이라고 답했다. 그는 왜 존귀한 분[世尊]이시며 청정한 분을 더러운 똥막대기라고 했을까? 궁금해하다가 깨끗한 것과 더러운 것의 차별이나 편견을 갖지 말라는 것쯤으로 넘기고 말았다.

'부처와 똥막대기' '간시궐'의 화두가 그 후 나의 발목을 잡은 것은 "몸으로 최상의 진리를 실현한다"는 붓다의 말씀 때문이었다.

몸, 몸이란 사실 얼마나 더럽고 무상한 것인가? 아홉 구멍에서는 항상 더러운 것이 나오고 마침내는 늙어 한 줌 재가 되는 무상한 몸. 그 몸을 가지고 최상의 진리를 실현해야 한다니…. 몸보다 나는 정신을 더 숭상하고 우대해왔었다. 종교적 금욕도 몸의 학대로 나타나지 않았던가. 그리하여 그리스 철학자 플라톤은 "몸은 영혼의 감옥"이라고 했다. 그러나 아리스토텔레스는 "몸을 떠나서는 영혼도 존재할 수 없다"고 하였다. 그렇다면 몸이 더 중요한 것인가.

어느새 따뜻한 물 한 잔의 소중함이 절실해지는 나이가 되었다. 마른 목을 적시며 온몸으로 번지는 따뜻한 물 한 잔의 온기가 움츠렸던 몸을 다시 일으켜 세운다. 칠십 중반을 넘어서니 몸이 마음대로 되지 않는다. 몸의 통제를 받으며 나는 요즘 몸으로 살고 있다.

그때 "나는 고스란히 몸이다. 그 외에 아무것도 아니다"라던 니체가 떠올랐다. "나는 완전히 온몸 전체로 병을 앓고 있다"면서 그는 생의 비약과 환희, 이런 것들을 놓치지 않으려고 애썼다. 고압 전류가 흐르듯 손가락에 말초혈관신경증의 통증이 밀려오면 나는 병상의 그를 떠올리곤 했다. 1년에 200일이나 두통으로 괴롭힘을 당할 때도 있었고 쓰는 일, 읽는 일을 할 수 없어 방에 틀어박혀 고통을 견딜 뿐이라고 말했다. 뇌 매독, 각혈을 동반한 위경

련, 편두통 등 니체의 몸은 그야말로 고통의 둥지였다. 그러면서도 실제로 있는 그대로의 자신에 만족한다고 말했던 그를 생각하게 된다.

「몸을 경멸하는 자들에 관하여」라는 제목이 붙은 글에서 그는 짜라투스트라의 입을 빌어 '고스란히 몸인 인간이 근원적이며 궁극적으로 깬 자'임을 역설한다. 나는 이 대목에서 한참을 멈춰 있었다. 어딘가를 향해 그에게 경배라도 드리고 싶었다.

'몸으로 최상의 진리를 실현한다'는 붓다의 말씀과 그의 '몸인 인간이 궁극적으로 깬 자[覺者]'임을 역설한 그것과 다르지 않았기 때문이다. 『짜라투스트라는 이렇게 말했다』에서 그것은 더욱 구체적으로 되고 있다.

> "너의 사고와 감정 뒤엔 나의 형제여! 힘센 명령자 알려지지 않은 한 현자가 있으니, 그것이 곧 자신이라 불리는 것이다. 네 몸 속에 그것이 살고 있고 그것이 곧 네 몸이다."

내 몸 속에 살고 있는 한 현자賢者, 주인공, 그 '본래면목本來面目'을 그는 그렇게 지칭했던 것이다. 죽되 죽지 않는, 생멸生滅을 초월한 한 물건. 우리가 본래 갖추고 있는 진실한 모습, 실상實相이다.

'부처와 똥막대기' 정성淸淨과 부정不淨, 운문은 이분법의 차별을 떠나 똥막대기에서 그대로 청정법신불을 뵙는다.

이 질병 덩어리, 색신色身이 그대로 청정법신임을 말하고자 한 것이 아니었을까. 본래면목도 몸이 있는 이곳일 터, 결국은 몸을 통하여 몸에서 그것이 드러난다. 몸은 해탈의 도구이다. 붓다가 제시한 사념처四念處 수행은 몸으로부터 시작된다. 몸이나 느낌 따위를 있는 그대로 관찰하다보면 마침내 4성제四聖諦라는 고귀한 진리를 실현하여 궁극의 완성에 이르게 되는데 마지막 멸성제滅聖諦, 갈애渴愛의 남김없는 소멸로 완전한 깨달음[니르바나]에 이르게 되나니 이를 두고 붓다는 '몸으로 진리를 실현한다'고 했던 것이리라.

여기 오갈 데 없는 한 노파가 앉아 있다. 그는 자신이 미구에 죽으리라는 것도 알고 있고, 죽되 죽지 않는 한 물건[一物]이 안에 들어 있다는 것도 알고 있다. 아이들이 갖고 노는 비눗방울에서도 자신의 모습을 바라보며, 변기에 물을 내리기 전, 또한 마주치게 되는 똥에서도 그는 자신을 직시한다.

운문의 '간시궐'을 통해 무상하고 깨끗지 못한 이 몸이 그대로 법신法身임을 알아차리게 된다.

지금은 12월, 빈 나뭇가지에 포근한 눈송이라도 푹푹 내렸으면 좋겠다.

목련꽃이 필 때면

'대승불교와 소승불교의 차이'를 알아와 발표하라는 세계사 선생님의 숙제를 안고 탑골승방(보문사)을 찾은 것은 고등학교 2학년 때의 일이다.

어릴 때부터 어머니를 따라 절에 가는 것을 좋아했던 내게 그곳에서의 비밀스런 첫 번째 상대는 험상궂은 사천왕상들이었다. 내가 겁을 먹고 바라보면 윽박지르는 듯하다가도 내가 실눈을 뜨고 화해의 눈길로 웃음을 보내면 그들도 웃는 것이다. 그들과 잘 사귀어보려고 노력하다가 어느 날 그게 모두 내 마음 탓이라는 것을 짐작하게 되었던 어린 시절, 내 또래의 여 스님들과 친구가 되면서부터 나는 그곳에 가는 일이 무척 즐거웠다.

중학교 시절에는 불교설화에 마음을 빼앗기고 특히 선인선과의 인연설화는 착한 마음을 견지하는 데 도움이 되었다. 학년이 올라갈수록 친구 스님들의 책을 빌려와 독서의 단계를 높이고 급기야는 동승들의 이야기를 주제로 한 희곡 작품을 써서 모 대학의 문예콩쿠르에 입선한 적도 있었다. 그때 무대 공연을 위해 승복과 염주를 서슴없이 내어준 스님들의 호의는 아직도 잊지 못한다. 이런 사실을 아신 정창범(문학평론가) 선생님께서 그 숙제를 내게 떠맡기신 것이다. 남별당 주지이신 일조 스님께서는 "조금만 기다려라, 속 시원히 일러줄 분이 올 테니" 나는 무작정 그분을 기다렸다. 저녁 때가 되자 양복 차림의 훤칠한 남자 한 분이 내 앞에 나타났다. 동대 불교과 재학생이던 이광우李光雨 스님이었다. 1958년 여름, 그러니까 54년 전의 일이다.

다생의 인연이 지중했음인가? 광우 스님이 정각사를 짓던 그 해에 우리 집은 마침 이 절 근처로 이사를 오게 되었다. 남별당 스님께 소식을 전해 듣고 친구와 둘이서 절을 찾았다. 나는 교복을 벗은 대학생이 되었고, 그분은 남장 차림의 양복이 아닌 먹물 옷을 입고 계셨다. 삭발로 드러난 둥그스름한 두상과 단아한 모습이 퍽 인상적이었다.

1960년, 이것이 광우 스님과의 두 번째 재회였다. 스님의 서가에서 김동화 박사가 쓰신 『불교학 개론』을 빌려다 읽기 시작했다. 당시는 실존주의 사상이 풍미하던 때라 카뮈나 사르트르를 읽어야 행세께나 하는 줄 알던 때였다. 마침 『교양국어』 책에서 만난 '실존주의와 공空사상'에 관한 박종홍 교수의 글은 마른 짚단에 불을 긋듯 내 가슴에 옮겨 붙었다. 실존철학에 관해 물으러 갔더니

『금강경』을 보라는 하이데거의 말에 충격을 받고 돌아와『금강경』을 공부하였다는 박종홍 교수의 그 요지를 간추려 똑같은 걸 열다섯 부나 써가지고 "함께 공부해보지 않겠느냐?"는 취지문을 각 대학교 철학과, 국문과, 심리학과 등에 보냈다.

단층 양옥이던 정각사 다다미방은 대학생들로 꽉 찼다. 마침내 김동화金東華 선생님을 모시고『금강경』공부를 시작하게 된 것이다. 군더더기 없이, 원칙적이고 본론에 충실한 선생님의 강의는 한 말씀도 놓칠 것이 없으련만 대학생들에게 일요일이란 낭만과 자유를 구가하기에 쓰여질 시간이었던지 법당에는 빈 자리가 늘어나기 시작했다. 결국 남을 사람만 남게 되었다. 열댓 명을 앞에 두고서도 선생님의 강의는 시종여일하게 진지하였다. 그때 함께 공부한 이로는 나형수 해설위원, 윤호균 교수, 시인 주성윤, 지정관, 박상길, 조묘연 선생, 친구 박영자, 김영희 등이 있었다. 홍정식, 원의범, 황성기, 이영무, 김용정 선생님들께서도 돌아가며 사이사이 특강을 해주셨다. 먹을거리가 귀하던 시절, 공부가 끝나면 명성 노스님께서는 호박을 썰어넣고 칼국수를 끓여주셨다. 우리는 심신의 허기를 이곳에서 채웠다. 낯선 한문 글자와 그 속에 담긴 심오한『금강경』의 오의는 쉽게 해득되지 않았지만 빠지지 않고 말석에 참석하였다.

장대비가 무섭게 쏟아지던 어느 여름날이었다. 나는 머리가 깨지도록 생각이 많았다. 갑자기 가족들을 돌봐야 하는 급박한 상황, 어머니 모르게 학교에 휴학계를 내고 돌아와 서울시청 공무원이 되었다. 친구들과 가는 길이 달라진 나는 더 이상 학생도 아니고, 그렇다고 아직 어른도 아닌, 대학 3학년짜리는 제 손으로 인생이라는 한 장의 피륙 한복판을 칼로 긋고는 스스로 마음의 문을 굳게 닫아버렸다.

〈실험극장〉의 활발하던 연극 활동도, 문학에 대한 꿈도, 학업도, 친구도 일시에 끊고, 완전히 외딴 섬이 되어 점차 말을 잊고 지낼 때였다. 그때 선생님께서는 타심통으로 관해 보셨던지 칠판에 이렇게 쓰셨다.

> 유구有求면 유고有苦,
> 무구無求면 무고無苦.

그것을 본 순간, 벼락 치듯 온몸을 관통하는 전율. 가슴속 멍울들이 그대로 과녁에 꽂힌 듯 절절히 녹아내렸다. 놓지 못하는 것 때문에 생긴 괴로움이라는 걸 알았다. 미명 속에서 어둠이 걷히듯 눈앞이 훤히 트여왔다. 안에서 무언가가 자꾸만 무너져내렸다. 아마 이때부터 나는 놓아버리는 습성을 익히게 되었던 것 같다. 억지로 가지려고 하기보다는 쉽게 버리는 쪽을 택해왔다. 그것이 내 삶과 문학에 중심이 되었고 내 인생에 지족知足을 선물했던 게 아닌가 하여 고맙게 여긴다.

그 후 김동화 선생님의 권유와 광우 스님의 주선으로 동국대학교 불교학과에 편입하게 되었다. 학기가 시작되기 전, 여행 겸 경봉 스님을 뵙고 싶어 통도사 극락암을 찾았다.

'이름이 난자蘭子라고 하니 무슨 난초인고? 일러라.'

그 후 스님과 주고받은 서신은 불교신문에 소개되었고, 그곳에서 지낸 하룻밤을 「극락지일야極樂之一夜」라는 기행문으로 썼는데 그것을 박경훈 선생께서 불교신문(66년 9월)에 전문을 실어주셨다.

그때 경봉 선사께서 예언처럼 내게 해주시던 말씀이 생각난다.

"자네 방석을 뒤집어 깔고 앉았군!"

그건 직장을 그만두고 공부에 발심을 낸 것을 지적한 것이었다. 고개를 갸우뚱하시더니 내게 결혼운이 보였던지 "마아 결혼해도 부처님 일을 하게 될끼다"라고 하셨다. 과연 그 말씀은 틀리지 않았다. 평생을 불은佛恩 속에서 지내게 되었으니.

정각正覺을 주창하는 정각사에서는 '바로 알고 바로 행해 참사람 되사'는 정신正信 정행正行을 근본 이념으로 삼아 〈신행회〉를 설립하고 신행회보를 펴내기에 이르렀다. 1969년 2월의 일이다. 등사판으로 시작된 신행회보가 광우 스님의 원력으로 〈신행불교〉로 제호를 바꾸면서 문서포교의 불모지나 다름없었던 그 시대에 작은 등불의 역할이나마 감당해왔다고 나 스스로도 자부한다. 부처님께 약속드린 10년을 그 일에 바쳤다.

김동화 선생님의 원고를 받으러 수유리 자택으로, 쌍문동 자택으로 찾아뵈면 선생님은 한복차림으로 언제나 책상 앞에 단정히 앉아계셨다. 온화하며 말씀이 적었던 그분은 아버지다운 자애를 베풀어주시기도 했다. 동국대 불교대학장으로 계신 선생님 방에는 김인덕 선생이 조교로 근무했는데 내가 불쑥 찾아가면 점심밥을 나눠주시는 바람에 딴 데서 시간을 보내야 했고, 퇴근 무렵 지프 차에 태워주셔서 좋아라했더니 을지로4가 전차정거장에서 내리라는 것이다. 전차표 한 장을 주시면서. 선생님 댁은 돈암동이라 삼선교에서 나를 내려주면 될 것인데…. 서운했으나 선생님의 기준에 승복할 따름이었다.

1980년 이른 봄, 국립의료원으로 문병 갔을 때의 선생님의 모습이 요즘 부쩍 더 생각난다. 누워 계신 선생님은 손으로 당신 몸을 가리키며 "이게 많이 아파"라고 하셨다. 내가 아픈 게 아니라 이 몸뚱어리가 아프다는 말씀이다. 몸에서 마음을 떼기가 어찌 쉬운 일이라 하겠는가. 우리에게 가장 큰 우환은 몸이 있다는 사실일 것이다.

선생님 가신 지 어언 32년, 이 사람도 피할 수 없는 과정을 겪으며 '이게 많이 아파'라던 선생님의 말씀을 화두처럼 곱씹게 된다. 아프다고 소리를 질러도 마음만은 아프지 않은 평정平靜에 들도록 노력하는 중이다.

그 후 광우 스님께서는 '뇌허 불교학술상'을 제정하여 김동화 박사의 뜻을 기리며 한국불교 발전에 기여한 젊은 학자들에게 학술상을 수여하였다. 뇌허雷虛 불교학술상의 첫 수상자는 김영태 선생님이었다. 허리를 좀 받쳐 드리고 싶을 만큼 몸을 낮추고 어리숙하게 서 계신 김영태 선생님은 "학은學恩에 감사드린다"며 수상소감을 말했는데 왠지 나는 벅차오르는 감격을 누르기가 어려웠다. 불교문화연구소에서 『삼국유사』 원전 강독을 지도해주신 김영태 선생님. 그 연구소의 소장으로 계셨던 뇌허 선생님. 그분이 일요일마다 서서 강의하시던 법당 이 자리에 서 계신 김영태 선생님. 나는 이 아름다운 인연의 의미를 되새겨보지 않을 수 없었다.

"생멸生滅이 끊어진 자리에서 누가 상을 주며 누가 상을 받는단 말인가? 상을 주고받는 이가 없는데, 오늘 김동화 선생님의 상을 김영태 교수가 받는다고 하니, 이는 아마도 세세생전에 김영태 교수와 김동화 선생이 모두 석가여래의 사자使者이었을지도 모른다"는 전관응 스님의 치사는 왜 그렇게도 가슴을 뛰게 했는지, 그리고 "오늘 눈에 보이는 이 상은 김영태 교수에게 시상하지만 아마 김동화 선생님은 눈에 보이지 않는 상도 드리고 싶어하실 것입니다. 그러니 여러분께서는 마음으로 그 상을 다 받아가지시면 좋겠습니다"라는 원의범 선생의 말씀에 나도 상을 받아가진 듯 마음이 뿌듯하게 벅차올랐다.

눈을 감으면 아직도 벅찬 그 법당의 기운이 느껴진다.

1980년 4월 5일, 타계하신 선생님의 영결식은 동국대학교 교정에서 치러졌다. 나는 오후에 수업이 있어 장지까지 따라가지 못하고 그 자리를 떠나오고 말았다. 내려오는 골목길에 흰 목련꽃이 집집마다 가득 가득 피어 있었다. 상장喪章처럼 내 가슴에 내려앉던 묘표墓標. 그 목련꽃이 지금 또 피어나고 있다. 선생님을 뵙는 듯, 그 시절이 다시 그리워진다.

가부좌로 앉은 사과 한 알

겨울해가 부쩍 짧아졌다.

하루의 반밖에 살지 못하는 노경老境이 내게도 찾아와서 어름어름 하루해가 비껴간다. 몸도 전처럼 활발하지 못하고 계획을 세운 일도 마음처럼 되어주질 않는다. 얼마간은 접어두고 무기력해진 몸을 데리고 사나흘에 한번꼴로, 집 앞에 있는 개롱공원으로 나간다. 걷고 걸으면서 마지막 가는 길을 생각하게 된다.

구부러진 둘레의 완만한 곡선길을 따라 걷다가 나중에는 운동장 흙길을 반복해서 걷는다. 걷다가 쉼표처럼 잠시 의자에 걸터앉아 숨을 고르는 시간, 이때 살아 있다는 존재감을 느낀다.

'존재하라 그리고 동시에 비존재의 조건을 알라. 비존재의 조건을 알 때, 인간은 자유로워진다'는 릴케의 말이 언뜻 이마를 스친다. 언젠가부터 나는 존재에서 비존재를 연관짓는 버릇을 키우고 있었다.

숲 둘레에는 어둠이 먹물처럼 번지고 있다. 수은등이 켜지는 다섯 시 반쯤 이 무렵, 숲은 다른 빛깔로 태어난다. 따뜻한 불빛에 감싸인 공원의 모습은 참으로 고즈넉하다. 동심원을 그리며 전구 바깥으로 배광背光처럼 흐르는 불빛의 파장을 지켜보면서 내 안의 빛[佛性]을 생각하게 된다. 낮게 소리내어 나는 최면을 걸 듯 내게 주문을 외운다.

'이 마음이 광명光明하여지이다.'

그러면 어느새 내 마음이 환하게 밝아지는 것을 느낀다.

'이 마음이 청정淸淨하여지이다.'

이렇게 발원하면서 스스로 마음의 먹구름을 밀어낸다. 마음이 한결 맑아지는 것을 느낀다.

'이 마음이 화합和合하여지이다.'

이것을 되뇌이며 내 마음의 모서리를 깎아내고, 나를 낮추어서 남들과 더불어 화합할 것을 마음속으로 다짐한다. 그러나 상대에 따라서 무쟁無爭이 쉽지만은 않다. 그렇더라도 나는 다툼을 끊고 마음의 평화를 유지하고 싶다. 툭툭 털고 다시 일어나 걷는다. 운동장 모서리를 돌아서는데 '무無라, 무無라!' 하시던 효봉 스님의 음성이 덜미를 잡는다. 입적할 때까지 들고 계셨던 그분의 무자無字 화두.

무엇이었을까?

일체만물에는 불성佛性이 있다고 해놓고 어째서 조주 선사는 개에게는 불성이 없다고 다른 말씀을 하셨을까?

아마도 그것은 유有 무無를 타파하기 위한 하나의 공안이 아니었을까?

언젠가 화계사에서 숭산崇山 스님을 뵈었을 때의 일이 떠오른다.

찻상에 놓인 사과 한 알을 불쑥 내 앞에 들이밀며 '색色이냐? 공空이냐?' 답해보라는 것이었다. 기습적인 그날의 강타는 독사처럼 내 안에 자리를 잡았다.

'색즉시공 공즉시색色卽是空 空卽是色'

그 후로 오십여 년의 세월이 눈 깜짝할 사이에 흘렀다.

나는 지금 텅 빈 나뭇가지 앞에 서 있다. 봄 되면 저 빈 나무 속에서 꽃이 피어난다. 공즉시색이다. 조건만 맞으면 연기緣起 상황으로 존재하다가 조건이 다하면 돌아간다.

연기에 의해 가합假合된 이 몸뚱어리는 그림자처럼 실체가 없는 것이기에 본래 공空하다는 것을 알면, 일체의 고액에서 벗어나게 된다는 『반야심경』을 나는 그 동안 얼마나 되뇌었던가.

'무라! 무라' 나는 『반야심경』의 '공중무색, 무수상행식空中無色, 無受想行識', 즉 공한 가운데는 육신도 없고 감각과 표상작용도 없으며 행위와 분별작용도 없고 눈 귀 코 혀 몸 뜻의 6근根도 없으며 형상, 소리, 냄새, 맛, 감촉, 생각의 6경境도 없으며 '무안계내지 무의식계無眼界 乃至 無意識界', 6근과 6경이 부딪혀 일으키는 인식작용인 제6의식意識도 없느니라.

모든 것은 6근과 6경의 인연조합과 거기에 보태진 마음의 작용인 바 모두가 마음이 만들어낸 허상인 것을 숙지하면서 발 박자에 맞추어 그걸 외워본다. 제7식과 제8식인 아뢰야식의 공空함도 함께 통찰한다. 결국은 무無다. 제법무아諸法無我다.

무명無明도 없고, 무명의 다함도 없으며 늙고 죽음도 없고, 늙고 죽음의 다함도 없나니 이 '12연기' 가운데 특히 나는 늙고 죽음이 없다는 '무노사無老死'를 마음판에 새긴다. 어디에 죽을 내가 있던고.

'무고집멸도無苦集滅道 무지역무득 이무소득고無智亦無得 以無所得故.'

고苦와 고의 원인인 집集과 고가 해결된 멸滅과 멸에 이르는 실천방법인 도道도 없고 지혜도 없으며 지혜를 실천함으로써 주어지는 공덕의 얻음 또한 없는데 왜냐하면 원래 얻을 바가 없기 때문이니라. 여기까지를 소리내어 철필로 마음에 새기듯 외운다. '원래 얻을 바가 없다'는 이 대목을 나는 좋아한다.

그 동안 덜어내기가 쉽지 않았던 '나'라는 에고와 소유에 대한 복잡한 감정들이 『반야심경』 덕분에 어렵지 않게 녹아내린다. 공한 가운데 이것들은 내가 몸으로, 생각으로 만들어낸 마음작용의 현현現顯인 것에 지나지 않는다는 데에 이르고 보면 고단한 칠십 평생이 한 조각 꿈처럼 허망하게 여겨진다.

어느 도인께서는 물에서 나왔는데 옷이 젖지 않았다고 하시니 얼마나 다행한 일인가. 물에서 젖지 않고 불에서 타지 않는 그 도리를 생각해보게 된다.

수심이 깊고 흔들림이 없는 고요한 바다, 이것을 물의 본질인 공空으로 본다면 마음에 솟구치는 노도怒濤는 현상으로서의 드러난 색色이라고 할 수 있다. 이들은 서로 상반되는 것처럼 보이나 상즉상입相卽相入의 관계로 둘이면서 기실은 하나이다. 그러므로 무無의 본체와 유有의 현상을 같이 보아야 하는 까닭은 둘은 본래 한 가지로 나오면서 그 이름이 무無와 유有로 달라진 것이기 때문이다. 무無에 해당하는 무극無極과 유有에 해당하는 태극太極이 같은 근원에서 나와 그 명칭이 달라진 것과도 같다고나 할까. 그리하여 생사가 둘이 아니라는 것을 겨우 짐작이나마 해본다.

이 몸은 본래 주인이 없고
오온五蘊은 원래 텅 비었어라
저 칼이 내 목을 친다 해도
봄바람을 자르는 것과 다름없어라.

이것은 중국의 승조 스님이 재상자리를 마다한, 왕명王命 거역죄로 처형될 때 읊은 노래이다. 봄바람에 꽃잎 떨어지듯 칼날에 생사를 맡겨버린 스님의 무애행을 생각하게 한다.

'오온(우리 몸의 구성요소)은 원래 텅 비었어라'를 마음에 새긴다. 그러자 내 몸이 갑자기 솜사탕처럼 부풀어 올랐다가 누군가 훅하고 불지도 않았는데 의식 속에서 푹하고 꺼져버린다. 순간 내 몸이 사라진다. 미래에 없을 그 내가 지금 오른발로 땅을 향해 굳건히 내딛고 있다. 현상으로서의 색色이다. 존재다. 왼발을 떼면서는 본체로서의 공空을 또 생각한다. 무無다. 나의 일보一步는 아직 계속 중이다.

있다고 할 것이냐? 없다고 할 것이냐?

그날의 사과 한 알이 가을을 머금고, 잘 익은 빛깔로, 새콤한 향기로 내 앞에서 웃고 있다. 다시 숭산 스님과 마주 앉는다면 아무 말 없이 그걸 받아서 맛있게 먹으리라.

내 안의 사과로 나는 흙으로 돌아가 어쩌면 사과꽃으로 피어날지도 모르겠다. 눈을 감고 잠시 하얀 사과꽃밭으로 성큼성큼 들어간다.

나뭇가지에 가부좌로 앉은 사과 한 알. 오롯하게 전全 존재로 빛난다. 다르마[眞理]의 몸을 뵙는 듯하다.

만목滿目의 가을

은행나무가 노랗게 물들기 시작하면 마음에 따라와 번지는 가을, 깊숙이 그 속에 들어앉고 싶다. 거리를 거닐면서도 연신 은행나무 잎을 살피게 되는 버릇. 야위어가는 푸른 빛의 퇴색을 심장深長하게 바라다보게 된다. 미망迷妄에 갇힌 어느 젊음이 완성으로 이르는 길목 같아서다.

해질 무렵 시월 넷째 주 올림픽공원을 찾았다.

눈에 가득 들어차는 가을, 단풍이 곱다. 원두를 잘 끓여낸 커피색의 갈참나무, 왕벚나무의 선홍빛 단풍도 곱지만 내가 항용 마음을 빼앗기게 되는 것은 은행나무의 노란 단풍이다. 칙칙하던 녹음 속에서 깨어나 환하게 웃고 있는 얼굴. 내명內明한 어느 현자賢者를 만난 듯싶어 괜히 가슴이 설렌다.

이맘때가 되면 나는 연례행사처럼 은행나무 아래를 서성이곤

한다. 무엇인가 가슴에 차오르는 생의 충만감을 누르며 노랗게 물든 그 나무 밑을 즐겨 왕복하게 되는 것이다. 작년에도 그랬고 내년에도 그럴 것이다. 아름답게 제 빛깔을 완성한 그 은행나무 잎들이 떨어지고 나면 그야말로 내 한해는 다 가고 마는 느낌, 생존을 확인하는 교차지점이기도 하다.

올림픽공원 남문 밖이다.

길가에 줄지어 선 은행나무들의 저 늠름한 자태. 리듬을 타고 나뭇잎들이 물결친다. 거기에 카라얀의 뒷모습이 겹쳐진다. 그의 지휘봉을 따라 황금비가 노랑나비의 음표로 솨르르 쏟아져내린다.

석양 속으로 가벼이 가벼이 날리는 영혼.

눈앞에 펼쳐지는 이 장관을 어떻게 전하랴?

그때 전광석화처럼 운문雲門 선사의 한마디가 머리를 스쳤다.

'체로금풍體露金風.'

'나무가 시들고 잎이 떨어지면 어떻게 됩니까?'

제자가 물었을 때 운문은 '가을바람에 본체本體가 드러나지' 하고 이 넉 자를 썼던 것이다.

가을바람에 몸만 말고 마음의 비늘도 떨어내야 하리라.

심신의 탈락脫落이 전제되지 않고서는 어찌 본체[진리]를 보랴.

요즘은 환幻인 줄 알면 곧 여읜다는 『원각경』의 '지환즉이知幻卽離'를 가슴에 새기면서 되뇌고 있는 중이다. 자의식自意識이 그려놓은 허깨비[관념]에 속지 말라는 말씀을.

우수수 또 한 차례 황금비가 쏟아진다. 하늘의 무슨 기별寄別 같다. 그것들은 노랑나비 떼처럼 공중을 선회하다가 사뿐히 내 어깨 위로 내려앉는다. 그것을 감각感覺하는 나라는 존재는 분명 여기에 있는데 가합假合된 이 존재는 정말 있는 것일까?

갑자기 이런 생각이 든 것은 생명의 낙하落下가 바로 눈앞에서 펼쳐진 때문이다. '현상적現象的인 나'라는 그 존재가 없다는 것은 아닐 터.

'나'라고 하는 관념이 실체實體가 아니라는 사실을 깨닫는다. 그리하여 관념의 허상虛像과 주객主客이 떨어져 나간 자리에 오롯이 드러나는 본체[自性]. 운문은 그것을 말하고자 함이 아니었을까?

등 뒤로 내려쬐는 햇볕이 따스하다.

이런 날은 햇볕에 나와 옷을 말리다가 이蝨를 옷 속에 다시 넣어 입었다는 양관良寬 선사가 문득 그리워지기도 한다.

임종에 이르러 설사하며 그가 내놓은 말.

> 겉도 보이고,
> 속도 보이며
> 떨어지는 단풍이여!

나는 이 시구를 좋아한다. 고매한 정신과 무상한 육체의 탈락.

'떨어지는 단풍이여'로 언하言下에 드러나는 진면목眞面目.

'체로금풍'이다. 이렇게 주객을 떼지 않고도 분별을 떨쳐버린 자리. 이런 자유인들이 그리워지는 계절이다.

소쇄한 가을바람에 본체를 드러내는 저 나무들.

저녁 노을에 물든 은행나무가 금색 옷을 입으신 대일여래大日如來로 다가온다. 거룩한 광명의 현현顯現, 나는 그 앞에 잠시 망부석이 되었다.

눈 시린 이 만목滿目의 가을에.

냉장고의 눈물

얼마 전부터 냉장고 문 아래에 물이 고이기 시작했다.

별 생각 없이 닦고 말았는데 그 후로도 찔끔찔끔 물이 흘렀다.

제사를 며칠 앞두고 서비스센터에 사람을 불렀다.

냉각기의 수명이 다했다는 것이다.

무생물도 떠날 때는 눈물을 흘리는가?

친절한 기사는 냉동칸 서리꽃을 걷어내고 임시변통을 해주고 돌아갔다.

며칠 전부터 잔신경이 쓰이던 제사를 무사히 치르도록, 그 놈은 제 기능을 다 해주었다. 얼마나 힘에 부쳤을까?

둔중한 몸으로 태산을 오르는 듯 숨 가쁜 호흡이 느껴졌다.

1998년 가을 이곳으로 이사올 때 들여놓은 것이니 근 20년을 바라본다.

어느 결엔가 내 숨결도 예전 같지 않다. 그러고 보니 몸 안에서 누수현상이 일어나는 건 저만이 아니었다.

요즘 들어 눈에 닿는 대상마다, 경계마다 부르지도 않은 눈물이 따라온다.

내 의지와는 상관없이 일어나는 누수현상.

까닭모를 이 눈물의 정체는 무엇이란 말인가?

2층 창문을 뜯고 육중한 몸체가 들어온 것처럼 그의 관도 그렇게 나갈 것이다.

거기에서 내 모습을 상상하는 것은 어렵지 않은 일이었다.

존재의 방식

가을 화단에 나와 있다. 바스라질 듯 허옇게 빛바랜 사르비아에 자꾸만 눈이 머문다. 요즘 내 몸 안에서도 그런 기운이 감지된다. 몸이 마음보다 먼저 허물어져가는 걸 느끼며 의지대로 되지 않는 몸을 따라 마음도 스산하게 무너져 내리는 요즘이다.

어느 뜨거운 여름날을 기억한다. 친구와 나는 병원 의자에 앉아 있었다. '사는 날까지 이대로' 하며 그는 결연히 수술 거부 의사를 밝혔다. 따가운 햇볕 속에 이어진 긴 침묵, 그때 빨간 사르비아가 우리들 눈앞에 들어왔다. 마당에 무리를 지어 가득 피어 있었다. 생기에 넘친 작은 정령들의 함성, 와 하며 힘껏 살아라 외치는 것 같았다.

벌써 10년 전의 일이다. 친구와 다니던 길을 지날 때면 문득 그녀의 빈자리가 유명幽明의 다름을 환기시켜주곤 했다. 그 후 나는

7년을 더 살고 있다.

사랑과 고독, 늙음과 성에 관한 이야기라는 마르케스의 소설『내 슬픈 창녀들의 추억』을 들춰 읽기도 하고, 꺼져가는 생명의 불꽃에 주목하며 어떤 날은 연극을 보러 혼자 공연장을 찾기도 한다.

〈버자이너 모놀로그〉. 브로드웨이와 런던에서 큰 호평 속에 전회 매진 공연 중이라는 팸플릿 문구가 마음을 끌었다. 버자이너 Vagina는 영어로 여성의 성기를 지칭하는 낱말이다. 무대에 조명이 들어오자 이 책의 원작자인 이브 엔슬러의 역을 맡은 김지숙 씨가 다짜고짜로 이 두 음절을 큰소리로 몇 번씩이나 되풀이한다.

"우리가 말하지 않으면 그것은 비밀이 됩니다. 내가 그것을 소리내어 말하기 시작했을 때, 나는 내가 얼마나 분열되어 있는지, 내 몸과 마음이 서로 얼마나 떨어져 있는지를 깨달았기 때문에 나는 그것을 소리내어 말합니다."

이런 대사들이 또박또박 가슴에 들어왔다. 몸과 마음의 거리가 새삼스럽게 인식되는 순간이었다.

"어린 시절 나는 강간을 당한 이후 결코 단 한번도 진정으로 내 안으로 들어가보지 못했습니다. 나는 지금까지 내 존재의 동력이며 나의 중심이고 제2의 심장인 그것 없이 살아온 것입니다."

낯선 대사가 나를 흔들며 지나간다. 정체성, 자아의식, 이런 것들로 가슴이 뜨끔거렸다. 진행자는 어느 할머니의 인터뷰를 소개하기 시작했다.

"아래, 거기? 난 1953년 이래 그 아래를 가본 적이 없어. 그건 그냥 저 아래 있는 창고나 마찬가지지 뭐. 젊은 시절, 앤디가 자동차에서 키스를 해올 때, 난 너무 흥분해서 그 아래가 홍수가 났어. 어찌할 수 없는 열정의 파도처럼 생명의 강물이 내 안에서 범람하고 그 애의 자동차 시트까지 다 적신 거야. 나더러 '역겨운 냄새가 나는 이상한 계집애'라고 말하더군. 내가 차에서 내리고 문이 닫혔을 때, 앤디와의 관계는 물론 내 아래 거기도 폐업한 거지. 이제는 그런 꿈도 안 꿔. 사실은 자궁암에 걸린 것을 알았어. 모조리 들어내야 한다더군. 있어도 소용없잖아? '홍수로 문 닫음'이라는 팻말이나 붙일 수 있지. 그저 집안에 닫혀 있는 그런 곳이야. 저 아래."

이 대목에서 갑자기 목이 메었다. 순간 친구가 떠올랐고 우리가 대화하던 식당 창가의 자리도 생각났다. 조기 퇴직으로 심란해진 남편과 여행에서 돌아오니 친구는 그새 수술을 했고 항암치료를 받는 중이었다. 창가에 은행나무가 황금빛으로 눈부셨다. 친구의 생환生還이 그저 고맙기만 했다.

"나 석녀石女야. 이제 남편이 돌아와도 소용없게 되었어."

친구는 싱겁게 웃어 보였다. 직장암으로 항문이 막혀 수술은 불가피했고 자궁까지 들어냈다는 것이다.

꼿꼿한 자세는 조금 무너졌지만 품위 있게 앉아서 양손을 써가며 음식을 맛있게 먹고 가출한 지 8년째 된 남편에 관한 이야기를 쏟아내기 시작했다. 사업이 기울자 전공을 살려 유전탐사를 떠났다는데 소식이 끊긴 채였다. 힘든 시기를 우리는 역문관易門關에서 공부하며 지냈다. '비색한 것[否掛] 또한 마침내 기울어지나니 그것이 어찌 오래 가겠느냐'며 주역의 말씀으로 위안을 삼기도 했다.

우주와 운명을 논하며 현실에는 초연한 척, 형이상학인 체했다. 그러나 형이하학적인 우리의 몸은 엄연한 현실이었다. 먹지 않으면 배고프고 달이 만월을 이룩할 때, 여자의 몸 또한 스스로 일어나 만월이 되는 것을, 특히 만월일 때 생체의 바이오타이드의 파고波高는 최고도로 높아진다고 한다. 나는 이따금씩 달빛과 바다와 여성의 상관관계에 대해 생각하곤 했다. 달의 인력引力과 조수간만潮水干滿의 넘침은 여자의 몸과도 일치한다고 하느니.

노래방 화면에서 파도가 격정을 이루며 출렁거릴 때 친구는 〈무인도〉를 열창했다. 몸짓으로 파도를 따라 해보이던 그녀의 모습이 눈앞에 일렁거린다.

"파도여 슬퍼 말아라. 파도여 춤을 추어라…."

특히 "바람아 불어라 드높아라 파도여 파도여!"를 목청껏 외칠 때는 왠지 마음이 편치 못했다. 꼭 어떤 절규를 듣는 것만 같아서.

긴 머리에 갈색 뿔테 안경이 잘 어울리는 그 친구는 그날 따라 남편의 원망을 가슴속에서 녹여내고 있었다. '우리를 울렸던 비바람도 이제와 생각하니 사랑이었소' 하는 노래 가사를 떠올리게 했다. 처음 있는 일이었다.

"남편이 돌아오면, 그것을 내 안에 한번 가득 품고 싶었는데…."

친구는 더 말을 잇지 못하고 눈물을 글썽였다. 나는 그저 웃어 보였지만 가슴 한 끝이 저려왔다. 속내를 감추지 않은 진실한 그의 한마디가 왠지 고마웠다. 친구는 온전한 몸으로 남편을 맞지 못하게 된 자신을 자책하는 것 같았다. "남편이 돌아오면…." 그러나 끝내 친구의 남편은 돌아오지 않았고 외동아들을 앞세우고 장례를 치러야 했다. 나는 지금도 열망에 찬 그녀의 젖은 눈빛을 기억한다. 얼마나 간절한 기다림인가를.

에로스[性愛] 없이도 존재하는 사랑의 방식을 깨닫는다. 이때 마르케스의 소설이 떠올랐다.

평생을 신문기자와 스페인어 교사를 지낸 자칭 '서글픈 언덕'이라는 이름의 남자 주인공. 그는 사창가에서 데려온 열네 살짜리 소녀와 함께 밤을 보낸 뒤 90세가 되는 생일날 아침을 맞는다. 그는 침대 속에서 살아 있는 몸으로 눈을 뜨자 감격의 눈물을 흘린다. 두 사람 사이에는 간밤에 아무 일도 일어나지 않았다. 소녀는 너무 어리고 잠들어 있었기 때문이라고 한다.

'서글픈 언덕'은 말한다.

"섹스란 사랑을 얻지 못할 때, 가지는 위안에 불과한 것이며 그것은 상호적이어야만 하는 것이 아니라, 사랑하는 사람의 옆에 있으면서 그를 느끼는 것만으로 족하다는 사실을 깨닫는다"고.

예전 같았으면 내가 보란 듯이 친구에게 떠벌였을 내용이다.

그러면 그녀는 뭐라고 대꾸했을까? 저만치에 빙긋이 웃고 서 있는 그녀의 모습이 떠오른다. '섹스란 사랑을 얻지 못할 때, 가지는 위안에 불과한 것'이 아니라 사랑이야말로 양성兩性의 합치로 완성되는 것 아닌가 하고 영문학도답게 D. H. 로렌스를 들먹였을지도 모른다.

그러나 나는 이 '서글픈 언덕'의 말을 여우의 신포도라고 까탈스럽게 우길 생각은 없다. 그것도 어쩔 수 없는 존재의 한 방식일 테니까.

열네 살 소녀 옆에서 그를 느끼는 것만으로 족하다는 90세 노인의 독백이 왠지 나를 스산하게 그리고 침울하게 만든다.

이 작품을 쓴 마르케스와 노경에 접어든 예술가들의 주책맞은 소녀 취향도 다시금 눈물겹게 헤아려지는 것이다. 욕망을 행사할 수는 없어도, 열정은 아직 식지 않았기에, 생명, 그것을 어찌하랴.

늙는다는 것은 이렇게 마음과 몸의 기능이 일치되지 않음을, 스스로 수렴해야 하는 순간의 쓸쓸함 같은 것인지도 모르겠다. 몸이 마음보다 먼저 허물어져 내리는 것도 슬픈 일이지만 몸만큼 마음이 허물어지지 않는 것 또한 슬픈 일이다.

화단 둘레에 어둠이 내리기 시작한다. 수척해진 폐원, 나도 거기에서 자연의 일부임을 느낀다.

시들어가는 생명, 저무는 것들의 나직한 비애. 그것을 건너다보고 있는데 내 안에서도 바스라지는 사르비아의 꽃잎 소리가 나는 것 같다. 깊어가는 어둠 속에서 그만 눈을 감는다. 태고의 정적靜寂이 온몸을 감싼다.

봉선화

초가을 산정에 한 남자가 앉아 있다. 그는 별밤에 이 노래 저 노래를 부르다가 밤이 깊도록 〈봉선화〉만을 되풀이해 불렀는데 배가 고파서 더 부를 수 없을 때까지 부르다가 지쳐서 잠이 들었다는 것이다.

법정 스님의 수필 「초가을 산정에서」를 읽다가 나는 잠시 마음이 흔들렸다. 이 칼칼한 비구스님의 나직한 오열은 무엇이란 말인가?

스님은 '울 밑에 선 봉선화야, 네 모양이 처량하다…' 여기까지 부르면 내 마음엔 까닭 없는 슬픔이 밴다고 적고 있다. 아주 오래전에 비 오는 날이면 모종삽을 들고 화단을 가꾸던 아버지도 이 노래를 자주 흥얼거리시곤 했다.

'어언간에 여름 가고 … 낙화로다, 늙어졌다 네 모양이 처량하다.'

인생 중도의 좌절로 말년이 고적孤寂했던 아버지도, 법정 스님도 모두 고인이 되셨다. 그런데 요즘 이 노래가 이상하게도 내 가슴속에서 맴돌고 있는 것이다.

2010년 3월 12일.

법정 스님은 입던 옷 그대로, 관棺도 없이 대나무 평상에 실려 가사만 덮은 채 쌓아놓은 장작더미 사이로 운구되었다. 점화가 시작되자 스님은 불꽃에 휩싸였다. 스님을 처음 뵙던 때가 떠올랐다. 1969년 봄, 세 사람이 마주 앉았다. 홍정식 선생이 스님께 내 취직을 부탁하려던 자리였다. 명동 입구로 옮긴 사무실(대한불교)에는 한상범 선생의 모습이 가끔 보일 뿐, 신문사는 제 기능을 발휘하지 못했다. 그 후 청탁한 『신행불교』의 원고를 받으러 다래헌으로 찾아가면 원고는 주시지 않고 스님은 이 방에서 갖고 싶은 걸 말하라고 했다. 마침 레코드판 위에서 『어린왕자』의 불어 낭송이 이어졌다. 그러나 말씀드리지 못했다. 양손에 책만 가득 얻어 갖고 봉은사 나루터에서 배를 탔다.

그 후 30여 년이 더 흘러 보내드린 첫 수필집에 답신으로 온 엽서.

'가난이 우리를 이만큼 키웠습니다.'

이 한마디에 힘겹던 나의 반평생이 실려 지나가듯 했다. 알 수 없는 뜨거운 것이 안에서 솟구쳐 올랐다.

점점 불꽃의 기세는 더해진다. 스님은 저 뜨거운 불꽃 속에서 무엇을 생각하고 계실까? 그때 누군가가 '화중생연火中生蓮'하고 크게 외쳤다. 거푸 세 번을 되풀이했다. 불 속에서 연꽃으로 피어나라는, 죽되 죽지 않는 법신法身(진리의 몸)의 연꽃으로 피어나라는 말씀인 것 같다.

나는 다비 장면을 텔레비전으로 지켜보면서 무언의 작별을 고했다. 세월만큼 만감이 지나갔다.

봉선화와 연꽃.

봉선화와도 같은 무상한 우리 존재와 연꽃과도 같은 불멸不滅의 존재에 대해 다시금 생각하게 된다. 순간과 영원, 그것은 생사生死와 생사를 넘는 화두로서 다가왔다.

소슬한 바람에 끌려 오랜만에 산정엘 올랐다. 먼 산과 마주하고 있자니 별안간 30년 전 스님의 엽서가 생각났다. 동안거를 마치고 어느 해, 나그네길에서 보낸다는 그 엽서.

언덕 위에 별(★) 하나를 그려놓고 그 밑에 '어린 왕자가 다녀간 자리입니다'라는 짧은 글귀가 붙어 있었다.

지구를 다녀간 자리, 그 빈자리를 더듬게 되는 날이 많아진다.

오두막에서 홀로 땔감을 구하고, 밭을 일구며 맑게 존재한 한 영혼.

스님은 엽서 속으로 들어가 그대로 별이 되셨는지도 모른다.

여름이 가고 있다.

'어언간에 여름 가고….'

안에서 피어나는 음절을 두드리며 나는 그리운 두 분의 노래를 가슴으로 듣는다.

낙화落花

구름 같은 벚꽃이 바람에 흩날리고 있다. 걸음을 멈추고 그것을 바라보는 망望 팔십의 나이, 생이 가볍지만은 않다. 오늘 산책길에서 만난, 목이 댕강 잘린 동백꽃은 마치 처형된 선사의 모습을 뵙는 듯했다.

> 저 칼이 내 목을 친다 해도/ 봄바람을 가르는 것과 다름없어라
>
> 이 몸은 내가 아니요四大非我有/ 오온은 본래 공하기五蘊本來空 때문이다.

중국 승조僧肇(384-413) 스님의 임종게가 떠올랐다. 그분은 왕이 명령한 재상직을 수락하지 않아 끝내 처형되었다. 오온무아無我를 그대로 우리에게 일러준다.

저 바람에 떨어지는 꽃처럼 나 또한 미구에 그렇게 소멸될 것을 예감한다. 그 동안 알려고 애썼던 객체로서의 죽음이 어느새 산그늘처럼 다가와 내 몸에서 해체작업을 서두르고 있다. 잇몸도 주저앉고 매일 어딘가 조금씩 죽어가고 있다. '시체놀이'를 즐기던 일본 작가 엔도 슈사쿠처럼 나도 어느 날은 눈을 뜨지 못하는 상태로 누워 있기도 하고 또 어떤 날은 몸에 힘을 빼고 요를 '들판'이라 생각하며 반듯이 누워 호흡을 참아보기도 한다. 살갗에 닿는 바람 그리고 햇볕이 느껴진다. 등을 떠받치고 있는 융단처럼 폭신한 흙, 언젠가는 포슬한 저 흙속으로 동화되고 말 감촉조차 심상에 그려지는 것이다. 가족묘원에 마련된 한 뼘 내 공간에 그렇게 누워본다.

나는 가끔 유령인간처럼 내가 존재하지 않는다는 생각으로 있어볼 때가 많다. 내가 정말 있기나 한 것일까? 그렇다면 나는 누구인가. 끌어 모아서 얽어맨 한 칸의 초가집처럼 사실은 짚단과 나무기둥의 비실체적인 몇 가지 요소들에 지나지 않는 임시적 존재가 아닌가, 이런 생각이 드는 것이다.

승조 스님의 말씀처럼 지수화풍[四大] 네 요소에 원래 '나'라는 존재는 없고 몸과 마음[五蘊]에도 실체가 없는 것을. 나를 포함한 일체의 현상은 원인과 조건으로 연기緣起된 것이기에 그 실체는 없다. 숱하게 들었던 법문에 의하면 본질적으로는 공空이다. 실체가 없으므로 연기緣起가 가능하며 자성自性이 없는 고로 공空이고 무아無我이다. 이렇게 '내가 없다'고 생각하니 겨눌 만한 그 무엇도 세상에는 없는 것 같다. 마음이 이내 허허로워진다.

바람에 자꾸만 꽃잎이 떨어지고 있다. '바람'처럼 떠나가신 경허 스님(1849-1912)의 모습이 떠오른다.

서른한 살에 자성본원自性本源을 깨친 스님은 가는 곳마다 무애無碍 법문을 펼쳤고 움직일 때마다 수많은 일화가 뒤따랐다. 그분은 삼수갑산에서 승복을 벗어던지고 토굴을 지어 그곳에서 아이들을 가르쳤다.

예순세 살이 되던 어느 봄날이었다. 스님은 아이들에게 작별을 고한다.

"내일 가야겠다."

"어디로 가시는데요?"

"바람 따라 갈 뿐이란다."

그리고는 붓으로 일원상一圓像을 그린 뒤, 오른쪽으로 비스듬히 누워 원적圓寂에 들었다. 하나의 원상[○]이라는 방편에 의지하여 무언의 실상實相을 드러낸 것이리라.

"동그라미[道]는 허공과 같아 부족함도 넘침도 없다圓同太虛 無欠無餘"고 한 옛 사람의 말씀이 떠오른다. 말로는 표현할 수 없는 일원상, 이름을 붙일 수도 없는 그 본체를 노자老子는 '도道'라 칭하고 유가에서는 '태극'으로, 불가에서는 청정하고도 공적空寂한 '법계

法界'로 상정했다.

빈 허공에 서린 하나의 기운, 경허 스님께서는 문자文字의 속성을 벗어난 원상[○]으로서 다르마[法], 즉 연기緣起의 소식을 우리에게 보여준 것이 아닐까 생각된다. 요즘 들어 '바람 따라갈 뿐'이라던 그분의 모습이 왠지 사무쳐온다. 입에 붙는 '바람', 바람. … 삼수갑산의 4월, 그분은 바람 따라 어디로 가셨을까?

우주라는 무대를 인연 따라 흐를 뿐, 인연의 장場 어디에도 실체적인 '나'라는 존재는 없다. 늘그막에 이르러 무아無我를 참구하며 이제야 남루한 내 탐심을 조금씩 내려놓는다. 앉은키도 어느새 줄고 짧은 그림자에 시나브로 꽃이 지는데. '꽃이 지기로서니 바람을 탓하랴'던 시인 조지훈의 심정도 가깝게 느껴진다.

지상에 꽃잔치가 한창인 이 봄, 현기증처럼 나는 잠시 우주의 미아迷兒가 된 듯하다.

'어디로 가시는데요?'

'바람 따라 갈란다.'

혼자 문답놀이를 하고 있는 나 스스로를 돌아보게 한다.

가아假我가 무아無我를 향하여.

나, 이대로 좋다

바람 부는 언덕에 선 채, 이대로 좋다.

눈앞에 펼쳐진 일망무제, 발 아래의 삼계화택三界火宅에서 용케도 견디어왔다.

어느 대왕이 학자들에게 '인간의 역사'를 써오게 하자 그들은 수백 권의 저서를 기술하여 대왕께 올렸다. 백성들이 읽기에 분량이 너무 많으니 좀 더 줄여보라고 지시했다. 간추린 수십 권의 저서도 더 줄일 것을 요구했다. 이 같은 과정을 되풀이한 뒤, 학자들은 마침내 합의점을 찾았다. 대왕께 올린 것은 커다란 종이에 쓰여진 '고苦'라는 글자 하나였다. 그제야 대왕은 만족한 얼굴로 고개를 끄덕이더라는 것이다.

만약 누가 나더러 '인간의 역사'를 써오라고 한다면 나 역시 '고苦'라는 글자를 크게 써서 올릴 것이다. 그러나 그 고苦를 통해서 우리의 영혼은 성장을 거듭하고 성聖으로 나가게 되는 것 아닌가.

오래 전 일이다. 어느 심령술사가 내게 '당신은 전생에 해인사에서 수도하던 사람'이라고 했을 때, 갸우뚱하다가 정말 그런 게 아닌가 하는 생각이 든 것은 해인사 백련암에서 공부하던 스님 세 분을 차례로 속가에서 만나게 된 인연 때문이다.

햇볕이 따사로운 어느 봄날, 후원에서 담소를 나누던 세 분은 무슨 연유에서인지 뱀 '사蛇' 자를 넣어 호를 나누어 가졌는데 세 분 모두 속퇴하여 한 분야에서 일가를 이루었다. 청사 석도륜(미술평론가), 홍사 고은(시인), 백사 유충엽(명리학자) 선생이다. 이 분들과 인연이 닿아 인간의 운명과 『주역』에서 말하는 생사生死 원리에 대해 관심을 갖게 되었고 불교와 문학의 언저리를 기웃거리며 함께한 시간들이 있었다. 첼리스트 조현진 씨를 데리고 정각사에 오신 석도륜 선생을 만난 것은 1960년, 차례로 이분들을 만나면서 서로간의 친분 관계를 알고는 놀라지 않을 수 없었다. 정말로 깊은 불연佛緣이다.

마음대로 되지 않는 화수미제火水未濟의 인생길을 에둘러 여기까지 왔다.

인간의 고통 중에 가장 큰 고통, 어떻게 해야 생사의 고통에서 벗어날 수 있겠는가? 하는 물음을 갖고 애를 태우던 중, 불생불멸不生不滅이라는 석가의 말씀에 압도된 적이 있었다. 나는 요즘 설법에도 등한한 편이다. 재액災厄으로부터 지켜달라고 법당에 가 엎드리지도 않는다. 가족의 영달과 복을 달라고 매달리지도 않는다. 아무 발원도 없이 그저 바람 부는 언덕에 나와 온몸으로 그걸 맞고 있다.

발원發願은 물론 좋은 것이다. 하나의 목표를 향한 에너지의 응집이며 때로는 자기 위안이기도 하다. 그러나 엄연한 인과因果에서는 벗어날 수 없는 일. 밭이랑에 심어놓지 않고 어찌 거둘 게 없다고 탓하겠는가? 기도에 매달려 어찌 약속되지 않은 수확을 바라겠는가. 지은 게 없는지 나는 이생에서 유복하기는 틀렸다. 그렇다고 내생의 빈보貧報를 받지 않기 위해 복의 종자를 부지런히 심어야겠다는 생각도 들지 않는다. 마음속에 발원도 내려놓고 나니 가슴이 뻥 뚫린 듯 휑한 공동이 느껴진다.

요즈음 들어 더 한 가지 이상한 일은 나를 둘러싼 결핍된 사항과 부족한 것들에 대해 그 개선을 요구하고 싶어지지 않는다는 사실이다. 그대로 놓고 불편한 대로 지낼 만하다. 나는 지금 텅 빈 가슴으로 나목裸木처럼 서 있다. 그 앞에 저항하지도 않고, 달아나려고도 하지 않으며 미련하달 만큼 한 곳에 서서 맞을 것 다 맞고 싶다. 그리하여 정직한 대가를 치르고 버릴 것은 버리며, 세상과의 관계 맺음에서 홀가분해지고 싶다.

끌어 모아서 얽어매면, 한 칸의 초가집.
풀어헤치면 본래의 들판인 것을!

어느 선사의 시구처럼 허물어져가는 한 칸의 초가집 같은 나.

언젠가는 본래의 들판으로 돌아가리.

바람 부는 언덕에 선 채, 나 이대로 좋다.

시간의 강가에서

해질녘 적막한 강가에 나와 선다. 유장流長하게 흐르는 저 금빛 물살은 어디로 가는 것일까. '간다는 것'을 생각하기에 이른다.

잔잔한 물살 위에 흐르는 시간, 물 수氵와 갈 거去를 합하면 법法 자가 된다. 법法이란 진리, 물이 흘러가는 '흐름'이 진리가 아닐까. 돌이킬 수 없는 그 흐름의 원형은 시간일 터이다.

내 남루한 시간은 나를 여기까지 데려왔다. 젊은 날 나는 발길이 막힐 때면 남몰래 강가를 찾곤 했다. 유유히 흐르는 물살에 한참 눈을 주다보면 먼 데로 사라지고 마는 자잘한 근심 따위. 텅 빈 마음이 되곤 했다. 강물은 그때 내게 많은 걸 들려주었다.

"위험하게 살아라. (…) 전쟁의 상태에서 살아라. (…) 운명을 사랑하라."(『오디세이아』에서)

그리스의 작가 카잔차키스(1883-1957)는 과외선생처럼 일러주었다. 그의 소설 『오디세이아』는 트로이 전쟁에 참가했다가 고국

이타카로 돌아오는 영웅 오디세우스의 모험담이다. 나 또한 그들처럼 풍랑과 맞서 몸으로 견딘 세월이 얼마인가. 그러나 월계관 없는 고된 시간들이었다. 이제 귀향의 닻을 내려야 할 지점에서 멀리 수평선을 바라본다. 승리도 패배도 없는 자연의 품으로 돌아갈 시간.

“가는 자 이와 같은가.”

했다는 공자의 나지막한 탄성이 울려온다.

어디로 가는 것인가? 시간이란 무엇인가? 새삼스럽게 시간의 의미를 뒤좇게 된다. 참으로 많은 작가와 철학자들이 시간을 규명한 바 있다.

‘시간은 지속적’이라고 말한 프랑스 철학자 베르그송(1959~1941)은 시간이란 다양한 연속성 안에서 과거에 흘러갔던 시간이 아니라 지금 현재도 흐르고 있는 시간을 의미하며 그것은 끊임없이 변화하는 연속체이며 무엇보다 “우리의 내면 속에 지속적으로 진행하고 있는 의식의 흐름 자체”라고 했던 말을 나는 다시 주목하게 된다.

‘베르그송 철학을 내면화한 최초의 예술가’라 칭해진 프랑스의 작가 마르셀 프루스트(1871~1922)는 자신의 작품『잃어버린 시간을 찾아서』에서 시간을 기억으로 환원한다.

“눈에 보이지 않는 시간이라는 물질을 따로 떼어냈고 소설에 등장하는 인물들이 얼마나 다양한 모습을 보일 수 있는지를 통해 시간의 흐름을 느낄 수 있었다"고 피력한 바 있다. 필자 역시 시간을 기억으로 환원하는 것이 문학이 아닐까 생각한다. 왜냐하면 비가시적 시간을 실제적 시간으로 말할 수 있는 방법은 이야기로 형상화할 때 그 시간은 존재성을 획득하기 때문이다.

'시간의 광맥을 캐는 광부'라고 자칭했던 아르헨티나의 작가 호르헤 루이스 보르헤스(1899~1986)의 문학의 주제도 '인간의 정체성'과 '시간'이었다. 그는 에세이 「시간에 대한 새로운 반론」에서 이와 같이 말한다.

"시간은 지속입니다. 존재한다는 것은 시간이 되는 것이며 우리들이 바로 시간입니다. 시간은 존재의 핵심이기 때문에 시간 없이 인간은 살 수 없어요. 우리들의 의식은 끊임없이 한 국면에서 다른 국면으로 옮겨가고 있는데 그 지속이 바로 시간입니다. 우리 또한 강처럼 흘러갑니다."

흐르는 강물에서 나도 시간을 바라본다.

> 시간은 나를 이루고 있는 본질이다.
> 시간은 강물이어서 나를 휩쓸어가지만 내가 곧 강이다.

보르헤스의 말을 곱씹어본다.

내 눈앞에서 자맥질을 하던 보르헤스가 불쑥 솟아올라 포효하

듯 내게 외친다.

"내가 곧 강이다."

내가 왜 강인가? 곰곰이 생각한다. 저 강폭을 키워가는 강물이 때론 나를 휩쓸어가지만 내가 곧 강인 것은 내가 태어난 시간과 함께 저들도 태어났기 때문이며 내가 죽으면 저들도 죽는 것이기 때문이다. 즉 시간과 강물은 나와 함께 태어났고 나와 함께 죽을 것이다. 이것을 철학자 다니엘 폰 체프코는 "시간은 나 이전에 존재하지도 않았고 나 이후에도 존재하지 않을 것"이라고 언급했다.

『고백론』에서 아우구스티누스(354-430)는 '시간이란 무엇이냐'에 대해 "시간이란 과거·현재·미래로 구분되는 것이 아니라 '현재'라는 형태로 존재한다"고 말한다. 그래서 시간은 바로 지금 존재하는 곳에 머물러 있다는 것. 독일의 철학자 니체나 하이데거도 이 시간의 현존성을 강조했지만 우리가 사랑해 마지않는 헤르만 헤세는『싯다르타』에서 이런 명구를 우리에게 선물했다.

> 이 물은 흘러 영원히 흐르고 있으나 언제나 그곳에 있다는 것을. 항상 그곳에 있어 어느 때와 같은 물이면서도 또한 순간마다 새로운 물이라는 것을.

강가에 나와 나 또한 얼마나 이 말을 되뇌었던가.

그는 영원에서 순간을 본 것이다. 우리는 과거에 살 수도, 미래에 살 수도 없다. 우리에게 허용된 시간은 현재뿐이다.

독일작가 토마스 만(1875~1955)은 그의 소설『마의 산』에서 이렇게 쓰고 있다. "오늘을 즐겨라. 시간이란 이용하도록 인간에게 빌려준 신의 선물이다."

허용된 시간은 현재뿐임을 나 또한 숙지한다. 눈을 감는다. 그러나 발원지를 알 수 없는 내 시간의 출발점, 그 아득한 영겁의 조상으로부터 이어져 내려온 물길을 더듬어본다. 137억 년 전 빅뱅으로부터 우주가 형성된 그때 시간이라는 것도 만들어졌다. 불덩어리 같은 지구 표면이 굳어 생명이 출현하게 된 것은 39억 년 전의 일이다. 생명의 기원을 별들의 진화에서 뿌리를 찾는 미국의 천체물리학자 칼 세이건(1934-1996)을 따라 시공을 뛰어넘어 우주를 한참 선회하다가 눈을 떴다. '무량원겁無量遠劫이 즉일념卽一念'이다, 무량한 시간이라는 것도 내 한생각에 지나지 않았다, 법[흐름]의 세계에서는 시간이 존재하지 않는 것도 같았다.

보르헤스의 말대로 존재한다는 것은 시간이 되는 것이다. 우주도 시간과 함께 태어났다. 모든 존재는 생멸生滅하기 때문에 시간이 경과하고 또한 시간이 경과하기 때문에 생멸한다. 존재와 시간은 서로 인대因待한다. 만약 존재가 없다면 어떻게 시간이 있을 수 있겠는가? 보르헤스가 그의 에세이「시간에 대한 새로운 반론」에서 시간을 부정했던 것처럼, 1700여 년 전 인도의 학승 나가르주나Nāgārjuna(150~250)도 자신의 저서『중론中論』에서 다음과 같이 시간의 공성空性을 제기한 바 있다.

> 존재로 말미암아 시간이 만일 있다면
> 존재를 떠나서 시간은 어디 있을 것인가.
> 그런데 어떠한 존재도 (실체로서는) 존재하지 않는다.
> 어디에 시간이 있을 것인가.
> 因物故有時 離物何有時 物尙無所有 何況當有時

시간은 없다는 것이다. 시간의 없음을 여실히 보게 될 때, 단지 시간의 없음만을 보는 것이 아니고 시간에 따라 변해간다고 하는 생각하는 자아自我도 없다는 것을 알게 된다는 것이다. 시간과 자아는 실체가 없는 하나의 허구이기 때문이다.

"시간은 하나의 환상입니다."

그리스의 철학자 파르메니데스의 말이 생각난다. 아인슈타인은 또 어떠했는가. "시간은 시계로 측정하는 것에 불과하다. (…) 물리학에서는 시간이 새로운 것을 가져오지 않는다. 그래서 시간은 환상일 뿐이다."

시간은 왜 환상인가?

시간이 인대因待한 존재 자체가 자성自性이 없는 환幻이기 때문이다.

일어난 것은 전부 연기緣起로 일어났고 본성으로 볼 때는 하나도 일어난 것이 없다. 물이 흘러가듯 법성法性으로 보면 아무리 많은 것이 일어나도 본성本性에서는 일어난 것이 없기 때문이다. 그래서일까 아일랜드의 작가 사뮈엘 베케트(1900-1989)는 『고도를 기다리며』에서 "아무 일도 일어나지 않았다"라고 적고 있다. 그는 본체에서 일어나는 현상을 알았던 것이다.

"시간이 머무는 것도 없고, 시간이 가는 것도 없다. 시간이 없는데 어찌 시간의 모습을 설명하겠는가?"라던 나가르주나는 『중론』에서 가고오는 것에 대해 다시 언급한다.

> '이미 간 것'에는 감[去]이 없다.
> '아직 안 간 것'에도 감[去]이 없다.
> 과거 미래 이 두 경우를 떠나
> '가고 있는 현재'도 감이 없다.
> 已去無有去 來去亦無去
> 離已去未去 去時亦無去

이와 같이 감이 없다면 가고 있는 현재도 있을 수 없다는 것이 된다.

> 감 때문에 가는 자를 알 수 있다고 하지만
> '가는 자'가 자신에게 속해 있는 '감'을 사용할 수 없다.

가는 자에 앞서서 감이 없기 때문이다.

그러므로 가는 자는 감이 없다.

因去知去者 不能用是去

先無有去法 故無去者去

이런 까닭에 간다는 것과 가는 자와 갈 곳도 존재하지 않는다. 환언하자면 저 물과 시간과 나는 모두 가는 곳이 없다. 실체 없는 우리의 존재는 공성空性, 무無이기 때문이며 존재를 떠난 시간이란 있을 수 없기 때문이다.

"우리의 본질이 시간이라면 개인의 정체성이란 시간의 환영일 뿐"이라는 보르헤스의 말에 나는 그만 덜미를 잡히고 만다.

시간과 함께 인간은 하나의 마야[幻影]에 지나지 않으리라는 자성自省이 나를 잠시 무력하게 하지만 그러나 도도한 흐름 위에 실린 저 무주無住의 시간.

없으면서 지속하는 다르마, 그 법성의 법法 자를 되새기게 되는 것이다.

제3장

모과 한 알

홍시

상자에서 감 한 개를 꺼냈다.

아직 푸른 빛이 가시지 않은 몸에 과도를 넣었더니 손끝에 단단한 저항감이 느껴졌다. 감 서너 개를 채반에 받혀 볕 바른 창가에 두었다. 여러 날이 흘렀다. 감은 온몸으로 달라지기 시작했다. 얼룩진 푸른 빛깔은 물러나고 오롯이 완성된 붉은 하나의 홍시.

나는 빈집에 혼자 앉아 홍시의 붉은 안뜰을 넘보고 있다.

산다는 것은 늙음으로 향하는 길, 늙는다는 것은 완성으로 가는 길일까?

그렇지만은 않은 것 같다. 내면의 떫은 것을 익혀내는 저 발열發熱과 인고忍苦의 시간. 홍시는 늙어서 그저 완성된 것이 아니었다.

"익었느냐?"

손등으로 수박을 두드리듯 누군가 내 안을 노크한다.

"익었느냐?"

어쩌자고 철들지 못한 떫음이 그대로 남아 있다.

완성이란 시간의 변화가 아닌 영적靈的 변환變換인 것을.

한 편의 글쓰기도, 인간의 품격도 이와 같은 것이 아닐까?

문득 그런 생각이 들었다.

저 눈부신 존재의 발현發顯, 나는 지금 홍시와 대면하여 맑은 피부에, 그 아름다운 빛깔 하며, 보드라운 속살에 지닌 깊디깊은 단맛을 완성하기까지의 그들의 내밀內密한 변환의 과정을 더듬어보게 되는 것이다.

모과 한 알

수필가 K씨는 해마다 마당에서 수확한 가을을 보내온다. 이번에도 상자 속에 모과 세 개가 들어 있었다. 아기 머리통만한 모과는 손끝에서 무쭐했다.

아마도 그녀의 정원에서 간택된 제일 잘 생긴 놈이지 싶다. 피부는 어린 연두에 노랑빛깔을 띠고 있으나 몸통은 산맥처럼 꿈틀대는 골격이 범상치 않다. 그 중 두 개는 모과차를 만들고 두상頭像과 빛깔이 제일 나은 것을 골라 안방 문갑 위에 두었다. 방문을 여닫을 때마다 은은한 향기가 따라나오고 빛깔도 점차 황금빛으로 익어갔다.

어느 날은 방문을 여니 그가 그 방의 주인인 것처럼 정좌靜坐하고 있었다. 미더운 생각이 들었다. 그러나 그의 시간은 어디까지였을까?

가을이 땅으로 내려앉고 하늘에 눈발이 날리기 시작했을 무렵인가, 그때부터 그의 모습이 달라지기 시작했다. 몸에 갈색 반점이 번지고 늙은 대추마냥 쪼그라들더니 시커먼 하나의 돌덩어리에 불과했다.

"들어내야지" 하면서도 왠지 손길이 쉽게 가지 않았다.

한가람미술관의 회랑을 돌 때였다.

울퉁불퉁한 시커먼 돌덩어리, 그건 내 첫인상이었고 청동으로 부조된 자코메티의 마지막 작품 〈앉아 있는 남자의 흉상〉이었다. 배코 친 두상에 비쩍 마른 얼굴, 눈빛은 형형한데 그친 입술[止]은 삐뚤어졌고… 뭔지 모를 고통이 솟구쳤다. 그때 등신불이 떠올랐다.

젖줄이 끊긴 아이처럼 나무에서 박리剝離된 채, 제 모습의 꼴을 갖추느라고 힘들었을 모과의 고행苦行 정진이 짚어졌다.

나는 그날 우연히 모과 한 알에서 고행승의 열반을 보는 듯했다.

벌레

욕조에 들어가 샤워기를 집어든 순간 바닥에 시커먼 벌레가 보였다.

놈은 침입자에 놀란 탓인가, 꼼짝도 않고 있었다. 자세히 보니 길이는 5㎝쯤, 발이 많이 달린 그리마 속칭 돈벌레였다.

물을 틀면 곧장 하수구로 쓸려갈 테고…. 어쩌면 좋을까 망설이고 있는데 손 가까이에 밥주걱처럼 생긴 발뒤꿈치를 미는 기구가 보였다. 간신히 놈을 거기에 앉히고 욕조 벽면에 밀착시켜 끌어올리기를 시도했다. 도르레를 탄 것처럼 어지러운가, 놈은 중간쯤에 이르자 바닥으로 곤두박질쳤다. 2차 시도도 실패였다. 필사의 탈출인가, 아니면 자포자기인가 알 수는 없지만 나는 그놈을 살려서 밖으로 내보내고 싶었다.

"너를 다치지 않게 할 거야"

진정으로 말한 뒤 시퍼렇게 질린 몸을 주걱에 담아 다시 한번

시도했다. 벽면의 푸른 잔해가 놈의 발일 듯해 불편한 마음이 들었다. 더욱 조심스럽게 놈을 욕조 벽면 위로 끌어올려서 간신히 타일 바닥에 내려놓았다. 그제사 관심을 떼고 나는 물을 틀어 샤워를 마쳤다. 놈은 화장실 나무문 옆 모서리에 붙어 있었다. 곤욕을 치른 뒤라서인지 힘이 없어 보였다. 다음날도 같은 장소에 그대로였다.

회복 중인가? 나는 그놈과 마주 바라보이는 변기에 앉아 녀석의 발을 살폈다. 대개는 30개라는데 중간이 뭉턱 빠진 듯해 보였다. 그 때문에 거동이 어려운 것인가? 심신을 어서 추슬러 제 갈 곳으로 갔으면 했다.

녀석은 다음날도 같은 장소에 미동도 않고 그대로였다. 몸통이 조금은 굵어진 듯 보였다. 그렇다면 놈은 갈 곳이 없나? 웅크리고 있는 모습이 어떤 날의 내 모습처럼 보이기도 했다.

어느 여름날 아침 나는 눈 뜨기가 싫었다. 차라리 그레고르 잠사(카프카의 「변신」 주인공)처럼 벌레가 되었으면 하고 바랐다. 캠퍼스의 푸른 잔디 길이 아닌, 시청 청사의 돌바닥을 때리는 내 구둣소리가 귀를 아프게 했다. 반세기도 더 지난 일이다.

나는 놈에게 두 번째 말을 건넸다.

"이제는 눈에 띄지 말고 어디론가 가거라."

연일 30도를 웃도는 무더운 여름, 외출에서 돌아와 서둘러 욕실에 들어갔다. 텅 빈자리. 놈의 모습은 끝내 보이지 않았다.

어느 날, 내 떠난 자리를 보는 듯했다.

현장現場

퇴근 후 무거운 걸음으로 아파트 마당에 들어섰다. 비 온 뒤라서인지 화단의 나무 냄새도 좋고 나뭇잎들은 한결 푸르다.

꽃 진 라일락나무의 잎새도 전보다 넓어졌고, 어느새 화무십일홍이 된 작약은 제 몸에 씨방을 한껏 부풀려 임산부 같은 배를 하고 있었다.

생명을 잇기 위해 저들은 숭고한 임무를 완수하고 있는데 너는 지금 무엇을 하고 있니, 이 여름에? 그런 자괴감이 안에서 피어올랐다.

봉숭아의 통통한 씨방을 보면 터지기도 전에 손을 대고 싶어진다. 젓가락으로 통통한 배를 건드려 꺼내먹던 은어나 명태의 알을 씹던 때의 감촉도 되살아난다. 입안에서 톡톡 터지는 쾌감을 즐기다가 흠칫 움츠러들고 만 것은 한 생명체로서 부화되지 못하고 죽은 물고기를 씹고 있다는 생각이 들어서였다.

생명, 그것을 생각하면 잘못이 많은 사람처럼 나는 언제나 죄송한 마음이 되곤 했다. 보도블록 사이를 비집고 올라와 자잘한 꽃을 피운 여린 목 줄기를 볼 때도 같은 심정이었다. 빈 땅이면 어디고 생명을 내린 그들에게 나는 경이의 박수를 보내는 것을 잊지 않았다.

그날도 버릇처럼 땅바닥에 시선을 둔 채 뚜벅뚜벅 걷고 있었다. 지렁이 한 마리가 눈앞에 들어왔다. 낯설도록 그놈과의 해후는 실로 오랜만이었다. 세상이 귀찮듯 놈은 보도블록 위에 널브러져 있었다. 줄무늬의 투명한 실핏줄은 지나가는 광선에 아른아른했다. 땅속에나 있을 일이지…. 외계에 잘못 나온 이방인 같았다.

토룡土龍이라 대접받던 위상은 간데없고, 부상 입은 전병戰兵처럼 간헐적으로 몸을 뒤챘다. 걸음을 멈추고 나는 잠시 그놈 앞에서 있었다. 철없던 어린 시절이 떠올랐다.

비 온 뒤에 지렁이들은 등굣길을 방해하곤 했다. 토양이 좋아서인지 그때는 지렁이가 많았다. 그걸 밟지 않으려면 발밑을 잘 살펴야 했고 또 조심해서 걸어야 했다. 짓궂은 아이들은 언제 준비해왔는지 주머니에서 소금을 꺼내 검붉은 몸체 위에 그것을 뿌려댔다. 화덕 위에 꼼장어처럼 그놈들은 몹시 요동쳤다. 둘러선 아이들은 낄낄대면서 신나 했다. 간단없는 그 몸부림을 지켜보면서 우리는 동작이 멎기를 기다렸다. 꼴깍 숨 한번을 참는 사이, 그리 오래 걸리지는 않았다.

한쪽 옆에 서서 경이롭게 바라보던 때의 충격과 박명성朴明星 시인의 「지렁이」라는 시구가 터진 살갗에 소금기로 닿듯 쓰리게 전해져왔다.

10센티도 채 안 되는
한 오라기 실 같은
생노병사生老病死

지금 저 지렁이의 몸에서도 생노병사가 지나가고 있다. '10센티도 채 안 되는 한 오라기의 실 같은' 지렁이의 몸체에서도 그것은 분명 예외가 아니었다.

순간 실존에 대한 뼈아픈 자성自省이 가슴을 먹먹하게 한다. 나는 어금니에 힘을 주었다. 현장을 놓치고 싶지 않아서였다.

집

바람을 쏘이려고 입던 채로 집을 나섰다. 공원 안에 들어서니 땅에 떨어진 밤송이 가시가 여기저기 눈에 띈다. 될수록 나는 외곽으로 난 흙길을 따라 걷는다. 흙을 밟고 싶어서다. 두어 바퀴를 돈 뒤, 늘 가는 자리로 가서 앉는다. 앉았다 일어나며 하게 되는 생각.

다음은 '이 자리에 어떤 사람이 와서 앉게 될까?'

답처럼 이런 시구가 떠올랐다.

'차지했다고 기뻐하지 말라.
다시 차지할 사람이 바로 네 뒤에 있느니라.'

이 '재후두在後頭'를 늘 의식하게 되곤 한다.

등 떠밀려 어느 날인가 우리는 세월 밖으로 밀려나게 될 것이다. 머리를 들어 하늘을 올려다본다. 저만치의 높푸른 하늘, 햇볕의 채도彩度도 어느 결엔가 달라졌다.

내 인생의 채도 또한 45도 각도쯤이나 기운 그 어디쯤이지 싶다. 이런저런 생각들을 추스르며 마음도 쉬고 하늘을 바라볼 수 있는 의자가 있다는 게 여간 고마운 일이 아니었다. 생각을 털고 집에 다 와 아파트 마당 안으로 들어서려는데 이삿짐 차가 길게 앞을 가로막는다. 또 누가 이사를 하려는 모양이다. 그러나 요즘 이사래야 얼마나 간단한가. 신문지로 접시를 쌀 필요도, 장 항아리 때문에 마음을 졸일 필요도 없지 않은가.

우리가 분가分家를 할 때였다.

트럭에 이삿짐을 싣고 남는 자리에, 시아버님은 마당에서 손수 파낸 국화 분 두 개를 얹어주셨다.

"조금만 더 기다리거라."

털털거리는 트럭을 타고 남의 집 셋방으로 들어갔다.

진한 국화꽃 향기가 그나마 위안이 되어주었다. 방 하나에서 두 칸으로 그리고 전세에서 자기 집을 갖게 되기까지에는 적지 않은 시간이 흘렀다. 내 집 마련의 꿈은 당시 생의 한 목표가 되기도 했다. 6·25 전란을 겪은 탓인지 집에 대한 집착은 누구나 대단했다. 집 한 채만 있으면 먹고살 수가 있다는 말이 나돌 정도였으니까.

근래에는 주거문화가 아파트 추세로 바뀌었다. 그 이후 우리는 모든 걸 숫자로 말한다. 숫자가 신분을 나타내는 기호처럼 되었다. 그러나 막상 아이들이 떠나게 되자 큰 평수에서 다시 집을 줄이느라 고심이다. 정작 우리의 한평생이 이렇게하다 다 가버리는 것은 아닌지 하는 생각이 든다.

이웃에 노인 부부가 살고 있었다. 영감님이 세상을 떠나자 안노인은 양로원으로 보내졌다. 할머니는 종일 의자에 기대어 지낸다. 기억은 점점 꺼져들어만 간다. 남편도 자식도 두고온 집도. 다만 무릎관절 때문에 집에서 가져온 의자만 알아볼 뿐이라고 한다.

"여기서 내가 살아?" 하면서 할머니는 만족해 하더라는 것이다. 이제는 낡아서 삐그덕거리는 그 의자 하나가 할머니에게는 집일 수 있다. 또한 우주일 수 있다.

그러고 보면 내가 방금 앉았다 떠나온 의자도 '하나의 집'이라는 생각이 슬며시 드는 것이다. 잠시 머물 뿐, 소유할 수 없는 것.

집. 아프도록 꼬옥 쥔 손을 이제 그만 슬그머니 풀어버리고 싶다.

코스모스

죽음의 샛강을 건너지른 초가을 바람.

그 들판에 코스모스가 가득하다.

눈부신 하오, 한 남자를 따라 서울 근교의 간이역에서 내렸다. 낯선 곳의 허름한 시골길이 마음 편했다. 철로를 따라 말없이 걷고 있는데 코스모스가 뒤따라왔다. 담배, 약국, 여관 따위의 간판을 지나쳤다. 그때 알 수 없는 파괴본능이 내 안에서 솟구쳤다. 코스모스가 이상하리 만치 내 마음을 흔들었던 때문이다.

여름이 타다 남은 재. 어머니를 땅에 묻고, 텅 빈 은하의 공간, 코스모스cosmos에 티끌로 던져진 느낌, 그것을 지우고 싶었던 것일까. 나는 충동적으로 무화無化되고 싶었다.

생의 본능을 에로스라고 한다. 사死의 본능은 타나토스. 에로스는 보존의 본능이요. 타나투스는 파괴의 본능이다. 내 안의 욕구는 정직히 말해 무엇이었던가?

프로이트는 에로스의 에네르기를 리비도라 하고 테로스의 에네르기를 타나토스 즉 죽음이라고 했다. 바람 앞에 가벼이 떠는 몸짓. 코스모스의 그것은 생이었을까, 사의 몸짓이었을까.

나는 50년의 세월을 넘어 덤덤하게 코스모스를 바라보고 있다.

일본 작가 다자이 오사무는 낡은 사진 속에서 지진으로 다 타버린 벌판에 유카다를 입은 여자가 지친 듯 앉아 있는 모습에서 '가슴이 타서 재가 되는 것같이 그 처참한 여자를 그리워했다. 사나운 정욕조차 느꼈다. 비참과 정욕情欲은 등과 배 같은 것인 모양이다. 숨이 멎을 듯 괴로웠다. 시든 벌판에서 코스모스를 만나면 나는 그것과 똑같은 고통을 느낀다'고 일기에 썼을 때 나 또한 그것에 얼마나 공감하였던가.

그러나 드넓은 우주cosmos에 무리지어 핀 코스모스 속에는 유카다를 입은 여자도, 20대의 나도, 다자이 오사무도 없다. 다만 생의 감각을 흔들던 그 꽃은 이미지로 남아 기억되고 있을 뿐이다.

다섯 시와 일곱 시 사이

우리는 태어나면서 시간 위에 던져진 존재이다. 나는 한여름, 임일주壬日柱로 묘시에 태어났다. 오전 5시에서 오전 7시 사이를 묘시卯時라고 하는데 태어날 때 바깥 첫 공기의 접촉이 내 피부에 새겨진 탓일까? 쌉싸름한 묘시의 어떤 기운이 내 감각을 지배하곤 했다. 50년 전 추운 겨울날이었다. 인큐베이터가 있는 병원을 수소문해 입원수속을 마쳤다. 조산에 첫 출산, 마음이 복잡해진 남편은 병원비를 마련하느라 자리를 떴고 시어머님이 잠깐 다녀가셨다.

친정엄마와 남편에게 응석을 부리는 산모들 사이에서 나는 몹시 목이 말랐다. 옆에서 먹는 사과 한 알의 위력이 간절했었다. 새벽 1시에 딸아이를 낳았다. 아이는 인큐베이터로 가고 나는 혼자서 병실로 돌아왔다. "세상에 무슨 일을 한 건가" 막막했다. 병실에서 내가 혼자 할 수 있는 일은 창문에 눈을 주는 것뿐이었다. 짙은 어둠속에서 남보랏빛과 청록색이 교차하면서 창밖이 점차 훤해지기 시작했다. 존재는 정말 개체라는 생각이 서늘하게 가슴을 훑고 지나갔다. 생명을 떨군 몸은 헛헛했다. 유리창에 달라붙은 얼음꽃 문양, 그것은 불투명한 내 앞날의 어떤 운명의 지도 같기도 했다. 푸른 망령으로 깨어나는 여명과 혼자 대면對面한 시각, 나는 철저히 객체客體였다.

유년의 기억으로 가본다. 6·25 피난 중, 화장실에 가려고 잠이 깼는데 열려진 쪽문에 기댄 어머니의 모습은 마치 화석 같았다. 다섯 살짜리 여동생의 몸엔 흰 헝겊이 덮여 있었다. 산골의 어둠이 물러가고, 그때도 푸르스름하니 날이 밝았다. 태고의 진공眞空과도 같은 침묵, 쌉싸름하니 녹빛깔의 묘시 무렵이었다.

낮 시간은 요즘 자주 부스러진다. 해서 밤에 글을 쓰는 편인데 책상에 한번 앉으면 어느새 날이 깨어나곤 했다. 희부옇게 밝아오는 여명 속에 알 수 없는 어떤 것과의 맞닥뜨림. 그리고 충일한 비애. 그 묘시의 절대고독이 생의 비늘을 일깨우곤 했다.

오후 5시에서 오후 7시 사이를 유시酉時라고 한다. 묘시와 유시는 열두 시간을 사이에 두고 마라토너같이 '충冲!'하면서 바통체인지를 하고 주야晝夜의 선두를 달린다.

숲에 먹물이 번지듯 사위에 어둠이 내리는 시각. 지천태地天泰괘로 낮이 밤 속에 몸을 묻는다. 유시이다. 이들이 교체되는 시간에 펼쳐지는 음양의 스펙트럼, 아침이 되면 곧 어둠의 체위가 바뀐다. 하늘과 땅이 몸을 떼며 천지비天地否 괘로 깨어나는 푸르스름한 새벽녘. 그리고는 땅거미에 덮이는 어슴어슴한 저녁 빛깔. 나는 그 어둠의 고요가 점점 좋아진다. 할 수만 있다면 유시의 어둠 속에 영원히 침잠되고 싶다. 성리학자 우암과 퇴계 선생도 왜 유시를 택해 임종했는지 알 것 같았다.

묘시가 일출이라면, 유시는 일몰로 가는 시각이다. 미명未明에서 깨어난 모든 생명들이 어둠에 눕는다. 인생은 반원半圓의 포물선과도 같은 것, 우리는 누구나 그 무지개다리를 건너야 한다. 동서東西의 보폭이 잠깐만의 인생 같기도 하다.

묘시가 생生이라면 유시는 사死라고 할 수 있다. 묘시가 천지비否 괘라면 유시는 지천태泰 괘다. 유시의 어둠에 누워야 비로소 고졸한 평화를 만날 수 있다.

또한 인생이란 곡마단 소녀가 끝없이 돌리는 원도처럼 혹은 시시포스의 바위처럼 아직 끝나지 않은 화수미제火水未濟라면, 죽음은 이미 수화기제水火旣濟가 아닐까 그런 생각을 해보게 된다.

잊었던 몸의 감각을 계절은 기억해낸다. 오전 다섯 시와 일곱 시 사이의 살얼음 같던 그 어슴푸레함. 청량리 위생병원에서 마주한, 묘시의 박빙薄氷에 갇힌 멍자욱처럼 푸르스름하던 잿빛이 내 심상에서 피어오른다. 내 실존의 빛깔도 아마 저런 것이었지 싶다.

뿌옇게 흐려진 하늘, 눈이 오시려나?

그러나 가슴 복판에 닿으면 금세 녹고 말 눈꽃송이. 우리의 존재를 생각하게 된다.

* 지천태(地天泰) : 태양[天]이 어둠[地]에 묻혀 하늘과 땅이 화합하는 주역 64괘 중의 하나.

* 천지비(天地否) : 하늘은 위로, 땅은 아래로 향해 천지가 끝내 교합(交合)하지 못한다. 음양이 어긋난 비색(否塞)한 괘.

* 화수미제(火水未濟) : 불은 위로 타오르고 물은 아래로 흘러 서로 사귀지 못하니 미제다. 주역의 끝 괘로 천도(天道)의 순환반복의 이치를 내포하고 있음.

* 수화기제(水火旣濟) : 물이 불 위에 있는 상(像)으로 수승화강(水昇火降)을 이룬 괘로 모든 것이 해결된 상태를 뜻함.

별

별을 별답게 처음 본 것은 6·25 피난지인 어느 초등학교 마당에 서였다. 우주에 대한 첫 경험은 아홉 살짜리에게 놀라운 경이였다. 어둠 속에서 오롯하게 존재를 드러내던 신비로운 별, 작은 가슴이 팔딱거렸다.

이후로 두 번째 충격은 지난 겨울, 피지에 갔을 때였다. 그곳 원주민들이 모여 산다는 '나발라의 민속촌'을 찾았다. 300채의 부레[草家]에서 그들은 공동체를 이루며 살고 있었다. 관습에 따라 '술루'라는 치마를 구해 입고, 카바가루와 빵을 사 들고 현지인의 안내를 받으며 그들을 예방했다. '마마누카'라는 전통의식을 치른 뒤 추장이 내어준 방에서 하룻밤을 묵게 되었다. 전기도 없는 오지의 산간마을, 뒷간 볼일로 남편을 깨워 더듬더듬 밖으로 나왔다.

칠흑 같은 밤에 대체 누구의 마련이던가.

온 하늘에 금강석을 뿌려놓은 듯, 찬란하게 펼쳐진 밤하늘의 수

많은 별들. 태고의 신비 앞에 불려나온 듯했다.

손을 뻗치면 금방이라도 닿을 듯한 공간에 주먹만 한 별들이 허파로 숨을 쉬는 게 느껴졌고, 눈을 깜박거리는 별들의 촉광도 감지될 듯했다. 연이어 소리 없는 폭죽이 사방에서 터지고, 길게 꼬리를 물며 땅으로 내리꽂히는 유성들의 낙하. 숨죽이며 그 장관을 지켜보고 있었다.

어린왕자와 윤동주가 보았던 별도 이처럼 장엄하였을까?

"별 하나에 추억과 별 하나에 사랑"을 외치던 윤동주 시인도 하늘에 올라가 별이 되었을까?

나는 별의 탄생과 윤회를 생각하다가 문득 서울에 두고온 이시우 선생의 책이 생각났다.

『별처럼 사는 법』에서 선생은 별과 인간의 일생을 비교하면서 왜 우리가 별처럼 살아야 하는가를 조용히 역설한다.

별은 우리 인간과 달리 태어날 때, 평생 먹고 살 수 있는 양식(질량)을 갖고 태어난다. 그러므로 그들에겐 탐욕이 없으며 탐진치가 없다. 어떠한 집착심도 없이 여여한 무아의 경지를 이루고 있다. 이미 수행도 필요치 않으며 후세의 과보 또한 받지 않는다.

별은 잘났다는 자아의식도 없으며, 남과 다투며 남을 무시하는 인상人相도, 다른 별들을 무조건 따라가는 중생상衆生相 또한 없으며, 오래 살고자 하는 수자상壽者相도 없다. 별들은 오직 조상대대로 물려받은 화학적 및 물리적 집단무의식만을 지니고 있으며 이것을 다음 세대에 물려줄 뿐이라는 것이다.

별은 언제나 가장 낮은 에너지 상태에서 가장 적은 에너지를 쓰면서 외부반응에 순응하며 이웃과 조화롭게 관계를 맺고 있다는 대목에 나는 연필을 깎아 밑줄을 그었었다.

욕심을 줄여 저 별처럼 살지 않는다면, 우리는 과연 이 병든 지구에서 다른 생명들과 얼마나 더 어울려 살 수 있을까?

전기도 없이, 문명의 혜택도 없이, 온 식구가 방 하나에 거처하면서 손으로 빵을 뜯어먹고, 소박하게 웃으며 맨발로 걸어다니는 간소하기 이를 데 없는 그곳 사람들의 삶을 보면서, 나는 그날 밤 하늘의 별이 왜 이토록 영롱했었는지를 알 수 있을 것 같았다.

물에 관한 추억

주전자에서 톡톡 떼르르 알맹이 구르는 소리가 난다. 쇼팽의 '빗방울' 같은 기점으로 '치-익' 하고 물이 끓기 시작하면 이내 구수한 냄새가 사방에 번져난다. 나는 이렇게 옥수수차를 끓여 마신다. 생수도 수돗물도 믿을 것이 못되기에 원시적인 방법을 고수하고 있다. 보리차나, 옥수수 때로는 둥굴레나 결명자를 계절에 따라 바꾸어 끓인다. 결명자를 끓여 차갑게 식혔다가 유리잔에 따르면 가네트 빛깔의 보석이 거기에 담겨 있는 듯하다. 차가운 아름다움으로 목안을 적시는 기쁨.

무더운 여름날 두 주전자를 끓이고 나면 부엌은 온통 찜통같이 돼버리고 유리창에 김이 서려도 그것을 보상하고도 남는다. 냄새와 빛깔이 마실 물에 와 담긴다. 하나 언제쯤 마음놓고 자연수를 먹을 수 있을까?

물은 생명 그 자체다. 맑고 찬 건강한 물은 사람에게만 유익한 것이 아니었다. 좋은 종이를 얻어내는 데도 필요했다. 닥 껍질은 우선 맑고 차가운 물에 담가야 했다. 수온이 높은 물은 닥의 섬유질을 삭게 하므로 맑고 차가워야 한다는 대목에서 나는 이마가 시리도록 서늘한 감명을 받았던 적이 있다.

"찬 것이 한번 뼈에 사무치지 않으면 어찌 코를 치는 매화 향기를 알겠는가"라던 어느 선사의 시구도 그때 온전히 이해되었다.

어릴 적 어느 해 여름, 우이동 계곡에서 언니와 찬물에 발을 담그고 놀다가 돌 밑의 가재를 보고 놀라 뛰던 가슴. 정강이까지 차오르는 맑은 물살에 눈을 주면 떠내려갈 듯해서 어지럼증으로 그만 눈을 감고 가만히 서 있었던 어릴 적 기억은 아직도 새롭다. 그 무렵 비가 오시면 서둘러 항아리 뚜껑을 열고 독마다 빗물을 받았다.

그 물로 교복을 빨면 흰 블라우스가 새하얗게 눈이 부셨다. 그때는 정말이지 물을 아껴 썼다. 세수한 물로 발을 씻고, 발 씻은 물로 걸레를 빨았다. 요즘은 세제 때문에도 헹굼질에 물이 더 많이 소용된다. 따라서 지하수엔 거품이 모이고 유해물질이 땅에 스며 물이 병드니 차례로 지구의 생명들이 앓기 시작한다. 닭이나 오리가 병들고 그것을 먹은 사람들이 병들어 지구촌은 온통 '조류독감'에 비상이 걸렸다. 자연의 정상적인 흐름을 방해한 우리들의 이기심이 낳은 결과다.

"대지, 그것의 삶과 나는 하나. 호조니."

인디언들은 이런 노래를 즐겨 불렀다. 나는 '호조니'를 생각하면서 주전자의 가스불을 내린다.

허공 입자

바람이 모래언덕을 실어나르듯 시간은 우리를 저편 언덕의 모래톱 밖으로 실어나른다. 의식은 몸의 상태에 갇혀 있는 듯, 간밤 모임에서 동료들과 헤어져 문을 나서는데 어둠 속에 웬 짐승 한 마리가 길을 막고 있었다. 점점 다가오는 그놈과 대결하여 주먹으로 이마를 밀쳐내며 안간힘을 쓰는데도 좀체 밀려나지 않았다. 소리쳐 도움을 청하니 누군가 달려오고 그제서야 놈은 떨어져나갔다. 흉통을 느끼며 깨고 나니 꿈이었다. 무슨 암시가 아니었을까?

꿈에 소는 조상이라는데 하긴 전부터 꿈에서 어머니를 뵈면 병원에 입원할 만큼 아팠던 기억이 여러 차례 있었다.

예상했던 수명보다 5년을 더 살아 일흔일곱 해라는 고개를 넘고 보니 지병이던 당뇨합병증 검사에서 심혈관 나이 85세라는 언도를 받았다. 얼떨떨했다.

봄날 산뜻하게 낙화하지 못하고 가지에 눌어붙은 누런 목련꽃과 마주할 때 '저렇게는 되지 말아야지' 하면서 역시 두려웠던 것은 코마 상태인데, 요즘 들어 뒷목이 편치 않다.

금년 봄, 휠체어에 앉아 '더 이상 삶을 이어가고 싶지 않다. 내일 삶을 끝낼 기회를 갖게 돼 행복하다'며 스위스에서 자발적 안락사를 택한 호주의 식물학자 데이비드 구달 박사가 떠오른다. 104세인 그는 이 나이까지 살게 된 것이 대단히 유감스럽다며 "행복하지 않다. 죽기를 원한다"고 했다. 그의 말이 뇌리에서 떠나지 않는다.

행복한가? 나 스스로에게 묻는다. 몸과 의지가 함께 작동될 때 기쁨도 행복도 기대할 수 있는 것 아닌가. 구달 박사는 몸이 의지대로 되지 않아 넘어지면서 삶의 질이 악화된 것을 느꼈다고 말했다. 몸을 데리고 빙판 위를 춤추듯한 활발한 마음도 어느새 노년이 되면 몸이라는 그 사각의 링에 갇히고 만다. 불편한 이 불협화음을 깨닫는 게 노병사로 가는 과정이 아닐까 한다. 나는 지금 그 노상에 있다. 몸에서 생의 에너지인 신바람과 경쾌한 율동이 사라지자 감동이나 황홀이란 단어와도 점차 무관하게 되어버린다. 비트 박자의 리듬이 빠져나간 몸은 바람이 새어버린 풍선과도 같다. 가도 좋다는 때에 이른 것이 아닌가 생각해본다.

다행이 우리에게는 죽되 죽지 않는 것이 있다고 한다. 개인은 죽으면서 사라져버린다. 하지만 본질 자체가 종말을 맞는 것은 아니다. 사람이 죽어 흩어짐은 형체만 흩어질 뿐, 담일청허한 기운의 뭉침은 끝까지 흩어지지 아니한다. 흩어진다 해도 그것은 태허 담일淡一한 안에 있어 이미 동일한 기氣라고 한다.

졸지에 남동생을 잃고 홍제동 화장터에서 멍하니 바라본 겨울 하늘. 솜뭉치 같은 하얀 구름이 덩실덩실 피어오르고 있었다.

오영수 선생과 연산군 묘에 산책 나가 말없이 앉아 있을 때도 파란 하늘에 흰 뭉게구름이 여러 형상을 보이며 지나갔다. 반백 년 전의 일이건만 요즘도 나는 구름을 보면 그때의 일들이 떠오르곤 한다. 실체 없는 구름에서 생사를 읽는다.

생사의 관계를 물과 얼음에 비유한 한산寒山 스님의 시구를 보기 좋게 입증한 아인슈타인의 '질량불변의 법칙'은 또한 얼마나 나의 가슴을 뛰게 하였던가. 물의 조건이 달라지면서 수증기로 증발되어 어느 날 한 점 구름으로, 다시 비가 되어 지상에 내려와 때론 얼음이 되고, 얼음은 다시 수증기가 되어 구름이 된다. 조건에 의한 관계변화일 뿐, 생과 사도 이와 같아서 나지도 않고 없어지는 것도 아니라니. 이는 질량과 에너지의 변화일 뿐, 늘어나는 것도 줄어드는 것도 아니라고 한다. 불교에서는 이를 '불생불멸不生不滅 부증불감不增不減'이라고 한다.

생멸하는 현상 속에 변치 않는 실재, 죽되 죽지 않는 그 한 물건[一者]을 생각하게 된다. 기되 어디로 가는 것인가.

어느 이른 새벽 꽃밭에 내리는 이슬비였다가, 어둔 밤 학교 운동장에 혼자 내려 쌓이는 함박눈이었다가, 발도 없이 머리 풀고 하늘로 날아올라 구름이나 되었다가 그 다음 다음은 허공 입자虛空 粒子로 흩어지리.

그러다 어느 봄날, 실가지에 잠깐 다녀가는 투명한 이슬방울. 그게 '나'인 줄 알면 좋겠다.

*나발라 촌 : 남태평양 피지에 있는 원주민촌.

뜰 앞의 잣나무

코로나19로 세상이 뒤숭숭하다. 엉거주춤 1, 2월이 지나고 3월 중순이 되니 나무에 꽃망울이 맺혔다. 자연의 질서는 어김이 없다. 바깥은 봄이 한창인데 사회적 거리두기로 집안에 갇힌 두 달째, 내가 할 수 있는 일이란 하릴없이 책장을 펼치다가 창밖 목련나무에 우두커니 눈을 주는 일뿐이다.

창문의 전경全景을 메워주는 자목련 두 그루는 그나마 사계를 바라볼 수 있는 나만의 유일한 창구이기도 하다. 어느새 20년째다. 해마다 빈 나뭇가지에 찾아온 붓끝처럼 봉긋한 그 보랏빛 꽃봉오리는 내게 봄을 기다리는 설렘을 주며 천천히 꽃잎을 열어갔다. 그런데 누워 앓던 어느 날, 반개半開한 꽃잎에 새들이 머리를 박고 몹쓸 짓을 하고 있었다. 마치 소녀를 유린하는 괴한 같기도 하고, 그 새들이란 놈이 죽음의 신 하데스처럼 생각되기도 했다. 하데스의 입맞춤으로 꽃잎은 다 피지도 못한 채 그만 노추를 풍기며 그대로 시들어갔다. 그것을 기억하는지 올해의 자목련은 꽃잎을 열자마자 생애의 종말로 바로 치닫고 있다. 무저항으로 주먹쥔 손을 편 그 추레해진 다섯 손가락은 많은 것을 시사한다. 내 안의 어떤 사그라지는 기운을 감지한 공명共鳴 때문이었을까. 서두르는 그들의 행보行步, 낙화가 나로 하여금 법계法界의 연기緣起를 더듬게 한다.

그때 조주趙州 스님의 '정전백수자庭前柏樹子'가 떠올랐다.

"무엇이 조사祖師의 서래의西來意입니까?"

인도에서 달마 스님이 찾아온 까닭을 묻는 것은 결국 붓다의 구경각究竟覺을 묻는 일이 된다. 마침 '뜰 앞에 잣나무'가 있어서 그 분은 묻는 이에게 '정전백수자'라고 즉답하였다.

"무엇이 조사의 서래의 입니까?"

누가 내게 그 실상實相을 묻는다면 "정전자목련庭前紫木蓮"하리라.

'뜰 앞의 자목련' 이것이 지금 현재의 나다. 임제 선사의 '즉시현금卽時現今'이 머리를 스친 것은 그와 동시였다.

수數, 이미지의 변주

1 1 자를 보고 있으면 푸른 바다 위에 떠 있는 한 척의 작은 돛단배가 연상된다. 어디론가 떠나지 않으면 안 될 것 같은 출발의 표지로 그것은 내 앞에 펄럭이는 깃발로 서 있다.

떠나거라, 떠나거라.

제복의 한 여학생은 교사校舍 담벼락을 타고 뻗어올라가는 담쟁이 넝쿨에 이따금씩 눈을 주면서 흰 옥양목 천에 하늘색 포플린으로 돛단배를 아프리케 하고 있었다. 그 위에 갈매기도 몇 마리 나르게 했다. 옷 덮개는 완성되었고 〈카디프를 향하여〉 동쪽으로 키를 잡고 선 유진 오닐처럼 그녀는 지평선 너머 미지의 세계를 동경하면서 떠나가지 못하는 꿈을 그 돛단배에 실었다. 그러면 간간히 길게 빼무는 무적霧笛 소리가 배경음으로 들려오는 것 같았다.

세월이 훌쩍 지나 유진 오닐의 집, 뉴런던의 '몬테크리스토 코

티지'를 찾은 적이 있었다. 낯익은 이층집, 그대로 그의 작품 〈밤으로의 긴 여로〉의 무대다. 티론 가의 고통이 전해져왔다. 마약 중독된 그의 어머니와 폐병에 걸린 에드먼드, 그들의 소리 없는 절규를 듣고 있는데 잠시 무대 위에 조명이 나간 듯 사위가 어두워진다. 어스름에 잠기는 그의 집 뜰에 서서 나도 함께 잠기고 있었다.

템스 강에는 장난감 같은 배들이 그림처럼 묶여 있고 붉은 해가 물결 위로 막 번지기 시작했던 그날. 지금도 돛단배 같은 1 자를 보고 있으면 뉴런던의 그날의 무적 소리가 환청처럼 들려올 것만 같다.

2

숫자 2에서 어느 수필가는 무릎을 꿇고 앉은 소녀의 모습을 떠올렸다. 허긴 『주역周易』으로 2 태택兌澤은 소녀임에 틀림없다. 그러나 내게는 2 자가 한 마리 고운 물새처럼 보인다.

잔잔한 수면 위에 떠 있는 한 마리의 백조. 거기에 그레이스 켈리의 우아한 모습이 겹쳐진다. 〈백조의 호수〉를 작곡한 차이코프스키의 모습도 수초처럼 배경음으로 너울대면서 따라온다.

동성애 문제로 자살한 차이코프스키.

음수陰數 2 자를 포개면 22, 등 뒤로 다가가 껴안고 있는 동성애 같은 숫자다.

「태극결」에 의하면 22는 흉수라고 한다. 그래서일까. 세잔느가 죽은 날도 22일. 괴테와 빅토르 위고가 죽은 날도 22일이며 노신과 사뮈엘 베케트의 장례가 치러지던 날도 22일이었다.

프랑스의 피아니스트인 엘렌 그리모는 음을 색깔로 기억하고 숫자마저도 빛깔로 연상했다. C장조는 검정, G장조는 초록이며, 숫자 5는 녹색이고 4는 빨강 그리고 2는 노랑이라는 것이다. 노랑은 질투의 색깔이다. 그래서 그런지 2는 대립과 투쟁을 의미한다. 그러면서 또 상생과 조화를 꿈꾸기도 한다. 대립과 조화, 투쟁과 상생. 미상불 노력이 요구되는 숫자다. 미끄러지듯 저 잔잔한 수면 위를 나는 물새의 평화로운 모습. 그 뒤에 숨겨진 또 다른 하나의 고통, 고달픈 발동작을 보는 것만 같아 내게는 안쓰럽기만 한 숫자다.

3

3은 구만 리 장천長天을 울며 나는 기러기떼.
33의 각도를 왼쪽으로 조금만 틀면. 
33을 계속 눈으로 그려나가면 아득한 하나의 소실점이 되고 만다.

문득 일본 작가 기노시다 준지木下順二의 '석학夕鶴'이 떠오른다.

눈 덮인 산에 작은 초가집 한 채. '찰카다' 밤이면 베틀에 앉아 제 몸의 깃털을 뽑아 비단을 짜서 남편에게 주고는 수척하게 날로 여위어만 가는 쓰우. '당신은 기어코 보고 말았죠. 굳게 약속을 해 놓고서.' 그렇게 말하는 그녀의 몸은 어렴풋이 희어지기 시작했다.

학이었던 그녀가 비틀거리며 하나의 소실점이 되어 하늘에서 아득히 멀어져갈 때, 까닭 모를 통증이 가슴에 일었다.

학의 깃털 같은 함박눈이 지금 내 눈앞을 어지럽히고 있다.

또 어느 날인가는 뒷간을 다녀올 때였다. 달빛 때문인지 절 후원은 온통 은세계였다. 인기척 같은 수런거림이 느껴져 뒤돌아보았다. 쏴르르르 갈대밭에서 어느 혼령이 부르는 소리 같았다. 갈대의 주억거림이 영락없는 사람의 손짓이었다. 섬뜩했다.

바람 속에서 누군가 나를 이끄는 것 같았던 그날의 손짓.

이리 오너라, 이리 오너라 .

두고두고 잊을 수 없다.

4

4는 동서남북. 지도 위에 그려진 나침반 같다. 완고하다.

'조고각하照顧脚下.'

그대의 발밑을 잘 살펴보라.

지난해 4월 말이었다. 빈에서 헝가리 국경을 넘어 부다페스트의 집시마을 겔레르트 언덕에 이르렀다. 거기에서 본 반달과 별이 그려진 유목민족의 풍향계가 떠오른다.

깃발은 지붕 위에서 나풀거렸다. 바람은 어느 쪽으로 불려나?

갈 곳 모르는 유랑민의 심사를 막연하게 흔들어놓던 깃발 아래 그날 나는 좌판대에서 굵은 팔찌 하나를 집어들었다. 손때 묻은 어느 집시 여자의 팔찌였다. 종려나무 잎사귀가 양쪽으로 새겨져 있고 한가운데 둥근 어닉스가 커다랗게 박혀 있는 팔찌였다.

그것을 집는 순간 손끝에 찌르르한 전류가 느껴졌다. 팔찌의 주인공들은 대체 어떤 사람이었을까? 푸슈킨의 소설 속에 나오는 피가 뜨거운 집시여자 젬피라, 아니면 〈글루미 선데이〉의 눈매가 서글서글한 여주인공 일로나? 손목에 그 팔찌를 걸자 배갈을 처음 마시던 날의 그런 전율이, 목구멍을 타고 가슴속으로 옮겨 붙는 듯했다. 그들의 관능과 허무의 끝이 만져지는 것 같았다. 아득한 시공時空 밖으로 밀려나는 느낌이었다.

알 수 없는 바람의 깃발 같은 것이 내 안에서도 함부로 펄럭였다. 잠시 갈 곳 모르게 하던 집시마을의 그 풍향계와도 닮은 숫자 4! 그러나 바람은 이내 동서남북을 가르고 만다.

5 유니크한 모습 5에서는 왠지 모르게 귀족적 오만 같은 게 느껴진다. 5는 의자를 조금 당겨 앉은 모습 같다. 그리고 턱을 앞쪽으로 조금 내밀고 있는 프랑스의 시인 폴 발

레리의 캐리커처를 떠오르게도 한다.

'메마른 황금 껍질이 어느 힘의 요구에 따라 찢어져 반쯤 열린 가슴' 속에 우르르 쏟아질 듯한 루비 빛깔의 석류알.

> 스스로의 발견에 번쩍이는
> 고귀한 이마를 나는 보는 듯하다.
>
> — 발레리의 「석류」 중에서

정말이지 나는 그의 시대로 지성에 빛나는 그의 고귀한 이마를 보는 듯하다. 완고한 지성에 빛나는 숫자 5. 한편 그것은 데카르트의 오성悟性을 생각나게 하며, 한편 오성五星의 배지(☆)를 달고 다니던 그리스의 피타고라스와 그의 제자들의 모습도 떠오르게 한다.

그러나 무엇보다 5는 내 어릴 적 모습을 먼저 떠오르게 한다. 어머니 옆에서 내가 가위로 오려낸 그 숱한 앙증맞고도 작은 버선본은 5와 닮아 있었다. 종이상자 갑에 그걸 가득 담으며 부자가 된 듯 행복에 취했던 내 어린 시절이 문득 그리워진다.

6

목화토금수의 오행五行에는 모두 음양의 숫자가 따라 붙는다. 1과 6은 물의 숫자다. 1은 양수陽水요, 6은 음수陰水로 물의 완성 수數다. 또한 『주역』으로 여성 최고의 수를 상징하기도 한다.

남성 최고의 수는 9다. 6과 9가 어울리면 베스트 커플. 즉 시인 이상李箱의 '식스나인'이 된다. 69, 노음과 노양 이것을 침대에 눕히면, 어머 망측해라.

그리고 6은 임신한 배부른 여자의 모습, 반 고흐가 사랑하던 창녀 시엔을 떠오르게 한다. 암컷의 비애를 느끼게 한다.

음력 6월 6일은 내가 울음을 터뜨리며 이 세상에 나온 날이기도 하다. 마치 인생의 시작이 울음인 것처럼 그렇게 울음으로 시작된 날, 삼복 중에 태어난 나는 이날이 되면 가끔씩 어머니의 산고를 떠올리며 죄송한 마음으로 『부모은중경』을 꺼내 읽는다. 그리고 넝쿨 장미가 피어오르기 시작하는 6월이 되면 까닭 모를 통증 같은 게 가슴에 획을 긋고 지나간다. 실바람에 아릿하게 묻어나던 향기. 그 인생이라는 것이 마치 숨막히는 여름의 환각幻覺인 것처럼 여겨지던 때도 있었다.

내가 좋아하는 스위스의 심리학자 카를 융은 6월 6일에 죽었다. 그는 『주역』의 서문을 썼고 상당한 영매능력자로 원형무의식을 설파했다. 그와 연관되는 6·6이 좋기도 하지만, 내가 태어난 괴로운 날이기도 하다. '태어나서 죄송해요'라던 일본 작가 다자이 오사무太宰治가 저쪽에서 히죽이 웃고 서 있는 것 같다. 본질적으로 6은 내게 고통스런 숫자다.

7 럭키 세븐. 서양에서는 7을 '행운의 수'로 꼽는다. 그러나 동양에서는 '변화의 수'로 아주 신중하게 대접한다. 사후死後 7·7의 49재를 중시하는 것도 그 때문인 것 같다.

7은 매양 다시 시작하는 숫자.

도레미파솔라시도가 그렇고 일주일이 그렇고, 또한 일곱 빛깔의 무지개가 그렇다.

하버드 대학의 심리학과 교수 조니 A. 밀러는 「마법의 숫자 7」이라는 논문을 썼고 우리나라의 화담 서경덕 선생은 지뢰복地雷復괘에서 「천지天地의 마음을 본다」는 논문을 썼다.

"그 길을 되풀이하여 7일에 돌아오니 갈 바를 둠이 이롭다"는 『주역』의 '복復' 괘에서 자신의 호를 '복재復齋'라고 하였다.

복재 화담 선생은 사람이 능히 '복復의 이치를 알면 도道에서 멀지 않다'고 했다. 두 번 잘못을 결코 되풀이하지 않으신 선생은 늦더위가 한창인 7월, 제자들에게 자신을 화담花潭의 연못가로 옮겨달라고 하여 깨끗이 씻은 뒤 영면에 드셨는데 그날이 바로 7월 7일이었다. 마침 천계에서는 견우성과 직녀성이 만나는 칠석七夕. 그 후로 7자는 나로 하여금 고매한 인품의 서화담 선생을 언제나 생각나게 한다.

8 여름이 저무는 8월의 화단 앞에 서면 도리없이 애상哀想에 빠지게 되곤 한다.

"이윽고 여름은 종언을 향해 그 커다란 눈을 서서히 감는다"는 헤세의 시구가 먼저 떠오른다. 까맣게 여문 분꽃의 씨앗. 그리고 커다란 눈망울의 해바라기, 여린 키로 바람에 떨고 서 있는 코스모스. 헤세의 이런 '절망 없는 비애'를 우리는 가슴에 안아야 할 때라고 생각한다.

우리가 사는 것은 죽음을 두려워하다가 죽음을 사랑하게 되기 위해서라는 그의 말을 요즘 나는 껴안고 산다. 계절로 치자면 8, 9월도 다 지난 10월쯤에 이르른 나이여서일까. 인생의 가을을 봄보다 더 아름답게 이룬 헤세와 만나는 일은 그러므로 내게 커다란 위안이었으며 놀라운 풍요였다.

그리고 8월의 마지막 날은 보들레르가 죽은 날이기도 하다. 개선문의 왼쪽에 위치한 에투알 광장 돔가 1번지. 46세의 나이로 어머니 품에 안겨 죽었다는 팻말 앞에 참담히 서 있었던 그 이른 아침을 나는 통절히 기억한다.

"아! 너무나도 짧은 우리들의 여름!

그 발랄한 광명이여!"

그의 시구가 우리의 인생을 총칭하는 것만 같아서 자주 내 입안에서 맴돌던 말이다.

'아! 너무나도 짧은 우리들의 여름, 여름' 하고.

그리고 8은 G선의 장중한 첼로의 모습을 연상케 한다. 8을 가만히 들여다보고 있으면 주인 잃은 자크린 뒤프레의 첼로가 생각난다. 너무나도 짧은 생애, 가엾은 천재.

이런 날은 창가에 기대어 막스 브루흐나 요펜 바흐의 음악이 문득 듣고 싶어진다.

9 얼른 보면 9는 오선지의 음표 같다. 어찌 보면 생명의 시원인 정충 같기도 하다. 꿈틀거리며 무슨 소리를 낼 것만 같다. 힘차게 약진하는 모습 9. 그리고 어느 날인가 파리의 페르 라셰즈에서 보았던 아폴리네르 무덤에 우뚝 서 있던 남근석을 방불케 하던 그의 묘비가 떠오른다.

9는 양陽의 대표수다. 힘에 넘치는 남성 최고의 숫자. 그래서 그런지 음귀陰鬼를 제압하는 데는 9·9의 중양절重陽節을 으뜸으로 꼽는다. 국화의 정취가 더욱 그윽해지는 이 무렵이 되면 나는 또 고주일계孤舟一繫의 시인 두보를 생각하게 된다. 「9월 9일」이라는 시에서 그는 이렇게 탄식했다.

> 중양重陽절에 홀로 든 술잔 마시지 못하고,
> 병든 몸 간신히 강기슭 정자에 올랐네.
> 죽엽청 술도 나와는 연분 없으니
> 앞으로 국화꽃도 피어나지 말라.

무엇보다 9는 내게 장기를 가르쳐준, 죽은 내 남동생이 좋아하던 숫자다. "누나 9자는 말이야…." 비밀스럽게 말하던 그 애의 속살거리는 음성이 들리는 듯하다. 나도 9자를 좋아한다. 왜냐하면 9는 내가 나에게 부과한 어느 계단의 마지막까지 성실을 다해 오르고자 한 내 삶의 지표를 뜻하기 때문이다. 9는 또 '홀로 있을 때를 삼가라'는 그 신독愼獨과도 만나게 한다. 각성覺醒의 숫자 9.

8월도 아니고 10월도 아닌 9월처럼 나는 존재하고 싶다.

10

이 숫자를 보고 있으면 관에 누운 한 여자가 떠오른다. 순결한 웨딩드레스를 입고 아폴리네르의 연서戀書를 가슴에 안은 채, 눈을 감은 여류화가 마리 로랑상. 그녀는 숙연宿緣이 어긋나 다른 사람의 아내가 되긴 하였으나 죽어서는 아폴리네르의 연인으로 남아 그가 묻힌 곳에서 얼마 멀지 않은 곳에 따라와 묻혔다.

한편 10은 비애의 숫자다. 조르주 상드와 헤어진 뒤 황폐해질 대로 황폐해진 시인 알프레드 뮈세는 이렇게 노래했다.

> 신은 말하네. 신에게 답해야 하네.
> 내가 세상에 유일하게 남긴 재산은
> 때로 눈물을 흘렸다는 것뿐.

그의 시 「비애」의 끝구절이다.

그러고 보니 내 삶도 거기에 해당되는 것 같다.

달 밝은 가을밤 뜰에 나와 선다.

왠지 그 보름달을 보고 있으면 가득 찬 것의 비애와 소멸을 염려하게 된다. 그리하여 만월과도 같은 충만의 숫자 10은 나로 하여금 미리부터 충만을 기피하게 만드는 버릇을 키워왔다.

20대의 어느 가을날이던가, 우연히 써둔 글귀는 그대로 나의 좌우명이 되었다.

> 귀로歸路가 쓸쓸해질 것을 염려하여
> 검소한 차림으로 문門을 나선다.

평생 화려한 것과는 담 싼 듯, 검소儉素를 벗어나지 못하는 남루가 오히려 나는 편안하다.

제4장

문학의 힘

Covid시대, 문학의 기능과 사유의 힘

인류는 지금 코로나19로 비대면非對面과 거리두기 등 각종 봉쇄조치에 갇혀 있다. 마치 '생각의자'에 앉아 벌 받고 있는 어린애 같다는 느낌을 떨칠 수 없다. 발병 1년 만에 전 세계 코로나 사망자는 200만 명을 넘었다고 한다. 어디에서부터 잘못된 것일까? 역사학자 유발 하라리는 새해 첫날 SNS에 팬데믹 시대를 돌아보며 '과학의 승리, 정치와 리더십의 대재앙'이라고 규정한 바 있다. 타인의 권익을 무시한 채 오직 자신의 목표만을 뒤좇는 파시스트들은 여전히 이 지구상에 존재한다. 시대는 바뀌어도 인간의 욕망은 다르지 않아서 역사의 수레바퀴는 전철을 되풀이한다. 그러므로 고전古典의 지혜는 아직도 우리에게 유효하다.

중국의 석학 임어당은 서양이 몇 페이지에 걸쳐서 전달하는 사상을 동양은 단 한 줄로 표현한다고 말한 적이 있다. 단 오천 자에 불과한 『노자老子』의 사상은 얼마나 심원한가. 생명과 우주에 대한 근원적인 통찰과 인간사회에 대한 예리한 비판, 무엇보다 정보의 홍수 속에서 점점 더 인공적으로 변화하는 문명의 편향성과 공격적으로 되어가는 인간의 심성을 '캄다운calm down'시키며 자연과의 균형과 조화로 우리를 이끌었다. 무엇보다 인위人爲를 배척했던 노자는 "아무것도 따르지 않고 아무런 방법도 쓰지 않아야 비로소 도를 깨달을 수 있다"고 했다.

또한 장자는 "기계를 쓰면 기계에 사로잡힌다"며 다음과 같은 우화로써 과학 만능을 경계했다.

공자의 제자 자공이 길을 가다가 한 노인을 보았다. 그 노인은 물동이를 안고 우물에 들어가 힘들게 물을 떠다가 밭에 붓는 것이었다. 자공이 노인에게 말했다. "물을 길어내기 위해서라면 용두레라는 좋은 기계가 있는데 가볍게 물을 올릴 수가 있습니다." 그러자 노인이 말했다. "나는 이런 이야기를 들은 바가 있네. 기계를 가진 자에게는 반드시 기계를 쓸 일이 생기고, 기계를 써서 일을 하게 되면 기계에 의존하는 마음이 생기고, 기계에 의존하는 마음이 생기면 마음의 순백함이 없어져서 영묘한 생명의 역할도 없어지고 도에서 멀리 벗어나게 된다고. 그래서 나도 그 기계를 알고 있지만 쓰지 않는 것이라네."

장자는 자공의 '용두레'를 인위人爲에 비유하고, 노인의 무위無爲를 도가에 견준다. 펜데믹의 근본 원인으로 지적되는 기후변화와 생태위기. 그것은 인간의 이기심과 욕망이 불러들인 과보임을 뼈아프게 성찰해야 한다. 나는 '생각의자'에 앉아 "백성들에게 편리한 기구가 많으면 나라는 더욱 어려워진다民多利器 國家滋昏"(『도덕경』 57장)는 노자를 생각한다.

영국의 소설가 올더스 헉슬리는 90년 전 『멋진 신세계』에서 과학의 발달로 문명의 온갖 이기를 누리며 심지어 '소마'라는 환각제 한 알로 고통 없는 지상천국을 약속하지만 실은 인간의 의식을 포기하는 수단임을 잊지 말라고 충고한다. 인간의 잠재성을 실현하기 위해서는 '낙원(유토피아)'을 상실해야 한다는 헉슬리의 주장은 영묘靈妙한 생명의 역할을 위해 용두레를 포기한 장자의 그 노인과도 다르지 않다. 그의 작품들은 기계문명의 폐해를 예단하고 어느 경우에도 '인간'임을 잊지 말라고 일깨운다.

인간이 만든 AI는 이제 문학의 영역까지 넘보고 있다. 그러나 심혼心魂이 없는 AI작가가 어찌 수필을 쓸 수 있겠는가. 수필은 영성靈性의 땅에 적을 둔, 깨달음의 텍스트이기 때문이다. 우리가 '인간'임을 포기할 때, 우리가 만든 그 괴물은 인간을 짓밟고 넘어설 날이 올지도 모르겠다.

문학은 항상 시대를 반영한다. 헤르만 헤세가 『유리알 유희』를 완성한 것은 세계1차대전이 한창이던 1942년이었다. 인간은 고통과 기아의 무방비 상태에 내던져지고 단지 "홍수처럼 쏟아진, 파편화되고 무의미한 교양물과 지식의 단편들"만을 이용할 수 있고 그럼으로써 "언어가 소름끼치도록 무가치해질" 위험이 닥쳐오고

"정신의 자기 불신"만 높아지고 "삶이 삭막하게 기계화되고 도덕이 땅에 떨어지고 대중이 믿음을 버리고 예술이 진실을 외면하는" 결과를 초래하는 이 '잡문의 시대를 어떻게 벗어날 수 있는가?'라고 통렬히 외쳤다. 그는 이상국가로서의 학자국學者國 카스탈리엔을 설정한다. 문화적 가치를 존중하고 인간의 영성靈性과 진리를 강조하는 즉 인문주의적 정신을 표방하는 '유토피아'의 구성으로서이다.

우리가 긴급히 필요로 하는 지혜는 노자에게 있다며 헤세는 "그[老子]는 여러 해 전부터 나에게, 내가 알고 있는 것 중에서 가장 지혜롭고 가장 많이 위로를 주는 것입니다. 도道라는 말은 나에게 있어서 모든 지혜의 총체 개념입니다"라고 로망 롤랑에게 써 보냈다. 자기 자신을 버리고 종교적으로 승화하여 '성자'가 되는 것이 목표라던 헤세의 작중 인물들은 대립을 넘어선 단일사상에 도달한 사람들이었다. 『유리알 유희』의 주인공 요제프 크네히트도 카스탈리엔 학자국의 명인名人이 되었으나 그곳에 안주하지 않고 세상 밖으로 나와 친구 아들의 가정교사가 되어 어린 제자를 물속에서 구출해내고 대신 숨을 거둔다. 헉슬리의 '유토피아(뉴월드)'와 헤세의 학자국 '유토피아(카스탈리엔)'를 생각해보게 된다.

호라스Horace에 의하면 문학의 목적은 교훈을 주는 일과 즐거움을 주는 일인데 교훈과 즐거움이 결합된 때에 문학의 효과는 가장 커진다고 하였다. 언제나 새로운 문학은 한 시대를 앞선다(교훈)는 사실을 주지하게 된다.

알베르 카뮈가 『페스트』에서 묘사한 알제리 오랑시의 상황과 2020년 여름, 대구의 상황은 너무나도 유사했다. 도시는 역병으로 차단되고 시내는 큰 혼란에 빠졌다. 신부는 페스트를 신의 형벌로 생각하고 치료를 거부하며 기도에 전념하다가 감염으로 사망한다. 의사 리외와 지성인 타루는 페스트 퇴치에 힘을 쏟는다. 드디어 오랑시는 해방의 기쁨을 맞는다. 그러나 작품 말미에서 의사 리외가 던진 경고에 그만 발목이 잡히고 만다.

"페스트균은 꾸준히 살아남아 언젠가는 인간에게 교훈을 알려주기 위해 또다시 저 쥐들을 흔들어 깨워 행복한 도시에 몰아넣어 인간을 죽게 할 날이 오게 되리라는 것을 안다"고.

지구와의 공존共存을 위해 연기緣起적인 사유가 필요해지는 이유다. 오르한 파묵도 팬데믹을 소재로 신작 『페스트의 밤』을 출간 준비 중이라고 한다. 코로나로 일상이 무너진 우울한 시대, 사람들은 '어떻게 분노를 다스릴 것인가'(세네카) '어떻게 나이 들 것인가'(키케로) '어떻게 죽음을 맞이할 것인가'(세네카) '어떻게 자유로워질 것인가'(에픽테토스) '어떻게 살 것인가'(몽테뉴)의 사유가 담긴 책을 선호한다는 신문의 통계를 본 적이 있다. 비트겐슈타인은 철학을 치유행위로 보았다.

"철학을 함으로써 논리학의 난제 따위에 관해 그럴싸한 말을 늘어놓을 수 있을 뿐, 정작 삶의 중요한 문제에 관한 사유는 심화하지 못한다면 과연 철학을 할 필요가 있겠는가"라며 그는 한 시대의 병은 사람의 '삶의 양식 변화'로 치료된다고 하였다. 그리고 철학적 문제라는 병 치료는 한 개인이 발명한 약이 아니라, 사유와 삶의 양식 변화를 통해서만 가능하다는 것이다. 사유가 삶의 양식 변화를 일으키고 삶의 양식이 사유 변화를 일으킨다며 그는 "삶을 변화시켜야 진짜 철학"이라고 했다. '어떻게 자유로워질 것인가?' 나는 에픽테토스를 꺼내 든다.

노예로 태어난 이 철학자는 "인간은 현상이 아니라 현상에 대한 자신의 생각 때문에 불안해진다"며 억압된 상태에서 자신이 통제할 수 있는 것은 무엇이고, 할 수 없는 것은 무엇인지를 끊임없이 상기하라고 조언한다. 사실 우리의 통제력은 제한적일 수밖에 없다며 이를 인정하지 않으면 삶의 대부분을 화가 난 채 두려워하며 비참하게 보내게 될 것이라고 했다. "내가 처한 상황이 '나'라는 존재를 보여준다"는 의미심장한 일구를 던진다.

프랑스의 문필가 몽테뉴는 1570년 판사직을 사임하고 몽테뉴성으로 돌아와 성탑城塔 3층 서재에 틀어박혀 독서와 명상에 잠겼다. 라틴 고전과 현대서적을 섭렵하며 책 여백에다 주석과 독후감을 적어넣었다. 플루타르크와 세네카의 책에서 그리고 제논의 스토아 철학, 에피쿠로스의 쾌락주의 철학, 피론의 회의주의 철학에 경도되어 자신의 글 주제에 맞게 그의 글들을 인용하고 거기에 자신의 견해를 얹어 총 3권 107장의 에세이를 남겼다. 당시 페스트의 대량참사와 암울한 종교전쟁을 겪으며 그는 인간 조건을 통찰하고 자신의 내면을 응시했다. "내가 묘사하는 것은 나의 행위들이 아니라 나 자체이며 나의 본질"이라며 "에세란 자기 판단력의 시험이며 나에 관한 연구이며 자신을 위한 교훈"이라고까지 언급했다.

그에게 '행복'이란 결핍이 없는 만족한 상태, 채움으로써가 아닌 비움으로써 무엇보다 '갈망이 없는 삶'을 산다는 것이었다. 죽음의 강박관념에서 벗어나 어떤 일도 걱정하지 않으려고 했다. "무슨 일이든 걱정할 가치가 없다. 죽음은 단지 인생의 마지막에 이르렀을 때 겪게 되는 몇 가지 나쁜 순간에 불과할 뿐"이라고 적었다. 그의 에세는 평정, 균형, 아타락시아로 요약되며 감각적 쾌락에서조차 정신을 개입시킴으로써 쾌락이 전인적全人的인 것이 되기를 원했다. '자신의 현존재를 당당하게 즐길 줄 아는 것' 외에 아무것도 아니라는 것이다.

고대 그리스 로마 현인들의 훌륭한 사상을 수집한 몽테뉴의 기술記述을 칭송한 니체는 몽테뉴 정신의 가벼움을 높이 평가하고, 그의 스토아 철학적이면서도 에피쿠로스적인 생활방식을 새로운 시대에 맞게 재구성한 것을 찬탄했다. 니체가 『차라투스트라는 이렇게 말했다』에서 보여준 단장斷章 형태의 글쓰기에 매혹된 롤랑 바르트(프랑스의 기호학자)도 단장을 쓰기 시작했다.

"나는 하나의 텍스트를 쓴다. 그리고 나는 그것을 롤랑 바르트라고 부른다"며 그가 내놓은 자전적 에세이는 『롤랑 바르트가 쓴 롤랑 바르트』(1975)였다. 그는 바르트를 '나' '그' '자기 자신' 등 다양한 방식으로 호명하며 200개의 단장斷章 형태로 글쓰기를 거듭했다. 그에게 단장 형식은 '사고思考의 고착을 지속적으로 경계하는 전략'이었으며 단장斷章을 미학적 도구로 삼은 이유는 그것이 "전복적이고 분류에 저항하며, 전통적인 차이를 포섭하는 경계 공간을 이루기 때문"이라고 하였다.

그는 작가보다는 텍스트를 연구할 것을 촉구했고 "텍스트는 하나의 메시지를 말하는 단어의 연계선이 아니다. 텍스트는 이미지를 '주해'하지 않는다. 또한 이미지가 텍스트를 '설명'하는 것도 아니"라고 한다. "텍스트와 이미지는 서로 교차하면서 몸, 얼굴, 그리고 글쓰기라는 기표를 확실히 순환시키고 교환하며 그 안에서 기호記號의 퇴각을 읽으려 한다"는 그를 주목하게 되는 것이다. "내 책이 나를 만든 것 이상으로 내가 책을 만들지는 않았다"는 몽테뉴의 글쓰기가 니체를 거쳐 바르트에게로 옮겨간 것이 아닌가 한다.

필자도 매주 5장 짜리의 '한 줄로 읽는 고전'을 쓰면서 고전(텍스트 1)에서 단장(텍스트 2)을 창조하는 즉 나의 맥락 속으로 내가 뽑은 고전 한 줄을 집어넣어서 단장 형태의 글쓰기를 시도하는 중이다. 경전과 고전문학 속에서 건져올린 안구眼句를 나만의 방식으로 천착하는 일은 몽테뉴의 경우처럼 '나 자신을 위한 교훈'이기도 하다. 때론 나를 위한 검속檢束이며 본질에 도달하려는 나만의 노력이기도 하다. 수필도 이제 고속 진화하는 시대의 변화에 맞게 달라져야 한다. 경계가 허물어진 통섭의 시대, 바르트가 강조한 다차원적인 공간에서의 글쓰기가 요구된다고 하겠다. 무엇보다 사고思考의 고착을 경계하는 그의 단장斷章의 글쓰기를 제안하고 싶다. '이 시대, 문학의 현황과 전망에 따른 문예지의 역할'이라는 청탁을 받고 호라스의 말이 아니더라도 문학이란 시대를 앞서 약자를 위로하고, 인간을 선도善導하는 힘이라는 것을 다시 한 번 깨닫는다. 문예지의 역할도 이것과 다르지 않으리라고 생각한다.

언어와 표현

철학에서 언어가 중시된 것은 존재의 본질을 탐구하거나, 진리의 인식에 도달하기 위한 수단으로서의 역할이 강조된 때문이었다. 플라톤은 『파이돈』에서 자신은 "언어 속에서 거처를 찾았으며 그것을 통해서 사물에 관한 '진리'를 규명하기로 하였다"고 술회한 바 있다. 그러나 실재론자인 그는 비존재에 대해 대답하지 못하고 이데아를 증명하지 못했다. 언어로 진리를 표현할 수 있을까?

근대인식론을 확립한 영국의 논리철학자 윌리엄 오컴(1285-1349)은 플라톤이 못 찾은 진리(이데아), 그런 건 없다고 하였다. 오컴은 자신의 주저인 『논리학대전』에서 언어를 문어文語, 구어口語, 정신언어로 나누어 의미 작용의 이론을 포함한 명사들의 이론을 전개하면서 "명제는 정신 속에 있거나, 또는 발화發話되거나, 씌어진 말들 가운데 즉 정신 속에 있거나 또는 말이나 글 속에 존재한다. 그런 것들은 그럼에도 불구하고 특수한 실체들이 아니다. 명제는 보편자들로 구성된다. 따라서 보편자는 오직 정신 속에서 사유의 대상으로서만 존재하며 일종의 정신적 상상이라고 주장했다.

오컴과 600년의 시차를 두고 태어난 오스트리아의 철학자 비트겐슈타인(1889-1951)은 20대에 『논리철학논고』라는 책을 들고 혜성과 같이 등장했다. 그는 언어의 분석이라는 방법으로 철학적 문제를 해결하고 더 나아가 존재세계에 대한 사유를 명료화할 수 있는가 하는 문제를 고심했다. 모든 철학은 언어에 대한 비판이라고 그는 못 박으며 철학이란 결코 생각하는 바에 관한 것이 될 수 없고, 생각하는 바를 표현하는 것에 관한 것이므로 언어와 그 논리에 대한 연구일 수밖에 없다고 말했다. '철학적 문제'란 언어의 논리가 잘못 이해되었기 때문에 생기는 것이라며 철학자들이 언어의 논리가 허용하는 범위를 넘어선 곳에서 언어를 사용하기 때문이라고 지적했다. 철학자들은 자신의 관점을 생각의 차원에서 언어의 차원으로 돌려야 할 것을 권고했다. 이른바 '언어적 전환'이다. 그는 후반기에 와서 언어관을 바꾸었다. 언어에 '본질' 같은 것은 없고 언어가 세계의 그림이라고 해도 이러한 그림 관계 자체는 그려질 수 없는 것처럼 의미와 무의미의 경계를 정하려는 시도는 바로 의미의 경계 너머에 속한 것이기 때문에 말할 수 없는 것에 관해서는 침묵해야 한다는 것이다. 철학의 역할을 그는 '말할 수 있는 것'과 '말할 수 없는 것'으로 구분지었는데 과학적인 명제는 말할 수 있고 형이상학, 윤리학, 종교, 예술 등은 말할 수 없고 단지 보여줄 수 있을 뿐이라고 한다.

아름다운 것에 대한 주관적이거나 심미적인 표현, 선善한 것에 대한 주관적인 판단은 생각 안에서 묘사될 수 있는 것들을 '초월'하기 때문에 논리적인 언어로서는 표현이 불가능하다는 것이다. 그러므로 침묵해야 한다는 것이다. 그러나 언어 이전에 실상實相은 엄연히 존재한다. 그런 것들을 어떻게 표현할 수 있을까? 플라톤이 언어로 규명하지 못한 이데아, 진리, 도道 그런 것을 노자는 "도가도비상도道可道非常道 명가명비상명名可名非常名"으로 설파했다. 도를 도라고 할 수는 있지만 '도'라고 불리는 것이 참다운 도가 아니요, 이름도 이름 지을 수는 있으나 항상 한 '이름'이 아니라고 하였다. 명실名實이 상부하지 못한다. 그래서 불가에서는 '입을 연즉 크게 어긋난다開口卽錯'고 한 것이다.

언어도단道斷의 '도'는 침묵 속에서 '이심전심'할 수 있다. 그러나 문학의 경우, 대상을 표현해야만 하는 숙명을 지닌다. 이런 점을 고민한 멕시코의 시인 옥타비오 파스(1914-1998)는 "이름과 사물이 혼연일체가 되고 한 가지가 되는 언어, 그것이 시詩다. 시는 일컫는 것이 바로 존재가 되는 영토, 이미지는 형언할 수 없는 것을 이야기한다"면서 언어가 원래 말할 수 없는 것을 이미지를 통하여 어떻게 말할 수 있는가의 경지를 보여줘야 한다며 그는 주역의 기호[괘]를 자신의 시작詩作에 활용했다. 글자가 없던 시대에는 음양의 부호로 된 괘의 이미지를 통해 문답을 서로 주고받았던 것이다.

프랑스의 기호학자 롤랑바르트(1915-1980)는 이국적인 이미지로 가득찬 일본이란 나라에 매료되었다. 비언어학적인 기호(그림, 사진, 상형문자 등)를 언어학적인 용어로 묘사하는 데 그는 관심이 많았다. 특히 일본의 하이쿠를 주목한 바르트는 하이쿠의 특징이 선가禪家에서 표방하는 '불언不言의 언言'과도 상통한다며 여기에 아무것도 말하려고 하지 않는 하이쿠를 '언어의 중지상태'로 규정하였다. 바르트는 하이쿠가 기의記意를 증발시키거나 사라지게 하고 그 후에는 구름처럼 얇은 기표만 남기기 때문에 하이쿠를 좋아한다고 밝혔다. 그는『기호의 제국』에서 글쓰기가 하나의 깨달음이라고 선언하며 선禪과 깨달음을 무無 또는 공空으로 기호화했다. 무無는 심연의 바닥이고, 모든 것의 허구이며 모든 것은 무無의 은유라는 것이다. '침묵'은 언어의 충일성을 알리는 기호라며 무언어의 상태etat d'a-langage가 곧 해탈이라고도 하였다.

수필은 성찰을 통해 각성에 이르는 신비적인 통로를 지닌다. 그러므로 철학성과 문학성을 동시에 지닌다. 수필에서의 문학성이란 말할 수 없는 경지를 미학적 상상력을 증폭시켜 은유로서 표현할 때 가능하다. 주역 괘의 이미지를 차용한 파스처럼 혹은 하이쿠를 표방한 바르트처럼. 그들의 상상적 사고는 모든 소재를 다른 어떤 의미의 기호로 읽어내는 것이다. 진晉나라 시인 도연명

(365-427)은 「음주飮酒 5」라는 시에서 "동쪽 울타리 밑에 핀 국화를 따노라니 유연히 남산이 눈에 비쳐온다. 가을 산 기운, 저녁에 더욱 좋고 날새들이 짝지어 둥지로 돌아온다. 이 가운데 참다운 뜻眞意이 있으니 말하고자 하여도 이미 말을 잊었노라"며 말할 수 없는 자연의 드높은 경지[道]를 '욕변이망언欲辨已忘言'으로 표현해 내었다. 수필은 뜻글이다. 수필의 언어는 속뜻은 깊고[義玄] 문장은 알기 쉬어야 한다[詞明]. 함축과 여운, 잊지 말아야 할 수필의 요소다.

문학과 인간

인간에게 문학은 무엇인가?

고해인가? 위안인가? 첫사랑과도 같은 설렘으로 다가왔던 문학, 그 열망도 나이 따라 한풀 꺾인 지금 나는 내 문학적 행보를 돌아본다. 왜 그랬을까? 전과자가 은밀하게 범죄현장을 찾듯 내 발걸음이 닿은 곳은 불우한 작가들이 숨진 마지막 장소이거나 그들이 묻힌 묘지였다. 모파상이 혼자 숨진 블랑쉬 박사의 정신병원, 보들레르가 눈을 감은 돔 가街의 정신병원, 시인 네르빌이 목을 맨 파리의 어느 뒷골목. 다자이 오사무가 뛰어내린 다마가와 상류. 가와바타가 자살한 가마쿠라의 마리나 맨션. 아쿠타가와 류노스케가 자살한 다바타 435번지의 주소를 들고 동네 어귀를 몇 바퀴나 돌기도 했다.

내 안의 어떤 요소가 그들을 찾게 했을까?

그들의 자살과 고통의 의미를 내 몸에 문신으로 새겨 넣으면서 그들의 문학과 아픔에 동참하려고 애썼다. 나는 그들의 절망을 양식 삼아 내 고통을 치유하면서 인생과 화해하는 버릇을 키워왔다. 자살하지 않고 이만큼 둔하게 살아남은 이유일지도 모른다.

한동안 나는 아버지가 자살하실까봐 전전긍긍하면서 마음 졸이던 때가 있었다. 인생 중반의 부당한 실직과 분노, 장남의 급사. 어머니의 심장마비. 서모와 삐걱거리던 그분의 삶은 결국 파국으로 끝났고 요양소로 면회를 가면 '여차하면…' 하고 손으로 목을 그어 보이던 아버지의 동작. 그럴 때면 마음이 다급해지기도 했었다.

어느 날 신문에 난 '자살한 영혼은 죽어서 천당에도 못 간다'는 김동리 선생의 기사를 오려서 급히 요양소로 부치기도 했었다. 긴 장마 중 폭우 속에 면회간 그날은 아버지가 초췌하게 병실에 혼자 계셨다. 같이 있던 H씨가 어제 죽어 나갔다며 '다음은 내 차례지…'. 말없이 마당을 돌아나오는데 줄지어 핀 과꽃들이 이상하게 영안실의 향냄새를 풍겼다. 어찔하게 머릿속이 곤두박질쳤다. 아버진 자살한 일본 작가 아리시마 다케오나 가와바타를 좋아하실 뿐 아니라 기질적으로도 상통한 데가 있어서 더욱 마음을 놓을 수 없었다. 그 무렵 고맙게도 두 동생들은 아버지가 그곳에 계시는 동안 서둘러 짝을 맺게 되었다. 그 힘으로 버티셨던 게 아닌가 한다. 퇴원한 뒤 아들네 뒷방에서 몇 해를 더 계시다가 일흔둘, 당신의 '정명定命'이라면서 편안히 생을 마감하셨다. 얼떨결에 이제 내가 그 나이가 되었다.

편안히라니? 그런 불경이 없다. 한밤 중 잠들지 못하는 그분 심중의 빈 칸, 환과鰥寡 고독이 되짚어진다. 책상 위에 늘어나는 자잘한 약 봉지들. 파스, 소화제, 진통제, 비타민. 우두커니 책을 붙들고 앉아 계시던 모습, 때론 그것도 극기가 아니었을까? 그만 아득해지고 만다.

유진오닐의 자전적 연극 〈밤으로의 긴 여로〉를 보고 온 날도 나는 쉽게 잠들 수 없었다. 연극배우이던 오닐의 아버지는 아내가 해산할 때, 돌팔이의사를 고용하여 아내 메리는 마약중독에 걸리게 된다. 모르핀이 떨어지자 견디다 못한 메리는 잠옷바람으로 뛰쳐나가 템즈 강에 몸을 던지려 했다. 잃어버린 소녀시절로 되돌아간 그녀는 웨딩가운을 걸친 채 층계를 내려오면서 혼자 중얼거린다.

"내가 여길 무얼 찾으러 왔지?"

연극을 보며 나는 내내 편치 못했다. 젊은 날, 아버지의 외도와 실직, 어린 동생들의 죽음, 심한 우울증으로 어머니는 다급하게 약을 찾았고, 히로뽕을 사기 위해 삼선교에서부터 종로4가까지 울면서 걸었던 내 어린시절이 떠올랐다. 한 주먹씩 먹어야했던 파스와 나이드라지드. 나도 폐병을 앓으며 눈물로 쓴 오닐의 가족사에 무심히 지나칠 수 없었다. 오닐의 생활은 고통의 연속이었다. 늙은 채플린과 결혼한 외동딸과는 의절하고, 손자는 생후 3개월 만에 급사했다. 그 아이의 아버지인 장남은 자살, 연극 실패, 소뇌의 세포가 퇴행하는 희귀병을 앓으면서도 그는 천천히 다가오는 죽음을 최선을 다해 기다렸다. 때로는 '왜 빨리 죽지 않는지 모르겠다'고 소리치면서 울었다고 한다. 셀튼호텔에서 숨을 거두기까지 2년 가까이 그는 방 밖으로 나가지 못했다.

찰스 강이 내려다보이는 조그만 방에서 안락의자에 앉아 강을 보든지 차량의 행렬을 지켜보는 것으로 대부분의 시간을 보냈다는 그의 모습이 자꾸만 눈 앞에 어른거린다. 삶이 단조로워진 지금, 어둠이 밀려오는 창밖을 멍하니 바라보다가 문득 문득 그의 심정이 되곤 한다.

십여 년 전, 나는 그들이 실제로 살았던 무대의 현장인 뉴런던의 '몬테크리스토 커티지'를 찾아간 적이 있었다. 해질녘, 그의 마당에 서서 밤을 맞았다.

살아 있다는 것은 무엇인가? 타인의 고통을 통해 아픔을 넘어서려는 극복의 의지, 인간에 대한 증명이 아닐까?

문학은 인간의 나약함을 증거하고 약자의 패배를 이해하며 인간의 폭을 넓혀나가기 위한 인생의 대학습장 같은 것이 아닐까? 그런 생각이 들었다.

자살은 쉽다. 그러나 삶을 살아내기란 얼마나 어려운 일인가. '왜 빨리 죽지 않는지 모르겠다'고 소리치던 그의 말이 요즘 귓가에 맴돈다. 그러면서도 죽음이 올 때까지 고통 속에서 견딘 그의 인내를 곱씹어보게 된다.

산다는 것도 죽는다는 것도 얼마나 어려운가.

지금도 눈을 감으면 안개 짙은 템즈 강가의 긴 무적霧笛 소리가 내 가슴 위를 밟고 지난다.

붓 한 자루

가난한 침선공이 바늘을 의지하듯 나는 평생을 붓 한 자루에 기대어 살아왔다.

미술이나 음악처럼 비싼 재료나 고급 악기가 요구되지 않는 문학은 다만 붓 한 자루면 가능했기 때문이다. 돈이 들지 않는 독서 또한 고단孤單한 내게 유일한 피난처이며 솟대와도 같은 성역이었다. 생의 수혈輸血을 나는 그곳에서 공급받았다.

책과 붓 한 자루. 내 삶의 기둥이었다.

어느 결엔가 글을 써야 하는 사람이 되어, 수 없는 봄·가을을 지나 이젠 낙하落下 직전의 한 그루 나무로 버티고 있다. 그 동안 부질없이 쏟아낸 내 글들은 어떠한가? 의미가 있었는가? 돌아보게 되는 요즈막이다. 자구책으로 슬픔에 겨운 혼자만의 울음은 아니었던가. 타인의 고통을 배제한 자기만족의 감정유희가 아니었던가. 내세울 자랑거리가 없는 사람의 지적 허영심으로 포장된 자기 위선은 아니었던가? 만년에 이르러 이런저런 질문을 던져보게 되는 것이다.

문학은 인생의 등불이다. 어두운 밤, 우는 자와 함께 울어야 하며 넘어진 자를 위해 주저 없이 손을 내미는 여민동락與民同樂의 손길이어야 한다.

내가 쓴 글이 남을 기쁘게 한 적이 있었는가. 삶의 용기를 준 적이 있었는가? 내 붓은 무엇을 써왔는가? 그러다 춘원 이광수 선생의 「붓 한 자루」가 떠올랐다.

"붓 한 자루. 나와 일생을 같이 하련다. (…) 쓰린 가슴을 부듬고 가는 나그네 무리. 쉬어나 가게. 내 하는 이야기 듣고나 가게"라고 썼던 춘원 선생의 붓은 일본의 언론인 도쿠토미 소호에게 가야마 미츠로香山光郎라는 창씨개명으로 이런 편지를 썼다.

> 내 자식이 되어다오라는 선생의 말을 들은 지 5년의 세월이 지난 오늘에야 비로소 선생의 간곡한 부탁을 따르게 되었습니다. (…) 이제부터 조선의 올바른 민족운동은 황민화의 한 길만이 있을 뿐입니다.

그런가 하면 한일합방이 되었을 때 『매천야록』을 쓰고 있던 황현 선생은 그 붓으로 "나는 죽어야 할 아무 의미가 없지마는 나라가 망하는 날, 한 사람쯤 죽지 않으면 얼마나 애통한 일이겠는가?" 라고 쓴 뒤 스스로 목숨을 끊어 세상을 하직하였다.

붓은 그 자체가 하나의 정신이다. 붓은 자신의 언행을 욕되게 하지 않는 선비, 양반, 학자, 작가를 지칭한다. 『걸리버 여행기』를 썼던 조나단 스위프트는 아일랜드를 지배했던 영국정부의 정책을 통렬하게 공격했다. 특히 착취적인 화폐정책을 과녁으로 익명의 서한을 날렸다. 영국정부는 그의 목에 현상금을 걸었으나 끝내 그 정책을 포기하고 말았다. 펜이 칼보다 무서운 이유다.

우리의 삶을 외면한 문학활동은 유리벽 안에 갇힌 목소리다. 말이 인간의 표현인 것처럼 문학은 시대정신의 표현이다. 문학은 인간의 삶에 기여하는 높은 인문정신이기 때문이다. 그런데 민족의 행복과 번영을 위해 「민족개조론」을 썼던 분이 어째서 자기 서재에 일장기를 걸어놓고 조석으로 목례를 하였는가? 춘원은 일본이 제공한 온갖 특혜와 달콤한 미끼에 붓이 흔들렸던 것이다.

이利냐 의義냐? 내 마음의 천칭天秤에게 묻는다. 그때 2,500년의 시간을 거슬러 공자의 말씀이 들려왔다. "시 300편에 사무사思無邪."

문학에 어찌 삿된 것이 있겠는가. 더구나 수필은 비허구적인 문학이어서 언행의 일치가 요구된다. 삶과 글이 분리되지 않아야 한다. 진솔한 자기 고백과 성찰, 이것은 수필의 특성이라고 할 수 있다.

죽는 날까지 하늘을 우러러
한 점 부끄럼이 없기를

일본 후쿠오카 형무소에서 옥사한 윤동주 시인의 붓이 기록한 순수의 맹세다.

왜 인간인가? 물음에 답하는 통렬한 자기 성찰이기도 하다. 돌아보면 내 붓이 쏟아낸 말들은 아궁이에 넣어도 아깝지 않은 하나마나한 말들이었다. 말 이전에 자연이 있었고, 자연의 그 침묵 속에서 나 또한 편안해지고 싶다. 이제는 물속의 흙인형처럼 녹아 자취마저 없고 싶다.

붓 한 자루. 내 그림자여! 잘 가시게나.

문학의 힘

자연은 여름으로 충만한데 나는 그 푸르름 속에 엎드려 지낸다. 독서도 눈이 허락하는 대로 제한을 받고 있지만 그래도 살아서 기쁜 것은 책에서 문학의 힘을 느낄 때다. 오늘이 그런 날이었다.

일본 소설가 오에 겐자부로大江健三郞의 『읽는 인간』을 펼쳐들었다. 노벨문학상 수상자인 노작가의 책과 관련된 이야기들이다.

그가 아홉 살 때 만난 첫 책은 마크 트웨인의 『허클베리 핀의 모험』이었는데 "정녕 제 인생은 그 책으로 인해 향방이 정해졌음을, 인생의 끝자락에 다다른 지금 절실히 깨닫고 있습니다"라고 밝힌 점에서 나는 처음엔 놀라웠고 그 다음은 반가웠다.

『허클베리 핀의 모험』은 백인 소년 허크와 도망친 흑인 노예 짐이 수색대를 피해 뗏목을 타고 미시시피 강을 따라 내려가면서 항해의 난관을 겪는 이야기다. 고난을 함께하는 동안 허클베리는 종종 도움을 받은 짐에게 깊은 우정을 느낀다. 노예해방을 이룬 마을에 도달하면 짐은 그곳에서 자유로운 신분이었지만 아직 노예해방이 이뤄지지 않은 주에 들어가면 여전히 그는 노예였다. 허크는 짐의 주인인 노부인에게 보낼 편지를 쓴다.

"이 마을에 당신의 재산인 짐이 있다. 현상금을 주면 당신의 재산은 집으로 돌아갈 것이다."

허크는 교회에서 남의 재산을 훔치는 일에 가담한 사람은 지옥에 간다고 배웠기 때문인데 그러나 그는 곧바로 편지를 찢어버리며 이렇게 다짐한다.

"난 이 생각을 버렸고 결코 반복하지 않을 거야. 이런 편지는 두 번 다시 쓰지 않겠어. 그래 좋다. 나는 지옥으로 가겠다."

노작가는 "지옥으로 가도 좋으니 짐을 배신하지 않겠다. 제가 영향을 받은 것은 이 한 줄입니다"라고 적고 있다. 전쟁이 끝난 직후 선생님은 "얘들아 여태까지의 국가방침은 사라졌다. 이제 일본은 패했고 엉망진창이 되었다. 너희들 한 사람 한 사람이 자기 방침을 세우고 살아가는 것이 좋을 것이다"라고 하자 "그래서 저는 생각했습니다. 허크의 말을 나의 방침으로 삼자…. 지금껏 이걸 원칙으로 살아온 듯합니다"라고.

All right, then, I'll go to hell.

그래 좋다. 나는 지옥으로 가겠다.

나는 갑자기 목안이 뜨거워졌다. 그리고 오래 전 엘미러 대학 캠퍼스에서 만난 마크 트웨인의 동상이 떠올랐다. 거친 세월의 흔적이 담긴 듯한 주름진 얼굴, 제대로 성장하지 못한 작은 키에 그러나 호방한 기개가 느껴지는 모습으로 주머니에 양손을 찌른 채, 먼 곳을 바라보며 서 있었다. 그가 『허클베리 핀의 모험』을 손질했다는 팔각정 서재 안에서 나는 고달프기만 했던 그의 일생을 떠올리며 기념 책자와 엽서를 사들고 가슴에 안았다. 열두 살에 부친을 잃고 닥치는 대로 일을 해야 했던 어린 소년. 그는 뱃길 안내인으로 일하는 동안 키잡이들이 쓰는 전문용어인 수심 두 길(12피트 깊이) '마크 트웨인'을 필명으로 삼았다. 열두 살 이후, 학력이 전무했던 그의 이름이 대학 캠퍼스에 새겨지고 예일 대학교와 미주리 대학, 그리고 옥스퍼드 대학에서는 그에게 명예문학박사 학위를 수여했다. 미국 현대문학은 마크 트웨인의 『허클베리 핀의 모험』에서 출발했다고 말한 이는 헤밍웨이였다. 평론가 윌리엄 하워스는 마크 트웨인을 가리켜 '미국문학사의 링컨 같은 존재'라고 평가했다.

이런 마크 트웨인이 오에 겐자부로에게, 오에 겐자부로는 오늘 아침 또 나에게 웅변보다 더 큰 울림으로 사랑의 마음을 전해주고 있다.

독서는 이와 같이 사람의 마음을 변모시킨다. 문학의 힘이다.

장애인 아들을 보듬고 평생을 애쓰는 아버지 오에 겐자부로.

그는 반전反戰 평화와 휴머니즘적 가치를 위해 큰 목소리를 내며 행동하는 지식인으로 활동하고 있다.

인생에서 유달리 슬픔이 많았던 두 작가의 대비심大悲心의 연원을 짚어본다.

'눈물이 없는 자의 영혼에는 무지개가 뜨지 않는다'는 인디언들의 경구가 마침 생각난다. '그래 좋아! 난 지옥엘 가겠어.' 이런 소년이 내 안에서도 오래 머물기를 바란다.

책은 책으로 읽어야 한다

K선생 댁에서 원고를 들고 나올 때였다. 온기가 느껴지는 육필 원고였다. 집 앞에서 택시를 기다리는 동안 선생은 겨울바람 같은 목소리로 말했다.

"앞으로 신문도 인터넷으로 읽고 종이로 된 책은 없어지게 될 날이 올 것"이라고. 그러면서 어려운 문학지에 매달려 있는 나를 염려해주셨다. 안성에서 버스로 달려오는 동안 내내 나는 차 안에서 우울했다. 그런 조짐들은 현실로 나타나고 있기 때문이다. 그러나 나는 아직 희망을 버리지 않기로 했다.

며칠 전, '책 읽는 기업이 산다'는 모 기업 사장의 반가운 글을 신문에서 만났다. 4년 전부터 직원들에게 한 달에 한번씩 독후감을 써내게 한다는 그 회사는 위기에 봉착했을 때 『살아 있는 한 우리는 절망하지 않는다』라는 책을 찾아 읽혔고, 실제로 이 책은 실의에 빠져 있던 사원들에게 용기와 희망을 되찾게 해준 좋은 방도였다고 한다. 기업의 새로운 동력을 창출하기 위해, 상상력을 위해 좋은 책을 읽혀야 한다는 것이 그의 취지였다.

상상력뿐만 아니라 세상을 바라보는 안목과 내적 충실을 다지는 데는 독서만 한 것이 있겠는가. 나는 글자와 눈을 맞추고 요긴한 대목에 이르러서는 밑줄도 그으면서 소리내어 가슴에 닿도록 읽는다. 인터넷에서 물결치듯 위로 흐르는 글자를 급하게 따라가다보면 전체를 놓치고 대의를 지나치기 십상이다. 책은 책으로 읽어야 한다.

선인들의 독서를 살펴보니 김일손은 한유의 문장을 1천 번 읽었고, 노수신은 『논어』와 『두시』를 2천 번 읽었으며, 차운로는 『주역』을 5천 번 읽었고, 유몽인은 『장자』와 유종원의 문장을 1천 번 읽었다고 한다. 그들은 왜 이렇게 되풀이해서 읽었을까? 완전한 체화體化를 위해서였을 것이다. 나는 속된 내 기질을 변화시키는 교훈으로서의 독서를 그 동안 고전古典 속에서 만날 수 있었다.

겨울밤이면 군불도 때지 못한 냉골에서 똑바로 앉아 눈썹을 내리깔고 손을 모은 채 『논어』를 읽었다는 이덕무李德懋(1741~1793)를 생각한다. 일기 끝에 그는 이렇게 쓰고 있다.

> 공자는 도대체 어떤 사람이기에 온화하고 화평한 말 기운으로 나로 하여금 거친 마음을 떨쳐내어 말끔히 사라지게 하고, 평정한 마음에 이르게 한단 말인가? 공자가 아니었더라면 나

는 거의 발광하여 뛰쳐나갈 뻔하였다.

마음을 다스리게 하는 이런 글은 책으로 천천히 읽어야 한다.

침묵의 의미

데스크에서 교정을 보는 게 주요 업무인 때가 있었다. 하루 종일 남의 글만 읽는다. 번쩍 눈에 띄는 것은 드물고 해가 겨워지기 시작할 무렵이면 목덜미가 뻐근해왔다.

수필의 대부분은 비슷비슷한 일상사요, 지나온 삶의 편린들로 시차적인 기록들이었다. 하품을 쫓을 만큼 펄떡거리는 황금비늘의 대어는 만나기 어렵고 그래도 돋보기를 고쳐 쓰고 읽고 또 읽는다. 그러다보면 마음에 끌리는 소재를 다룬 글과도 만나게 되는데 소재를 설명하느라 예시 부분으로만 그쳐버린 경우에는 안타까웠다. 마치 호젓한 오솔길을 따라나섰는데 별안간 길이 뚝 끊기고 마는 막다른 절벽과 만나는 느낌이었다.

왜 과감히 진일보하지 못하는가? 글 속에서 왜 생각이 성큼성큼 나아가지 못하는가? 경험의 기록, 체험의 진술에만 그치지 말고 한 발 더 나아가 그 소재가 갖는 의미 천착이나 인생에 대한 필자의 해석 같은 그 작가의 견처見處를 기대하게 되는데 그것들의 대부분은 용두사미로 끝나는 경우가 허다했다.

사유의 빈곤일까? 독서량의 부족도 짚어보게 된다. 어차피 문학이란 인간에 대한 물음 아닌가. 그러므로 어떠한 글일지라도 인생과 깊이 관련된 삶의 해석이 뒤따라야 한다. 그것의 결여는 문학성에서 멀다고 밖에 할 수 없다.

고통스러운 우리의 삶, 거기에다 문학은 사유의 둥지를 틀고 근원적 물음을 던지고 있는 것 아닌가. 간단히 정의할 수 없는 인간이라는 존재의 모순과 이기심. 죄와 구원과 양심의 문제 등 인간에 대한 탐구가 먼저 선행되지 않고서는 인간에 대한 깊은 이해는 기대하기 어렵다.

"나는 인간이다. 인간적인 것은 무엇이나 내게 이상하지 않다"는 몽테뉴의 말이 아니더라도 인간에게 일어나는 그 어떠한 것도 이해할 수 있는 넓은 가슴과 사물을 바라보는 따뜻한 시선이 작가에게는 요구된다.

절망과 고통에 처한 우리에게 위안을 주는 것이 문학이라면 작가는 그 절망을 딛고 우리에게 다가오지 않으면 안 된다. 그만큼 인간에 대한 이해가 깊어야 한다는 뜻이다. 역사적 인물과의 해후, 작가의 내면 탐구, 숱한 인생들과의 간접경험은 독서를 통해 보충될 수 있다. 사유와 독서를 통해 충전되지 않으면 그리하여 스스로 깊어지지 않으면 깊은 글은 쓸 수 없다.

문학은 그 사람의 깊이만큼 쓴다고 한다. 작가의 인간적 가치가 곧바로 작품의 가치로 환산되기 때문에 인생을 바라보는 작가의 안목과 그것을 해석해내는 다른 차원의 눈이 요구된다. 다시 말하면 인생을 바라보는 인간에 대한 안목이 필요하다는 결론이다.

그런데 다행인지 불행인지 우리 수필가들의 대부분은 식생활이 그다지 절박하지 않고 비교적 체면 유지가 가능한 편이다. 해서 심각한 갈등이나 깊은 좌절 따위는 잘 눈에 띄지 않는다. 살다가 혹시 어려운 일을 당할지라도 익혀온 중용의 덕성으로 균형감각을 잃지 않는다. 온당하며 지극히 상식적이다. 함부로 구겨지지도 망가지지도 않는다. 파격과 일탈을 꿈꾸지도 않는다. 건전한 상식, 이러한 담성淡性만으로는 치열한 창작 행위는 기대하기 어려울 것이다. 우리는 좀 더 자신에게 정직해야 한다. 어차피 완성되지 못한 하나의 인간, 숱한 동물적 욕구와 이상을 동시에 품고 있는 모순적 존재가 아닌가.

문학은 인간 벗기기다. 인간의 껍질 그 속에 도사리고 있는 위선과 숱한 욕망, 그 좌절을 꺼내 해체하는 작업, 해체 뒤에는 다시 조립이 가능하다. 상처의 봉합, 문학은 이런 작업을 통해 진흙구덩이에서 오롯이 피워 올린 한 송이 연꽃과 같다고나 할까.

고통을 딛고 맑게 피어난 얼굴, 그 순화된 정신과 만나고 싶다. 한데 왜 우리는 정직하지 못한가, 치열하지 못한가? 이러고도 인간을 다루는 작가라고 말할 수 있을까를 깊게 반성해야 하리라.

무엇을 쓸까? 원고 청탁을 물리치지 못하고 마음이 더러 조급해질 때가 있다. 이럴 때는 과감히 침묵해야 한다고 스스로에게 타이른다. 안에서 물이 차오를 때까지 기다리지 못하고 웬만한 평판에 안주하면서 적당한 솜씨로 대충 써낸다면 그것은 뒷날 후회를 불러오게 마련이다. 소외되더라도 침묵하는 편이 낫다.

침묵 속에서 사유의 강폭을 넓혀나가는 일이 작가에게는 무엇보다 중요하다. 뮈조트 성관에 스스로 소외된 릴케의 그 뼈저린 고독과 침묵에 나는 깊은 감동을 전해받은 일이 있다. 철저히 고독해지기 위해서 단독자單獨者로서의 그가 선택한 길이었다.

뮈조트 산간 마을에 밤이 내려 만물은 편안히 졸고 있는데 오직 끝없는 극심한 하나의 슬픔이 한 영혼의 고독 속에 깨어 있다고 그는 말한다. 영혼의 고독 속에 늘 깨어 있기 위해서 그는 혼자여야 했다. '존재하라, 그리고 동시에 비존재의 조건을 알라'고 외친 그의 음성이 들리는 듯하다.

고독 속의 침묵, 침묵의 시간을 많이 가져야 되겠다.

좀 더 외진 마음으로 가난한 영혼이 되어 침묵 속에 깊이 침잠하자고 다짐한다. 일차적으로 그것은 나를 구원할 것이다. 비로소 깊은 독서가 가능해지며 오롯한 사유의 세계에 대한 접근이 허락되리라고 믿는다.

뮈조트 성관이 아니더라도 나는 그 속에 기꺼이 한몸되고 싶다.

수필에 대한 나의 반성

헐벗은 저 겨울나무처럼 나는 내 빈곤한 정신과 마주하고 있다. 흐린 하늘도 내 탓 같고, 요즘 들어 세상에 대해 자꾸만 죄송스런 마음이 된다. 오래 살았다.

수필가라는 이름도 내겐 불편했다. 1969년부터 불교잡지를 거드는 동안(10년간) 언론매체들은 나를 수필가라고 소개했다. 이름의 도盜가 된 것 같아서 몹시 부끄러웠다. 사칭을 면하려고 수필가가 되었어도 여전히 그 이름은 불편했다. '가家'란 적어도 그 분야에 일가를 이루어야 하는 것인데 아직도 그 이름에 값하지 못하고 있기 때문이다.

남이 알아주지 않아도 자신이 수긍할 수 있는 한 편만은 꼭 쓰고 싶었다. 그러나 의욕만 앞설 뿐, 글은 되지 않았다. 까닭을 살펴보니 원인은 의외로 가까운 데 있었다. 뽕잎을 충분히 먹지 않았고 다섯 잠[五齡]을 푹 잔 누에가 아니라, 겨우 부실한 고치집을 얽은 허약한 누에에 불과했던 것이다. 그러니 어찌 윤택하고 아름다운 명주실을 기약할 수 있었겠는가.

윤오영 선생은 「양잠설」에서 다음과 같이 말한다.

"그 사람 재주는 비상한데, 밑천이 없어서." 뽕을 덜 먹었다는 것이다.

독서의 부족을 말한다.

"그 사람 아는 것은 많은데, 재주가 모자라." 잠을 덜 잤다는 말이다.

사색의 부족과 비판 정리가 안 된 것을 말한다.

"그 사람이야 대가지. 훌륭한 문장인데 경지가 높지 못해."

고치를 못 지었다는 말이다.

일가一家를 완성하지 못한 것이다. 나는 양잠가에게서 문장론을 배웠다.

선생의 「양잠설」에서 나도 큰 깨우침을 얻었다. 그 동안 나의 독서라야 일관성 없는 남독에 불과했고 이제야 겨우 사상과 문학의 연계성을 짚어보며 그들이 피어올린 작품이 어디에 뿌리를 두고 연원한 것인지를 짐작이나마 하게 된 것이다.

자연 속에 존재하는 영적靈的인 실재를 믿으며 자기 내면의 신성神性을 느끼고 더 큰 영혼과 소통해야 한다고 외친 콩코드의 철학자 에머슨의 사상은 마르쿠스 아우렐리우스 황제에게 닿아 있었다. 스토아학파의 철학자인 황제는 인간을 자연의 일부로 보고, 존재하는 것은 유전流轉하며 이것은 완벽하게 자연의 지배를 받는 것으로 인간 속에 있는 신성神性을 통해서 인간은 발전할 수 있는데 그 신성을 유지하기 위해서는 철학자가 되어야 한다고 말했다.

아우렐리우스의 『명상록』과 에머슨의 『자연론』, 소로의 『월든』, 카뮈의 『시시포스의 신화』, 몽테뉴의 『수상록』은 모두 훌륭한 수필집이다. 몽테뉴의 독서는 고대 철학가, 에피쿠로스, 호라티우스, 루크레티우스, 프르타르코스 외에도 키케로와 세네카를 애독했고, 에머슨과 소로는 『바가바드 기타』, 유교, 힌두이즘 등의 동양철학에 심취하였다. 그들의 수필이 철학에 뿌리를 기댄 연유를 알 수 있었다.

수필은 어떻게 쓸 것인가도 중요하지만 무엇을 쓸 것인가가 더 중요한 것 같다. 왜냐하면 수필은 뜻글이기 때문이다. 물건을 사려면 돈이 필요하듯, 글을 지으려면 뜻을 써야 한다는 소동파의 말이 떠오른다. 글 짓는 솜씨가 아무리 빼어나도 글감 사상 이 부실하다면 그는 튼실한 고치집을 지을 수 없는 병든 누에이다. 나야말로 앞으로 뽕잎을 더 많이 먹어야 하겠고 다섯 잠의 충분한 동면기를 거쳐 사유가 더 깊어져야 하리라.

영국의 작가 제임스 조이스는 호메로스의 『오디세이』라는 뽕잎을 먹고 『율리시즈』를 내놓고 카잔차키스는 원작보다 작품 규모가 세 배나 큰 현대판『오디세이아』를 내놓았다. 3,000년 전에 호메로스가 쓴 이『오디세이』는 다 아는 바와 같이 트로이 전쟁에 참가했다가 고국 이타카로 돌아오는 영웅 오디세우스의 모험담이다. 온갖 역경 속에서도 포기하지 않는 귀환歸還의식, 그리고 정체성 확립을 위한 존재의 증명은 이들 작가에게 탐나는 테마였던가 보다.

20세기 문학과 사상에 지대한 영향을 끼친 프리드리히 니체. 그의 '생의 철학'은 작가 카잔차키스와 알베르 카뮈에게 그대로 계승되었고 그의 '실존철학'은 하이데거, 야스퍼스, 사르트르에게로 이어졌다. 니체의 초인사상은 카잔차키스의『오디세이아』에 그대로 녹아들었고 카뮈의 작품『시시포스의 신화』와『이방인』에서는 그 골격을 이룬다. '삶이란 끝없는 창조요. 위로 뛰어오르는 도약이요, 힘찬 폭발이요, 생의 비약'이라고 함축한 베르그송의 철학은 카잔차키스에게『희랍인 조르바』를 세상에 내놓게 했다. 불교와 주역과 노장사상은 헤세로 하여금『싯다르타』와『유리알 유희』를 발표하게 했다.

롤랑 바르트에 의하면 문학작품이란 완벽하게 새롭게 창조되는 것이 아니라 그 이전 선조들과 문화가 남겨놓은 것을 조립하는 것에 불과하다던 그의 말을 되짚게 한다. 선조들의 역사, 철학사상, 인문 고전古典에 등한시한 것을 반성한다. 역사는 인간의 거울이고 작품은 시대의 거울이다. 작가는 바로 그 세계와 시대에 위치하고 있기 때문이다.

노신의 『광인일기』라든가 존 스타인벡의 『분노의 포도』와 같은 작품은 그 시대상을 그대로 반영한다. 사회의 모순을 비판하고 불의를 고발하며 경각심을 일깨운다.

그 동안 수필은 단문短文이라는 핑계로 또한 수필만의 특성으로 시대정신을 외면한 채, 소시민적 안락에만 안주한 것이 아닌가 돌아보게 된다. 그러나 수필에도 폐부를 찌르는 그런 작품들이 없었던 것은 아니다. 가렴주구를 비판한 다산의 「파리를 조문하는 글」이라든지 솔제니친의 「느릅나무」를 들고 싶다. 그는 톱으로 장작나무를 켜다가 느릅나무 토막을 보고 깜짝 놀란다. 파르스름한 새싹이 돋아나고 있었다.

'토막은 이미 단두대에 올려져 있었다. 나는 차마 그 목에 톱질을 할 수는 없었다.' 원고지 2장의 울림은 한 편의 대하소설보다도 크다. 정말이지 이런 글을 쓰고 싶다. 자신이 살아 숨쉬는 공간을 느끼지 못한다면, 그는 지금 여기에 살고 있는 작가가 아니다.

수필이란 사색을 통해 발견된 삶의 진실이 아닌가. 진실은 삶을 일깨운다. 또한 좋은 수필은 정서情緖를 순화하고 마음을 그윽하게 다스려준다. 일심一心의 청정淸淨이야말로 사회 정화淨化로 이어지고 세계의 평화로 연결된다.

욕망과 비리로 얼룩진 사회, 대한민국의 도덕심 부재를 어떻게 하면 좋은가?

인간의 정신에 영향을 주는 것은 문학밖에 없다는 노신의 말을 나는 간절하게 되새긴다. 총 들고 나가 싸우지 않아도 탐욕스런 그들의 한 생각을 돌이키게만 할 수 있다면, 소유론적 생각에서 존재론적 사유로 생각을 바꾸게만 할 수 있다면….

수필이야 말로 존재에 대한 통찰과 자성自省의 문학이 아니던가. 그리하여 수필은 공기 청정기처럼 조용히 이러한 자정自淨운동에 기여해야 할 때이다.

밤은 깊은데 수필가의 몫이란 이런 것이 아닐까, 생각하며 내 일심의 청정을 돌아다보게 된다. 코가 뻥 뚫리는 예전의 그 청랭淸冷한 겨울 하늘을 다시 볼 수는 없을까.

수필가여 피로 써라

지인이 보낸 메일이 화면에 올라왔다.

정부 서울청사에서 열린(2018. 4. 5) 제33회 국정현안점검조정회의를 주재하는 자리에서 이낙연 국무총리가 언급한 모두의 발언이 회의 직후 배포된 것이었다.

"세월호의 만 4년, 그날을 생각하며 회의를 진행하겠다"고 총리께서는 포문을 연 뒤 '연안선박 안전'과 '지진방재에 관한 개선대책'을 언급하며 중앙정부의 정책이 제대로 실행되려면 지방자치단체와 함께 이행되어야 한다. 현장을 잘 아는 지방자치단체와의 협력의 중요성을 강조하면서 "정책의 생명은 실행력 확보에 있습니다. 실현될 수 있어야 정책입니다. 실행력이 없거나 미약한 정책안은 수필 같은 것이지 정책이 아닙니다"라고 언급한 것이다.

바로 이 내용 때문에 그는 메일을 보내 울울한 심정을 전했던 것이다. 총리는 왜 하필 미약한 정책안을 '수필'에 비유한 것일까?

수필을 쓰는 사람으로서 나도 마음이 언짢기는 마찬가지였다. 수필이 그만큼 미온적이고 사회참여에 실행력이 없다는 것을 표현하고 싶었던 것이겠지만 그것은 실제와 다르며 수필의 장르적 특성이 전혀 고려되지 못한 것이다.

"수필이 문학이냐 아니냐는 나무가 식물이냐 아니냐는 것과 같이 답이 명백하다. 수필은 문학이다"라고 힘주어 강조하던 김진섭 선생의 말씀(「수필의 문학적 영역에서」)이 떠오른다. 세상엔 아름드리나무도 있지만 우물가에 키 작은 나무들도 있다. 수필은 작은 나무처럼 짧은 글이다. 그럼에도 수필은 엄연한 문학이다.

문학이란 무엇인가? 인간의 삶에 기여하는 높은 인문정신, 인간을 묻는 철학이다. 마치 대하소설이 세상의 악을 보고 큰소리로 외친다면 원고지 15장 안팎의 수필은 일침一針으로써 악의 급소를 찔러 고름을 터뜨리는 장르이다. 가령 새싹이 파르스름하게 돋아난 느릅나무 토막을 땔감으로 자르려다가 단두대가 떠올라 차마 그 목에 톱질을 할 수 없었다는 러시아의 작가 솔제니친의 짧은 수필이라든지, 파리로 환생한 굶주려 죽은 백성들의 넋을 위로한 다산 선생의 글은 또 어떠한가. 그는 「파리를 조문하는 글」을 지어 "이제 실컷 포식하여 굶주렸던 한을 풀도록 하여라. 그리고 다시 태어나지 말아라. 사람은 죽어도 내야 하는 세금이 남았으니…" 이와 같이 위정자들의 가렴주구를 꾸짖으며 부패한 사회상을 통렬하게 고발하는 수필을 남겼다.

수필은 갑옷에 병기를 두른 장군이 아니라, 태생적으로 맑고 청빈한 선비의 문학이며, 내성內省적인 문학이다. 자기를 검속하는 신독愼獨의 문학이기도 하다. 무자기無自欺한 자기반성과 자신의 느낌에 대한 문제를 신중히 검토하고 회의하며 삶 자체를 수행의 과정으로 삼는다. 그러므로 글을 쓰면서 글로 하여 마음이 닦이고, 마음으로 하여 글이 높아지는 인격도야의 장이 수필쓰기가 아닌가 한다. 덕 높은 수행자는 청정한 연꽃처럼 주변을 말없이 정화淨化시키고 고요에 들게 한다. 칼을 쓰지 않고도 세상을 조용한 평화로 이끈다. 이것이 수필의 덕성이다. 목소리가 크지 않다고 해서 그 효과가 미약한 것이 아니요 실행력이 없는 것도 아니다.

수필 작품은 '작가의 실제 인생을 철학적으로 숙성시키고 심미적으로 발효시킨 깨달음의 텍스트'라고 규정한 평론가 안성수 선생의 말씀을 다시 한번 상기해본다. 이런 경지를 답보하지 못한 수필가를 탓할지언정 '수필'을 폄하해서는 안 될 일이다. 더 이상 수필문학을 변방문학으로, 문학의 서자로 취급당하지 않게 하려면 수필가들은 더욱 분발해야 한다. 지금은 활발한 수필의 시대다. 그러나 수필가의 양적 팽창만으로 만족할 수 없으며 혹 그 수를 불린다고 해도 수필의 위상은 높아지지 않는다.

니체의 말이 아니더라도 수필가여. 이제는 '피로 써라' 최선을 다해 피로 쓴 글만이 독자에게 감동을 줄 것이다. 개인적인 체험에만 머물지 말고 공감대를 형성하는 전체적 보편성을 획득하는 인간의 문제를 탐구하라. 그리고 우리가 숨쉬는 둘레와 이웃을 살피며 숨 막히는 현실을 직시하자.

수필은 관조와 성찰의 문학이며 앞서 말한 대로 선비의 문학이다. 선비의 붓은 비판정신이며 관조觀照는 그 현상의 본질을 꿰뚫어보고 철학적 살핌으로 깨달음에 이르게 하는 방법이다. 하여 수필쓰기는 본질에 대한 깨달음으로 나아가는 도정道程이기도 하다. 월터 페이터Walter Pater는 그래서 수필은 '문학과 철학 사이에 위치한다'고 언급한 것인지 모른다.

앞으로 수필의 위상은 전적으로 수필가에 의한다. 여러분에 의해 수필이 평가절하 될 수도 있고 품격 있는 문학 장르로 격상될 수도 있다. 부디 제 몸의 깃털을 뽑아 비단을 짠 학녀鶴女처럼 치열한 글쓰기를 통해 수필에 봉사해줄 것을 당부한다.

그리고 자연과 아름다운 조화를 이룬 마테를링크의 수필이 노벨문학상을 받은 것처럼 우리의 시선도 친자연한 근원적인 본질에 가닿기를 바란다. 병든 지구촌에서 한 그루의 수필나무로 자정自淨운동에 기여해주기를 바란다.

까마귀

1

집에서 입던 채로 나와 횡단보도를 두 개 건넜다. 공원도 오랜만이다.

겨울 숲은 저만치 물러나 있고 하늘은 겨울답게 맑고 청랭하다. 걸음이 틀려져 조심스레 천천히 걷는다.

까 - 악 까 - 악! 허공에 사선을 그으며 지나가는 소리. 흉조凶鳥라지만 울음 끝이 가파르지 않은 게, 왠지 맑은 하늘에 비행운飛行雲처럼 묘한 여운을 남긴다.

초등학교 1학년, 원서동 우리 집 위 골목에 고모네가 사셨다. 나무문을 열고 들어서면 담 아래 탐스런 수국이 피어 있고 뒷동산에는 찔레꽃 향기가 코를 찔렀다. 비 오는 날이면 고추장떡을 얻어먹을 수 있고, 고모부는 나를 번쩍 들어 "우리 찔레, 서울구경 시켜주지!" 하며 공중에 한참을 떠 있게 해주었다.

"날아가는 까마귀야 시체 보고 울지 마라…." 고모부는 난간에 앉아 왜 이 노래를 흥얼거리셨을까? 이 구절이 기억에 남아 유리 조각처럼 가슴에 박힌 지 70성상이 되었다. 그분은 6·25때 납북되셔서 매형을 잃은 아버지만큼이나 나도 슬펐다.

5학년쯤이던가, 작문시간에 나는 이 구절을 종이에 써놓고 어둠속 우물처럼 앉아 있었다. 그리고는 아무것도 쓰지 못했다. 시참詩讖이라더니 당신의 운명을 예견이나 하신 듯하다.

까 - 악! 빈 가슴을 긋고 지나가는 배음背音.

그만 눈을 감는다. 예전의 그 시간 속, 심연의 바닥에서 인화지 한 장이 피어오른다.

2

시간은 지나간 흔적, 그것들은 가슴에서 복원되어 기억으로 남는다. 뉴욕 퀸즈에서 머물던 여름, 애드가 앨런 포(1809-1849)가 살던 그의 마지막 집을 찾아 맨해튼 72번가에서 지하철 D선으로 바꿔 타고 할렘 가를 지나 포어덤 역에서 내렸다. 철책 안에 보이는 하얀 나무집, 1847년 1월 30일 흰 눈 속에 묻혀 있는 이 작은 오두막에서 포의 아내 버지니아는 폐병으로 숨을 거두었다. 변변한 수의조차 없이. 그러나 남편의 헌 외투자락에 싸인 행복한 임종이 아니었을까 싶다.

어린 신부를 잃고 오열하던 작은 방, 포는 아내를 위해 「애너벨

리」라는 시를 썼다. 3년 동안 이 집에서 고통스런 나날을 보내다가 리치먼드에서 문학강연을 마치고 귀가하던 중 그는 볼티모어 거리에서 쓰러졌다. 병원에 옮겨져 사흘 만에 정신이 들자 중얼거리던 그의 말을 뇌어본다.

"오 하느님… 우리가 보는 것은 한낱 꿈속의 꿈입니까? 꿈속의 꿈처럼 보이는 것입니까?"

조립식 계단을 내려와 나는 그의 집 주변을 천천히 몇 바퀴나 돌았다. 뒤뜰엔 수령이 오래된 단풍나무 세 그루가 있었고 거기에 모여 앉은 참새 떼들이 또록또록한 눈으로 나와 눈을 맞추려 들었다. 그때 포의 시「갈까마귀」가 떠올랐다.

> 슬픔의 무거운 짐을 지고 있는 이 영혼에게 말해주오 (…)
> 천사들이 레노어Lenore(버지니아를 상징함)라 이름 부르는, 세상에 둘도 없이 찬란하게 빛나는 소녀를 포옹할 수 있는지를.
> 그러자 갈까마귀가 응답하였네.
>
> 다시는 포옹할 수 없으리Quoth the Raven-Nevermore.

잊었던 것이 용케도 생각난 듯이 시의 후렴구 'Nevermore'가 이마를 쳤다. 그는 결코 살아서 다시는 이 집에 돌아오지 않으려고 일부러 죽을 만큼 폭음을 했던 것은 아니었을까? 네버모어….

그 '네버모어'가 계속 나를 따라오던 것이다.

3

『설국』의 작가 가와바타 야스나리川端康成가 잠든 가마쿠라鎌倉 레이엔靈園을 찾은 것은 2004년 12월 15일이었다. 그분을 뵈온 지 47년 만이었다. 무더위가 한창인 1970년 7월 중순, 서울 신세계 구내화랑에서 열린 노산鷺山 이은상 선생의 시화전에서였다. 유난히 큰 눈에 은회색 머리를 넘겨 빗은 차가운 얼굴, 어떤 귀기鬼氣 같은 게 느껴졌다. 당시 그는 72살의 노인이었다. 한국을 다녀간 지 2년 뒤 돌연 자신의 집무실에서 가스 호수를 입에 물고 자살을 한 것이다.

노벨문학상 수상뿐 아니라 많은 작품이 영화화되고, 국제펜클럽대회로부터 '괴테메달'을 그리고 프랑스정부로부터 '예술문화훈장'을 받았으며 사망 며칠 뒤 파리에서 미팅스케줄이 잡혀 있었기 때문에 자살했을 리 없고 수면제 등 약물 과다복용에 의한 사고사라는 의견이 지배적이었다. 그런데 나는 자꾸만 사고사를 가장한 자살 쪽으로 마음이 기울었다.

자신을 주인공으로 설정한 그의 대부분 작품들은 죽음과 영혼의 문제에 깊이 관련되어 있으며 작품의 결미는 거의 죽음으로 끝난다. 그는 왜 그토록 죽음과 자살에 집착했던 것일까?

1899년 오사카에서 태어난 가와바타 야스나리는 의사이던 아버지와 어머니가 폐병으로 차례로 사망하자 2년 7개월짜리 고아가 되어 조부모에게 맡겨진다. 할머니가 7살 때 죽자 눈이 잘 보이지 않는 할아버지와 외딴 집에서 8년간을 지냈는데 그가 중학교 2학년일 때 할아버지마저 돌아가셨다. 할아버지의 죽음을 계기로 외톨이가 되었다고 하는 불안감과 고독감. 육친의 죽음으로 인해 '장례식의 명인'이라고 불리어질 만큼 비극적인 인생 개안開眼과 연결되어 있는 그의 고아의식과 자포자기 쪽으로 기우는 심상을 가늠해보게 되던 것이다.

그에게 글을 쓴다는 것은 자기 고독의 원천을 찾아가는 것이며 죽음에 상처받은 마음의 심층을 노정露呈하는 일이라고 생각된다. 가와바타의 작품 하면 여행, 온천, 여관, 게이샤, 광대, 가설극장, 눈, 자살 등의 심상 이미지가 떠오른다. 그의 도달점은 고독, 허무, 도로徒勞의식, 세상이란 연극이 공연되는 가설무대로 귀결된다. 『초혼제일경』에서 곡마단 처녀 오미쓰는 매일 곡마단에서 반복해 원도를 그리는 동안에 느끼는 따분함과 고독과 피로 속에서 현실을 일종의 꿈으로 받아들인다. '인생이란 꿈이며 세상이란 연극이 공연되는 가설무대'라는 그의 인식은 '꿈속의 꿈'이라는 포의 마지막 독백과도 일치한다. 세 살 때 양친을 모두 잃은 포 역시 세상이 가설무대로 인식되었을 것이다.

남국의 정취를 방불케 하는 '즈시 마리나맨션' 풍경을 눈에 넣고 빗속에 버스를 타고 나는 가마쿠라 공원묘지에서 내렸다. 그새 비는 멈추었고 산은 엷은 안개에 싸여 있었다.

까악! 까악! 까마귀 떼가 무리지어 온 산을 뒤덮을 듯 무섭게 선회한다. 날아가는 까마귀와 시체, 공동묘지임이 실감났다. 묘역은 중앙선을 기점으로 양편으로 나뉘어져 있고 그곳을 4등분하자면 가와바타의 무덤은 오른쪽 아래인 5구-0-82번지에 있었다. 범어가 새겨진 석탑 뒤에 그의 묘가 있었다. 웅장한 대리석 비다.

오래 전에 뵈었던 그분의 모습을 떠올리며 합장례를 드렸다. 그가 자살을 결행한 날은 급성맹장염으로 수술을 받고 퇴원한 지 꼭 한 달째 되는 날이었다. 거울 앞에서 움푹 꺼진 자신의 두 눈을 마주하며 쇠퇴해져 가는 몸을 더 이상 지탱하고 싶지 않다는 생각을 하였을는지도 모른다. 어느덧 74세가 된 그는「16세의 일기장」에 썼던 것처럼 잉걸불처럼 꺼져만 가는 할아버지의 쓸쓸한 삶을 이미 자신의 몸 안에 옮겨와 살고 있었던 것은 아니었는지? 그의 할아버지가 세상을 떠난 나이는 73세였다.

나는 문풍지의 울림보다 더 추웠던 그들의 긴 겨울밤, 그 외딴집 풍경을 잠시 떠올려본다. 병든 노인의 오줌을 받아내는 한 소년과 그것을 한없이 미안해하던 할아버지의 모습은 그에게 지울 수 없는 내면의 풍경으로 작용했을지도 모른다.

몸 안에서 자라난 죽음의 그림자. "이제 더 이상은…?"

이때 무성음無聲音의 'nomore'가 그의 제스처로 눈앞에 그려지던 것이다. 비로소 그의 자살을 납득할 수 있을 것 같았다.

4

손목시계를 풀어 맡기고, 안주도 없이 빈속에 배갈로 가슴에 불을 지피던 가난한 대학생 시절. 〈실험극장〉 동지들과 서울 문리대 앞에 있는 진아춘에서 어울리고 있을 때였다. 불문학도인 C가 벌떡 일어나더니 혀 꼬부라진 소리로 이렇게 외쳤다.

> 취해라, 우리는 취해야만 한다.
> 술에, 시에, 그리고 사랑에.

그는 깃발처럼 간헐적으로 손도 흔들었다. 누군가 되받아 "술에, 연극에, 그리고 사랑에"로 고쳐 말했다. 끔직한 시간의 무게를 느끼지 않기 위하여 끊임없이 취해야 한다던 보들레르의 시였다. 그날 이층 다다미방에서 듣던 장대비 소리는 우리를 데카당스에 젖게 만들었다. 1960년대에 쏟아져 들어온 전후戰後문학과 세기말 현상도 당시 우리의 정서를 그렇게 지배했다.

보들레르(1821-1867)의 단 한 권뿐인 시집 『악의 꽃』을 "데카당스의 성전聖典과 같다"고 말한 이는 그의 친구 고티에였다. 내 마음의 끌림도 아마 그 때문이었는지도 모른다.

어린 나이에 아버지를 잃고 의부의 손에 이끌려 기숙사로 들어간 것은 11살 때로 "아 내 넋은 금이 갔네"라고 외친 보들레르. 그는 일찍이 삶의 고통을 감지했고 인생을 지옥으로 보는 한편 마약에 손을 대고 관능적 쾌락에 탐닉하며 추악미를 예찬하고 방종과 낭비를 일삼아 금치산자로 선고받아 인생에 있어서는 실격자가 되었으나 시에 있어서만은 그렇지 않았다. 보들레르는 에드거 앨런 포에게 매우 심취해 있었다. 포의 작품들을 번역하면서 어머니에게 "저 자신의 시와 그 사람(포)의 시 사이의 내밀한 유사성, 그 불가사의한 일치에 얼마나 충격이 컸던지요"라고 적어 보내기도 했다. 포의 「검은 고양이」「죽음의 항해」「모르그 가의 살인」, 보들레르의 「검은 비너스」「파리의 우울」「악의 꽃」 등 하나같이 검고 어둡고 우울한 악의 요소, 두 사람은 방종한 생활자였음에도 시작詩作에서만은 특이하게도 구두점 하나까지도 완벽함을 추구하는 까다로움을 보였다.

"『악의 꽃』이란 책은 차디차고 불길한 아름다움으로 덮여 있습니다." 그가 어머니에게 보낸 편지에 '불길한 아름다움'이란 아마도 이 책의 중심 주제인 죽음, 우울, 서글픈 관능, 이교도적인 감수성, 그로데스크한 탐미주의, 죽음에 대한 강박관념이 아닐까 싶기도 하다.

2000년 5월 나는 그의 무덤 앞에 섰다. 몽파르나스 묘지에 들어서면 우측 담벽 아래 사르트르의 무덤이 있고 그곳에서 대각선으로 건너다보이는 곳에 보들레르의 무덤이 있었다. 묘비 맨 위에는 의부 오픽 장군의 기록이 적혀 있고 보들레르의 기록은 단 석 줄뿐, 이름과 출생과 사망일자뿐이다. 그 밑에 어머니의 기록은 8줄, 오픽 장군의 10줄의 사이에 낀 보들레르의 처지가 조금은 딱해 보인다. 나는 누렇게 퇴색한 그의 묘비를 손바닥으로 쓰다듬었다. 그리고 준비해간 장미 한 송이를 바쳤다. 1867년 9월 2일 장례식이 치러지던 날은 비바람이 사납게 몰아쳤다고 한다.

달팽이 우글대는 차진 땅에다
깊은 구멍 하나를 내 손수 파련다
(…)
죽어 남의 눈물을 받기보다는
나 차라리 살아서
뭇 까마귀 떼를 불러들여, 더러운 내 몸
샅샅이 쪼아 피 내도록 버려두리

—「쾌활한 주검」 중에서

이 시구가 떠올랐다.

"갈보들을 너무 사랑한 나머지 젊은 나이로 땅두더쥐 왕국으로 떨어진 자, 여기 잠들도다"라는 그의 묘비명 같은 것은 보이지도 않았다. 이를 섭섭하게 여긴 탓일까. 그를 아끼던 사람들이 묘비 북쪽에 추모 조각상을 세웠다. 수의를 두른 남자가 관 위에 누워 있고, 높은 석주石柱에 올라 턱을 괴고 앉은 남자가 빤히 그것을 내려다보는 조각상이었다. 그것은 마치 우리 자신 안에 깃든 죽음의 실체를 들여다보라는 듯했다. "두 손에 턱을 괴고, 높은 지붕 밑에서 나는 보리라"던 그의 시 「풍경」을 형상화한 것이지 싶다. 벤치에 앉아 오랫동안 그 조각상과 마주하고 있었다. 뤽상부르 공원에 새겨진 「등대」의 시 마지막 구절은 언제 읽어도 나를 경건하게 만든다.

왜냐하면 주主여
오랜 세월을 구르고 굴러
영원한 당신의 가장자리에 와서 죽는
이 뜨거운 눈물은
우리의 존엄성에 대한
우리가 할 수 있는
가장 훌륭한 증명이기 때문입니다.

뜨거운 눈물, 존엄성, 인간에 대한 증명. 이런 것 앞에서 나는 그만 가슴이 뜨거워지고 만다. 그가 입원했던 돔Dome 가의 정신병원 앞에서 이른 아침부터 서성거리고 있었다. 그런 곳에서 어머니를 면회했던 내 어릴적 기억은 그 시간을 고통스럽게 했지만 그럴수록 나는 그것과 마주하고 싶었다. 이곳에서 그는 두 달간 어머니의 보살핌을 받다가 숨을 거두었다.

"어머니, 우리는 다시 행복해질 수 있을까요?"

오랫동안 목 안의 가시처럼 그의 말이 아프게 떠오르곤 했었다. 그런저런 상념을 지우며 그의 심정과 맞닿고 있는데 머리 위에서 까마귀 한 마리가 낮게 서행하더니 금방이라도 내 어깨를 툭! 툭! 칠 것만 같았다. 검은 망토자락의 까마귀가 그의 화신이라도 되는 것처럼 느껴졌다.

꾸악! 그때 프랑스의 시인 르나르의 시구가 떠올랐다.

"꾸아 꾸아/ 아무것도 아니다."

그는 꾸아를 왜pourquoi로 듣고 거기에 단답短答을 붙였다.

'아무것도 아니다'

왜?라는 커다란 물음 앞에 인생은 정말 아무것도 아닐 수 있다. 그런데 보들레르는 "영혼의 문제를 심각히 다루는 자만이 고통을 느낄 것이다. 바보처럼"이라고 말해놓고 그것을 자신이 범해버린 그는 정말 바보가 아닐까. 느끼는 자에게 인생은 비극이라고 한다. 왜 그들은 쉽게 살지 못했을까? 총총히 떠난 포 40세, 보들레르 46세 두 시인의 고단한 삶을 반추해본다. 까마귀 떼가 시야를 어지럽히는 그곳을 나는 쉽사리 떨치고 일어나지 못했다.

5

그의 유택을 다녀온 지도 어느새 17년이 지났다.

"이제 더 이상은…?" 눈짓으로 내게 말하던 가와바타보다 나는 두 살을 더 살고 있다. 누워서 지내는 날이 많아진 요즈음, 거실 창밖에 눈을 두면 빈 목련 나뭇가지에 포르릉 새들이 머물다 떠나곤 한다. 포의 집에서 만났던 그 참새 떼 같기도 하고, 내게 무슨 전언傳言이라도 있는 듯 보인다. 흑단처럼 새까만 까마귀란 놈은 허공에서 소리만 들려준다. 이태준은 「까마귀」의 울음을 '까르르…' 하고 GA 아래 R이 한없이 붙는 발음이라고 했는데, 오늘 아침의 까마귀는 '깍 깍 깍' 급하게 세 음절을 꺾는다. 가라는 뜻인가? '가 가 가'로 들린다.

노년은 이제 소리도 몸으로 듣는다. 목탄화로 그려진 창밖 풍경, 그것도 내게는 가설무대의 배경 같다. 무거워진 눈꺼풀을 감는다. 흑단새 한 마리, 지나간다.

슬픔에 대하여

까닭도 없이 내 마음은 슬픈 사람들 쪽으로만 기운다. 내 몸 속에 슬픔의 바코드가 많이 새겨진 탓일까. 싱싱한 것보다는 상傷한 것에, 강한 것보다는 약자 편에, 그리고 행복한 것보다는 불행한 쪽에 마음이 이끌린다. 상한 과일에 향기가 더 짙고 병든 조개가 진주를 앉히듯 나는 제 살을 찢어 진주를 품는 작가들의 남다른 창작행위에 눈길을 뗄 수 없었다. 문학은 바로 상처에서 피어난 꽃이기 때문이다.

'병든 사람이 정상적인 사람보다도 자기의 넋에 더 가까이 가는 사람'이라는 마르셀 프루스트의 말을 나는 천천히 되새긴다.

정상인이 되려고 마약을 했다는 에드거 앨런 포, 비정상적인 것에서 기이한 아름다움을 발견한다는 보들레르, 자신의 삶을 '패배'로 규정짓고 자살로 마감하긴 했으나 예술을 항상 우선순위로 하였던 아쿠타가와 류노스케. 그리고 '영혼은 예술에만 있고 인간에게는 없다'던 오스카 와일드. 그는『도리언 그레이의 초상』에서 작중인물을 통해 그와 같이 역설하며 인생을 예술로, 그것도 유미주의적 예술로 바꿔보려는 시도를 꾀했으나 도리언의 파렴치한 비도덕성으로 인해 결국은 파멸할 수밖에 없다는 결론을 내린다. 그의 삶도 작중인물처럼 비극으로 끝났다.

아쿠타가와 류노스케가 쓴『지옥도』의 결말도『도리언 그레이의 초상』과 다르지 않다. 화가 요시히데는 불에 타 죽는 젊은 여인의 고통스런 모습을 보고 '지옥도' 병풍을 완성한다. 지옥에서 수레와 함께 타 죽은 여인은 호리카와 대감의 미움을 산 요시히데의 딸이었다. 아쿠타가와는 오스카 와일드가 선언한 대로 '예술을 위한 예술'을 지향하며 미美의 이면에 숨겨진 악마적인 것을 파헤치려고 하였다. 세기말 풍조에 동조하며 그 자신 세기말 '악귀'가 씌었다면서 서재에 '아귀굴我鬼窟'이라고 써 붙여 놓고 인간 불신不信의 사바고娑婆苦를 극복하고자 애썼다.

사바고를 극복하고자 예술혼을 불러들였단 말인가?

'예술이 감정을 낳는데 도움이 된다면, 예술을 감각적으로 지각知覺한다는 것도 태어난 감정 속에 이미 포함되어 있는 것일까?'라고 묻던 비트겐슈타인의 말이 생각난다. 태어난 감정 속에 포함된 예술적 감각, 놀라운 감수성은 생래적이기도 하지만 그들의 무의식 속엔 어쩔 수 없는 슬픔의 바코드가 어릴 때부터 마련되었던 것이 아닐까 생각된다.

슬픈 마음은 괜히 일어나지 않는다. 모두 내재된 트라우마, 혹은 지난 업으로부터의 업력業力, 또는 습기에 따라 일어난다. 그것도 운명이라면 운명이다.

인간의 운명을 좌우하는 세 가지 불행 중, 첫째는 어려서 부모를 잃는 것이요, 두 번째는 중년 상처, 세 번째로는 만년의 무자식을 꼽는다. 일찍이 고아가 된 철학자와 작가의 대부분은 어려서 부모를 잃었다. 그 치명적인 첫 번째에 해당한다. 철학자는 생의 고통 속에서 인생의 해답을 도출하려하고, 작가는 슬픔으로 눈물꽃[작품]을 빚었다.

프로이트가 제시한 구강기는 출생과 함께 시작하여 대부분의 사람은 이유기에 끝나는데 구강口腔 수준에 고착된 사람은 입이 최우선의 성감대가 되기 때문에 줄담배를 피운다던지 혹은 반복된 음주로 알코올 중독과 마약 중독을 앓게 된다는 것 또한 작가들의 결핍된 유년기를 말해주는 것이 아닌가 한다. 세 살 때, 천애고아가 된 애드가 앨런 포는 전형적인 이 코스를 모두 밟았다.

『설국』의 작가 가와바타 야스나리 또한 세 살 때 양친을 모두 잃었다. 일곱 살 때 할머니가 돌아가시고 중학교 2학년 때 할아버지마저 돌아가시자 세상에 외톨이가 되었다고 하는 불안감과 고아로서의 심경을 그는 이렇게 적고 있다.

어린애인 내가 왜 자꾸 풍경을 보러 동이 트는 것을 보러 쓸쓸한 산으로 혼자 간 것일까?

그의 수많은 작품들의 대부분은 주인공의 죽음으로 끝난다. 작품 속에는 여행, 온천, 여관, 거울, 게이샤, 광대, 가설극장, 눈, 자살이 심상 이미지를 이룬다. 그것의 도달점은 고독, 허무, 도로徒勞의식이다.

노벨문학상을 받은 지는 4년, 맹장수술을 하고 퇴원한 지 꼭 한 달 만에 자살을 결행했다. 세인의 추측과 사인은 분분했다. 어느덧 74세의 노인이 된 그는「16세의 일기장」에 썼던 것처럼 쇠잔해져만 가는 할아버지의 쓸쓸한 삶을 이미 자신의 몸 안에 옮겨와 살고 있었던 것은 아니었을까. 눈 먼 노인의 오줌을 받아내던 어린 소년과 그것을 한없이 미안해하던 할아버지의 모습은 그에게 지울 수 없는 인생의 풍경으로, 비애로 떠올랐을지도 모른다.

오래 전 노산 이은상 선생의 시화전에서 뵈었던, 유난히 서늘한 그분의 이마와 괴기서린 눈을 떠올리면서 심층 내부의 복잡한 자의식의 균열을 나는 심정적으로 추정해 볼 따름이다. '이제 더 이상은…?' 그때 그분의 자살을 납득할 수 있을 것 같았다. 오랫동안 그의 의식을 지배했던 작가로서의 원관념은 죽음이었다. (하긴 내가 작가들의 무덤 앞에 서게 된 것도 그것과 무관치는 않다.) 어린 나이에 육친의 사별과 이 우주에 나 하나라고 하는 단독자로서의 고립감. 특히 인생은 쓸 데 없는 노고라는 '도로徒勞'의식에 나 또한 얼마나 공감하였던가. 지금도 그 생각에는 변함이 없다.

"작품을 쓰는 일은 자기 내부에서 허무의식이라고 하는 독을 제거하는 것"이라고 가와바타는 말했다. 나도 어느새 그분의 마지막 나이를 살고 있다. 어린애인 그가 동이 트는 것을 보러 쓸쓸한 산에 혼자 서 있는 모습, 그것이 내게는 보인다.

막심 고리키도 가와바타 야스나리처럼 어릴 때 양친을 잃고 염색업을 하는 외할아버지 밑에서 컸고, 나다니엘 호손과 사르트르는 일찍 아버지를 여의고 외갓집에서 자랐다. 조나단 스위프트는 아버지 얼굴도 모르고 생모에게 버림받자 큰아버지의 도움으로 성장했다.

톨스토이와 두보는 태어난 지 얼마 되지 않아서 어머니를 잃었다. 두보는 배다른 형제와 고모 밑에서 서럽게 자랐다. 횔더린과 보들레르는 어린 나이에 아버지를 잃고 의부의 손에 이끌려 기숙사로 들어가야 했다. 횔더린은 '좋은 바람만 불어도 제 몸을 울려 소리를 낸다'고 노래하고 보들레르는 11살 때 '아! 내 넋은 금이 갔네'라며 당시의 심정을 토로하기도 했다. 군의관이던 아버지가 농노에 의해 살해당하는 것을 지켜보아야 했던 도스토예프스키, 우리에게 아름다운 수필을 선사한 금아 피천득과 상허 이태준도 10세 이전에 양친을 모두 잃었다. 계모와 아버지와의 갈등으로 금붕어만 그리다가 자살한 이장희, 양자로 입적되어 남 모르는 갈등을 겪어야 했던 이상과 아쿠타가와 류노스케의 외톨이로서의 그 고아의식을 나는 주목하게 되는 것이다.

"벽에 날아와 앉은 잠자리의 투명한 날개는 슬픔이어라."

아쿠타가와가 짧은 생애를 자살로 마감하자 그의 친구가 헌정한 추모시다. '투명한 날개'로 벽에 앉은 그의 영혼은 '슬픈 잠자리'다. 슬픈 영혼은 순도 높은 증류수다. 세상에서 유일하게 남긴 재산은 "때로 눈물을 흘렸다는 것 뿐"이라던 시인 알프레드 뮈세. 기이한 추악미를 찬양했던 보들레르. '슬픔과 아름다움은 하나'라던 안톤 체호프. '예술이 삶을 주도해야 한다'고 강조한 오스카 와일드. 그는 아름다움보다 진리를 더 사모하는 예술가는 아직 예술의 지성소至聖所에 이르지 못한 자라고 폄하하기까지 했다. 슬픔과 아름다움에 유난히 민감했던 이 작가들을 나는 사랑한다. 예술이 아름다우면 아름다울수록 그것은 원래 자기 자신이 잘못이라는 것을 느끼는 사람들의 작품이라던 J. 러스킨(「참깨와 백합」)의 말을 나는 곱씹게 된다.

불행이 없는 아름다움이란 떠올릴 수도 없다며 보들레르는 『악의 꽃』에서 이렇게 말했다. '우울은 아름다움의 빛나는 반려자. 기쁨은 아름다움에 대한 가장 저속한 장식물 중의 하나'라며 자신이 불행해지면 불행해질수록 자신의 긍지는 더욱 커진다는 것이다. 그리하여 스스로 천형天刑에 처해진 시인 보들레르. 스스로 저주의 시인이 된 폴 베를렌느. 그도 오스카 와일드처럼 남색 사건으로 2년형에 처해졌다. 비참한 말년, 창녀 위제니의 방에서 혼자 숨을 거두었다. 회한과 굴욕으로 얼룩진 인생을 살았으나 폴 베를렌느는 죽기 직전 시왕詩王에 뽑혔다. 인생에서는 패배했으나 문학에서는 이겼다. 키르케고르가 한 말이 떠오른다. '시인이란 남모르는 고뇌에 괴로움을 당하면서도 그 탄식과 비명이 아름다운 음악으로 바뀌게 하는 입술을 가진 불행한 사람'이라고 했던가.

선택된
황홀과 불안
이 두 가지 내게 있으니.

베를렌느의 이 시구 석 줄. 눈길을 뚫고 찾아간 일본의 최북단 아오모리. 다자이 오사무太宰治 문학비에서도 이 글귀를 만날 수 있었다. 불문학을 전공한 다자이도 베를렌느를 좋아했던가보다. 인생에 대한 근원적이 비애감, 실의와 우울, 마약과 환각, 황홀과 불안으로 이어지는 나약함과 탐미주의로 이 두 사람을 묶을 수 있겠다.

다자이 오사무는 사람 인亻 변에 근심 우憂. 뛰어나다는 '우優'자로 문학론을 펼치기도 했다. 다른 사람을 걱정하고 타인의 쓸쓸함에 민감한 것, 슬퍼하는 것, 더 나아가 약자와 패배자 입장에 머물며 부끄러움을 철저히 인식하는 일이 문학이라고 하였다. 다자이는 아버지가 온당치 못한 방법으로 대지주가 된 것을 알았을 때, 어리석은 형태로 자신을 멸망시키는 일만이 사회에 대한 봉사라고 생각하며 심한 자학의 길로 빠져들었다. 스스로 인간 실격失格자가 된 다자이 오사무. 나는 출세한 사람보다는 패배자의 고백에 귀를 더 기울이게 되는 것이다.

왁자한 웃음 뒤에는 가면이 있을 수 있지만, 인생에 져서 패배한 약자의 슬픔에는 가면 따위는 있을 수 없다. 슬픔은 유일한 진실이기 때문이다.

> 슬픔은 인간이 가질 수 있는 정서 가운데 최고의 것이고 동시에 모든 예술의 전형이요, 시금석임을 나는 이제야 알았다. (…) 환락과 웃음의 그늘에는 거칠고 단단하고 냉혹한 기분이 숨겨져 있을지도 모른다. 그러나 슬픔 뒤에는 언제나 슬픔이 있을 뿐이다. 고통은 쾌락과는 달라서 가면은 쓰지 않는다.

이것은 영국 작가 오스카 와일드(1857-1900)가 쓴 『옥중기』의 일구이다.

긴 여름날, 나는 학교에 휴학계를 제출하고 서울시청 부녀과에서 교양강좌 프로그램을 담당하고 있었다. 당시 좋지 않은 강의가 없었지만 운명처럼 1962년 여름, 오스카 와일드의 이름이 내게 들어왔다. 강성일 선생에 의해서이다. 숙대 영문과 교수였던 그분은 그날 오스카 와일드의 『옥중기』를 소개했다.

> 고뇌란 하나의 기다란 순간이다. 그것을 계절로 나눌 수는 없다. 우리는 다만 그 계절의 느낌을 기록하고 그 계절들이 되돌아오는 것을 적어둘 수 있을 뿐이다. 죄수들에게는 시간 그 자체가 진행하는 것이 아니고 회전할 뿐이다. 그냥 고통이라는 하나의 축의 주위를 맴도는 것처럼 생각된다. (…) 슬픔이 있는 곳에 성지聖地가 있다.

마지막 구절에 주문이 걸려 나는 그의 포로가 되고 말았다. 고통이라는 하나의 축을 맴도는 수인囚人. 죄수들에게 형벌의 시간은 진행하는 것이 아니고 그냥 회전할 뿐이라는. 그 여름 나는 퇴근을 해도 날이 쉽게 어둡지 않았다. 하나의 기다란 축 위에서 무의미한 시간을 되풀이하고 있을 때였다. 어떤 날은 출근하려고 눈을 뜨면 그레고리 잠자(카프카의 「변신」 주인공)처럼 벌레가 되었으면 하고 바랐다. 줄이 끊어진 악기처럼 나는 아무것도 소망할 수 없었다. 소망을 버리고나니 차라리 홀가분했다. 까닭도 없이 저 밑바닥에서부터 천천히 차오르는 샘물, 그것은 근원도 알 수 없는 비원悲願이었다. 나는 그때, '슬픔이 있는 곳에 성지聖地가 있다'는 그의 비원을 알 것도 같았다. 그분의 차원을 이해할 것도 같았다. 비원은 마냥 슬프기만 한 비애와도 다르고 자비慈悲와도 같지 않다. 세상에 대해 쥔 손을 펴고 아무것도 바라지 않는 슬픔 속에서, 슬픔을 뛰어넘는 무욕無欲의 대비大悲야 말로 비원이라고 할 수 있지 않을까.

슬픈 영혼은 순도純度 높은 증류수, 그 순도야말로 '성지聖地'가 허락되는 영토이다.

'슬픔 속에 성지가 있다'는 주문은 나로 하여금 슬픔을 딛고, 일체 것의 연민인 "비원"을 끌어안을 수 있게 해주었다.

영국 문학의 귀재였고 사교계의 총아였으며 동화작가, 비평가, 남색가, 죄수 번호 C33의 익명으로 「옥중기」와 「레딩 감옥의 노래」를 썼던 작가, 단막 비극 「살로메」와 장편소설 「도리언 그레이의 초상」을 발표하여 19세기 말 데카당스 문학의 대표주자가 된 사람. 그러나 그 어떤 호칭도 그의 사람됨을 잘 말했다고는 보기 어렵다. 보르헤스는 그를 두고 '그 악의 습관이나 불행에도 불구하고 끄떡도 않는 순진무구를 계속 지니고 있는 사나이'라고 평가했다. 보르헤스의 말대로 그는 자신의 순수함 때문에 파멸한 사람이었다. 어린애다운 순진함과 방약무인한 오만함과 경솔함은 그의 운명을 파멸로 몰아넣는 무기가 되었건만 자중하기는커녕 독설과 무례를 멈추지 않았다.

오스카 와일느는 남색사건으로 체포되어 2년 동안 옥살이를 하는 중에 어머니의 부고를 전해 듣는다. 총명한 아들에게 그리스

문학과 이탈리아의 고전문학을 지도하던 그의 어머니는 시인이며 비평가였다. 아들의 불명예로 죽음이 재촉되었다고 한다. 그는 옥중에서 '비애의 아름다움'에 대해 썼고 예수 수난의 의미를 되새기면서 참회의 『옥중기』를 썼다. 감옥에서 석방된 뒤 수도원에 가서 새로운 인생을 시작하려고 했으나 거절의 답신을 받고는 그 길로 영국을 떠났다. 파리의 빈민가 어느 하숙집에서 쓸쓸한 최후를 마감했다.

밀레니엄이 시작되는 2000년 5월 나는 페르 라세즈 묘역 그의 무덤 앞에 섰다. 파라오 형상의 젊은 남자가 부조된 흰 대리석 조각 작품엔 키스 마크가 가득했다. 그의 인생은 패배로 끝났지만 그의 세기말적 문학은 그를 20세기 모더니즘의 선구자로 만들었다. 평론가 손튼이 말한 데카당스의 의미를 나는 그 자리에서 되새겨 보았다.

> 데카당은 상반된, 그리고 분명히 양립할 수 없는 것에 끌려든 사람이다. (…) 다른 한편으로는 영원한 것, 이상적인 것, 비세속적인 것을 그리워한다.

그는 그런 사람이었다. 어린애다운 순진무구로 파멸에 이른 사람. 나는 그 동안 세속적이지 못한 순수한 영혼들과 만나 그들이 겪은 비극적 사건 속으로 들어가 그 고통으로 내 슬픔을 완화하며 상처를 지워나갈 수 있었다. 슬픔을 지울 수 있는 지우개는 역시 슬픔인 것 같았다.

"적도 지역에서는 지극히 가늘고 실처럼 생긴 벌레가 인간의 피부를 뚫고 파먹는다. 그러면 무당을 부른다. 그가 마술의 피리를 불면 벌레가 홀려서 나타나 조금씩 몸을 펴면서 밖으로 나온다. 예술의 피리도 그러하다."

카잔차키스(「오디세이의 싹이 내 마음속에서 열매를 맺을 때」)의 말이다. 내게는 아직도 그 마술의 피리 소리가 필요하다.

'예술은 일종의 허위이다. 나는 이미 아름다운 허위를 사랑할 수 없다'며 톨스토이는 진리를 사랑한다고 공표했고, 앙드레 지드는 '신의 세계에는 예술이 없다'고 언급했다. 나는 예술이 없는 천국보다는 슬픔뿐인 지상을 택하겠다.

내 몸 속에 박힌, 실처럼 가느다란 벌레가 누군가 부는 예술의 피리 소리에 홀려 슬금슬금 빠져나오는 걸 느낀다. 슈베르트의 〈피아노 5중주〉를 듣거나 모차르트의 〈피아노 협주곡 21번〉을 듣고 있으면 그 선율이 세포에 새겨진 내 슬픔을 손잡아 데리고 나오는지 그것들은 어느새 무화無化되고 만다.

매독에 목덜미가 잡힌 슈베르트는 운명을 저주하지도 않고 절망의 밑바닥에 고이는 샘물을 창작의 두레박으로 길어 올려 숭고한 아름다움의 음악으로 바꾸어놓았다.

"내가 창조한 모든 것은 음악에 대한 나의 이해와 나 자신의 슬픔에서 탄생한 것이다. 오직 슬픔에 의해서 태어난 것만이 세계를 즐겁게 해주는 것 같다"며 31살의 나이로 지상의 겨울 나그네가 되어 우리의 곁을 총총히 떠났다. 시인 뫼리케는 그를 가리켜 '눈물을 통해 찬란한 햇빛을 보는 사람'이라고 평가했다. 지상에 겨우 35년을 머물면서, 모차르트는 죽기 두 달 전에 위대한 교향곡을 세 편이나 내놓았다. 요독증이 뇌를 침범하고 물질의 고통이 가장 혹심했을 때였다. '아름답게, 눈물이 날 만큼 아름답게'라며 그의 곡을 지휘한 부르노 발터의 말이 떠오른다. 영화 〈엘비라 마디간〉의 마지막 장면을 떠올리면서 그의 음악을 듣고 있으면 '눈물이 날 만큼 아름답게' 승화된 비애감이 슬픈 마음을 어루만져주는 것이다. 이렇게 고통에서 피어난 아름다움은 고통을 치유하고도 남는다.

니체가 고통을 통해 초인이 되었듯이 슬픔을 통해 우리는 자기 안의 영토를 성지聖地로 확장할 수 있다. 슬픔이 아니고는 할 수 없는 덕목이다. 눈물의 꽃 진주를, 슬픈 영혼들의 그 '눈물 꽃'을 나는 사랑하지 않을 수 없다.

오스카 와일드가 말한 대로 "슬픔은 인간이 가질 수 있는 정서情緖 가운데 최고의 것이고, 동시에 모든 예술의 전형典型이며 시금석임을" 나도 이제야 알겠다. 이 글은 가면이 허락되지 않는 슬픔의 '순수'에 바치는 나의 헌사이다.

사뮈엘 베케트 씨에게

황량한 언덕에 달랑 나무 한 그루뿐인 빈 공간. 〈고도를 기다리며〉의 무대는 마치 우리 실존의 토대인 것만 같았소.

베케트 씨, 나는 지금 가을 숲이 수척한 공원에 나와 〈고도…〉의 주인공이나 된 듯, 당신의 이 대사 한 토막에 붙들려 있다오.

> 에스트라공 : 무슨 일이 있었니?
>
> 블라디미르 : 아무 일도 아니다.
>
> 에스트라공 : 난 가겠다.
>
> 블라디미르 : 나도 가야지.

왜 아무 일도 아닌가?

어디로 가는가?

그것은 오랫동안 나의 화두이기도 하였소. 마치 스핑크스가 오이디푸스에게 던진 '너는 누구냐? 너는 어디로 와서 어디로 가느냐?'의 질문을 떠올리게 했소. '고도'를 기다리는 동안 지루한 시간을 메우기 위해 광대처럼 벌리는 온갖 해프닝. '고도'는 끝내 오지 않고 "그럼 갈까?/ 가자" 두 남자를 무대 위에 세워놓고 막이 내립니다.

장장 두 시간에 걸쳐 당신이 보여준 '기다리는 것'의 행위는 특별히 할 일도, 기다림도 없는 노후의 시간을 죽여야 하는 실존. 당신은 내게 죽음으로 가는 동안 우리가 할 수 있는 일이란 무엇인가를 제고하게 했소. 그래서 극작가 장 아누이는 '어릿광대가 펼쳐 나가는 파스칼의 팡세'라고 했는지도 모르겠소.

머리 밑이 휑하게 드러난 나뭇잎은 병색이 완연한데 그들 또한 추레해진 내 모습을 건너다보고 있구료. 나무가 스스로 수액을 차단하여 곡기를 끊고, 옷을 벗는 이 장소에 오니, 연암 박지원이 망망무제의 요동벌판에 서서 '곡哭할 만한 장소'라고 일렀다는데 나도 그런 감회가 느껴지네요.

이럴 땐 어느 작가보다도 존재의 심연을 치열하게 탐색한 당신과 대면하고 싶었다오.

그 장소는 몽파르나스 역으로 이르는 철도가 보이는 당신의 8층의 작은 스튜디오도 아니고, 파리 14구에 있는 티에르탕Tiers Temps(즉 제3의 시간) 요양원도 아니고 당신이 설계해 지은(1950년) 위시의 마른 강변 언덕배기의 집필실에서라면 더할 나위가 없겠지요. 아무렇게나 문 하나와 창 몇 개를 덧붙인 마치 한 개의 차가운 입방체처럼 자리잡은 공간을 당신은 "주인과 마찬가지로 회색빛 벽을 가진 멋없는 덩어리일 뿐"이라고 했다지요. 주인을 닮았다는 그 멋없는 회색빛 입방체의 작은 공간이 궁금했습니다.

〈타임스〉 지가 보낸 질문에 "해결책 : 없음, 희망 : 없음"이라고 적어 보냈으면서도 "돌 틈새로 풀들이 돋아나려 애쓰는 광경을 바라보며 살고 싶다"던 바로 그 집에서 당신과 마주 앉고 싶었소. 특히 『이름 붙일 수 없는 자』『고도를 기다리며』『게임의 종말』『아무것도 아닌 텍스트』 같은 당신의 주요 작품들이 탄생한 곳이기도 하며 당신의 철학적 명제가 구체화된 곳이기도 하니까요.

지금 어디인가?
지금 언제인가?
지금 누구인가?

이것은 『이름 붙일 수 없는 자』의 서두입니다.

『아무것도 아닌 텍스트』라는 책에서도 다음과 같은 세 가지의 질문이 던져집니다.

내가 갈 수 있다면 어디로 갈 것인가?
내가 만약 존재할 수 있다면 나는 무엇일 것인가?
내가 만약 목소리를 가지고 있다면 무엇을 말할 것인가?

'가는 것', '있는 것', '말하는 것'으로 요약됩니다. 사실 당신의 작품에서 등장인물은 언제 어디서나 '여정(가는 것)'의 인간, 부동성(있는 것)의 인간, 그리고 독백(말하는 것)의 인간이었음을 상기하게 됩니다.

당신이 작가로서 본질적인 질문을 던지고 그 해답을 찾아가는 여정을 나는 스텝을 밟듯 당신의 작품 속에서 그 음계를 찾아 건반을 꾹꾹 눌러보고 싶었소.

지금 어디인가?

당신은 작중 인물들을 대단히 비참하고 극단적인 상황에 배치시켜놓고 있었소. 『게임의 종말』에서는 어두운 동굴 안에 한쪽 다리를 저는 클로브와 하반신 마비의 햄을 휠체어에 앉혀놓고, 두 개의 쓰레기통 안에는 햄의 부모님인 나그와 넬을 식물인간으로 숨쉬게 하고 있었소.

『코미디』에서는 항아리 속에 목까지 파묻혀 있는 두 여자와 한 남자. 『오! 행복한 날』에서는 거의 목까지 파묻혀 있으면서 역설적으로 '아름다운 날'이라고 찬양하는 위니, 『고도를 기다리며』에서는 다시 시작하게 해줄 것 하나 없는데도 스스로 '약속이 있다'고 끝없이 믿고 있는 블라디미르와 에스트라공.

눈은 멀고 하반신 마비상태임에도 가혹하게 끝까지 자신의 불확실한 게임을 끌고 나가는 햄. 그들의 익살스러움은 인간적인 노력을 포기하지 않는 다수의 우리들의 모습 같았소. 우리가 처한 장소는 폐쇄된 닫힘의 공간, 장소는 '몸만 존재할 뿐인 공간'이라는 당신의 그 가혹한 발언.

"어떠한 정신도 없다. 최소한 그것."

그럼에도 당신의 그 발언을 요즘 수긍하지 않을 수 없게 되오. 닫힌 공간에서 우리 존재들은 어떻게 망가지고 해체되는가? 장소라는 픽션의 장치가 존재를 더욱 극명하게 드러내주는구료. 점차 우리들 모두의 눈과 귀가 멀어지고 정신조차 희미해지는 수순, 클로브나 햄처럼, 또 나그와 넬처럼, 손상되어가는 몸뿐. 이때 블라디미르의 선언이 크게 들려왔소.

"이 장소, 이 순간에 인류는 바로 우리야. 그게 우리 마음에 들건 안 들건."

베케트 씨. '지금 어디인가?'라는 당신의 질문에 나는 이것을 답안으로 삼고 싶습니다.

지금 언제인가?

"언제 럭키가 벙어리가 되었느냐?"고 블라디미르가 묻자 포조가 이렇게 답하지요.

> 당신의 그 시간 이야기로 날 지겹게 만드는 거 이제 그만 좀 하지 않겠소? 헛소리야! 언제! 언제! 그냥 어느 날이면 충분하

지 않느냔 말이오. 다른 날들과 비슷한 어느 날, 저놈은 벙어리가 됐고 어느 날 난 장님이 됐고, 어느 날 우린 귀머거리가 될 거고 어느 날 우리는 태어났고, 어느 날 우린 죽을 거요. 같은 날, 같은 순간, 이걸로 충분하지 않느냔 말이요?

여자들은 무덤 위에 걸터앉아 아이를 낳고, 해가 잠깐 반짝이다가는 다시 밤이 되는 거요.

한번 낮 되고 한번 밤 되는 것. 여자들은 무덤을 올라타고 죽음 위에서 아기를 낳는 일. 인류의 역사가 이어지는 이 평범한 일상의 반복. 또한 「한 편의 독백」이라는 글에서도 당신의 첫 대사는 이와 다르지 않았지요.

"탄생이 그에겐 죽음이었어."

탄생과 죽음, 주야의 교체, 일몰과 일출의 순환으로 이어지는 우주의 둥근 고리를 떠올리게 됩니다. 햄이 반복해서 "지금 몇 시지?" 하고 물으면 클로브는 "언제나와 같은 시간이지"라고 천연스레 답합니다. 그러니까 어제와 오늘은 이미 의미를 상실한 개념의 시간인 것이지요.

'금년의 한해는 지나간 해의 해다今年年是 去年年'라는 시구에서처럼 의미 없이 반복되는 그래서 어쩌면 영원한 오늘인 시각. 베케트 씨. '지금 언제인가?'라는 질문에 나는 포조의 독백을 당신의 답으로 듣겠습니다.

지금 누구인가?

> 우린 여기서 뭘하고 있는 걸까? … 우리는 고도가 오기를 기다리고 있다. 우린 약속이 있고 그게 다야. 우린 성자는 아니지만 약속이 있어. 이렇게 말할 수 있는 사람들이 얼마나 될까?

'약속'이 있다고 말할 수 있는 사람 블라디미르, 그리고 '시간, 탄생과 죽음, 헛소리야, 우린 어느 날 태어났고 어느 날 죽을 거요. 이걸로 충분하지 않느냐'고 외치는 포조. 그들 가운데의 우리는 어느 쪽인가?

당신의 소설 『이름 붙일 수 없는 자』에서 그는 창조자였다가 피조물이었다가 사람이라고 할 수 없는 지경에까지 추락한 인간이기도, 무생물이기도 하다가 무無에 가까운 형이상학적 존재이기도 한, 하나로 묶을 수 없는 혼돈의 존재이기도 했소.

어느 날 '이름 붙일 수 없는 자'는 눈물을 가득 담고 결코 포기하지 않으리라고 확신하며 이렇게 선언하오.

"오직 나만이 인간이며 나머지는 모두 신성하다."

희망도 절망도 없이 악착스럽게 살아남아 "계속 할 거야"를 되풀이하는 '이름 붙일 수 없는 자'는 과연 누구이겠소? '희망 : 없음, 해결책 : 없음'이라고 써놓고 그래도 우리는 누군가를 기다리며 계속할 거야를 외치며 '오직 나만이 인간'이라고 선언하는 그자가 아니겠소.

내가 갈 수 있다면 어디로 갈 것인가?

내가 만약 존재할 수 있다면 나는 무엇일 것인가?

어디론가 갈 수 있는 주체는 존재의 물음으로 환치될 수도 있을 것 같소.

베케트 씨. 나는 당신의 시구에서 놀라운 예지를 발견하고 마음속으로 얼마나 기뻤는지 모른다오.

> 흐름으로 인해/ 모든 것은/ 존재하면서도
> 모든 것/ 따라서 그것은/ 심지어 그것조차
> 존재하면서도/ 존재하지 않는다.
> 그에 대해/ 이야기하자
>
> —「나쁜 시구」

흐름으로 인해 존재하면서도 존재하지 않는다는 것. 있으면서도 없고[色卽是空], 없으면서도 있는[空卽是色] 존재와 비존재. 모양이 있는 것은 모양 없는 것의 현현顯現이요, 모양 없는 것은 근본적 실재實在로 그 무無는 바로 유有의 근원인 셈이지요.

현상과 본체, 이것은 무無와 유有, 그리고 공空과 색色이 다르지 않은 둘인 것처럼 하나로 통일되는 궁극적 실재. 일자一者가 아니겠소.

“존재하라, 그리고 동시에 비존재의 조건을 알라”고 릴케는 「두이노의 비가」에서 외쳤지요. 비존재의 조건을 알 때, 인간은 자유로워진다는 것입니다. 왜냐하면 비존재는 존재 속에 포함되기 때문이지요.

어디로 가는가?

천지만물은 유有에서 생겨나고, 유는 무無에서 생겨났다고 말한 이는 중국의 노자老子였소. 그는 다시 “무無에서 유(현상계)로 나오는 것이 생이요, 유有에서 무(본체)로 돌아가는 것이 사死”라고 언급한 바 있소. 무無는 유有의 근본이니 결국 우리는 도의 근원인 무無로 돌아가는 것 아니겠소.

인류의 기원이 시작(빅뱅)된 그곳, 별에서 왔으니 분화된 이 몸의 원소도 그곳으로 귀환하는 것이지요. 온 곳으로 되돌아가는 원시반종原始反終.

간다고 하지만 떠난 그 자리. ‘본래 그 자리’일 뿐이겠소.

베케트 씨, 당신은 ‘그 자리’를 알고 계셨나요?

저 하늘의 구름은 조건에 따라 다양한 현상(비, 얼음, 수증기)으로서 오고가지만, 본체로서 보자면 질량과 에너지의 변화일 뿐, 하늘에서는 아무런 일도 일어난 것이 아니지요. 하늘은 본디 고요할 뿐. 허공을 지나간 새의 자취나, 구름 지나간 자취를 어디에서 찾을 수 있겠소.

Rein a faire

(아무 일도 일어나지 않았다).

—「고도를 기다리며」 첫 구절

당신은 그것을 너무나도 잘 알고 있었소. 「고도를 기다리며」에서 내가 얻어낸 보물 같은 일구였소. 여태까지의 내 삶도 아무것도 아니라고 생각하니 갑자기 내 존재가 사라지면서 사방이 확 트여옵니다.

하늘이 어두워지는 저녁 다섯 시 반 무렵, 먹물 번지듯 숲에는 어둠이 내려앉습니다. 사람들이 떠나간 이 적막한 장소는 내가 최적의 쉼터라오.

"실존의 토대인 빈 장소에 가장 적절한 색깔은 무엇인가?" 당신은 거기에 '어두운 회색' 또는 '어슴푸레함Pe' nombre'이라고 답했다지요.

밤과 낮이 맞물리는 지점, 낮이 밤 속에 몸을 묻는 시간, 나는 지금 그 어슴푸레함 속에 가라앉고 있소. 어둠은 존재의 장소, 불현듯 내 안에 농익은 석류 알처럼 돌기된 어느 부분들이 일어나 장열하게 산화散華되고 싶어 하는구료.

'무無보다 더 실재적인 것은 아무것도 없다'던 베케트 씨.

텅 빈 적요 속에서 나는 당신의 이 말을 보배의 일구로 기억하오. 그리고 당신이 쓴 작품들은 '침묵과 무無 위에 남긴 불필요한 오점'이라고 토로한 그 말 또한 천착하고 있소. 우리나라 효봉 선사는 "내가 말한 모든 것, 그것 다 군더더기야!"로 일축해버렸지요. 군더더기를 용납지 않는 결곡한 당신의 성품과 작품들을 나는 좋아한답니다.

'말에서 더 이상 끌어낼 것이 없다'던 베케트 씨. 그럼에도 당신의 등장인물들은 계속 지껄여대고 당신은 언제나 침묵이었소.

언젠가 더블린 작가박물관에서 사온 당신의 스티커 사진, 유난히도 맑은 초록색 눈과 마주하게 되오. 대상의 본질을 꿰뚫는 날카로운 눈빛과 굳게 다문 입, 거기에서 나는 부동不動의 독수리 같은 어떤 엄격한 기운을 전해받곤 했소.

어느 연출가는 '인간 파멸의 근원을 파헤치는 차원 높은 염세주의'라고 당신의 문학을 정의한 바 있고, 철학자 알랭 바디우는 당신의 작품에서 역설적인 희망을 본다고 말했지만 나는 절망도 희망만도 아닌 그 둘(음양)의 맞물림, 종시終始의 순환을 짚어낸 당신을, 개안開眼의 현자라고 칭하고 싶소.

인간에 대한 당신의 깊은 질문, 존재에 대한 치열한 탐색. 절망보다 더 깊이 사유된 그래서 절망을 넘어선 지표에 도달한 것이 아닌가 생각되오.

어찌 당신의 작품이 '침묵과 무無 위에 남긴 불필요한 오점'이겠읍니까. '무無보다 더 실재적인 것은 아무것도 없다'던 그 말씀은 선사의 오도송悟道頌으로 여겨집니다.

베케트 씨. 당신은 우주를 다녀간, 참으로 길을 아는 선생이었소.

그 길에서 당신께 예禮를 표합니다. 그럼 안녕히.

觀如 合掌

제5장

고타로의 오두막에서

간월기행

조계사 앞에서 기다리고 있던 버스에 올라 일찌감치 자리를 잡았다. 현수막까지 확인했으니 오늘밤은 간월도에 닿아 달을 볼 수 있으리라.

이제껏 수없이 보아온 달이건만 그래도 달을 보러간다는 일이 왠지 가슴을 설레게 한다. 육십이 불원인 이 나이에도 가슴 뛰는 일이 있다니…. 감정이 이렇게 슬며시 고조되고 만 것은 마음속의 특별한 장면들이 달빛과 연관되어 있기 때문인지도 모른다.

오늘은 마침 시월하고도 음력으로 보름날이다. 달을 바라본다는 간월도看月島에서 나는 꼭 한번 만월을 보고 싶었다. '현대불교신문 창간 2주년'이란 작은 글자 밑에 고은高銀 소설『수미산』현장 문학기행이란 표지를 확인한 동행들이 하나둘씩 짝지어 버스에 오르고 있다. 소설『수미산』의 현장인 간월암에서 오늘밤 작가의 강연이 있다고 하였다. 그러나 염불보다는 잿밥이라고 나는 달에 더 비중을 두고 있었다. 자고이래로 달은 참으로 많은 사람들의 예찬의 대상이 되어왔다. 시인 묵객치고 달을 말하지 않은 사람이 어디 있으랴. 달은 시인들의 영감靈感의 원천이 되기도 하였다. 두보와 소동파, 윤선도와 김소월의 시구를 우리는 아직도 기억하고 있다. 그 중에서도 나는 이백의 「월하독작月下獨酌」을 좋아한다.

내가 노래하면 달님은 서성대고
내가 춤을 추면 그림자 셋이러라

이때에 만약 달이 없다고 가정해보자. 캄캄한 무대에 조명이 들어오지 않은 것과 같고, 배경음악이 빠져버린 영화와도 같으리라.

이성을 잘 이해하지 못하는 나이에 나는 프랑스 영화 〈연인들〉을 본 일이 있다. 달빛이 쏟아지는 숲 속에서 젊은 남자와 마주선 여주인공 잔모로는 그때 '달은 여자'라고 낮게 읊조렸다. 소화하기는 어려웠지만 멋져보이던 대사만은 지금도 기억할 수 있다. 그녀는 만난 지 하루밖에 안 되는 남자를 따라 달빛 속에서 집을 나서고 마는 것이다.

날이 밝은 다음날 아침의 후회 여부는 물론 의문으로 남았다. 그러나 굳이 죄를 묻자면 달빛에 돌리고 싶었다. 이렇게 도덕으로는 설명될 수 없고 간혹 논리로도 납득될 수 없는 일이 달밤에는 종종 일어난다고 한다.

어쩌면 달은 에로스의 마력이라도 갖고 있는 것은 아닐까?

늑대 청년의 슬픈 사랑 이야기 또한 보름달과 연관되고 있지 않은가.

달빛이란 이렇게 우리로 하여금 술을 마시지 않고도 곧잘 취하게 하는 힘을 가진 듯하다. 그래서 월하月下에서 매화를 보거나 미인을 만나면 더욱 유정해지고 월하에서 시를 논하면 더욱 아치雅致있게 된다고 하는 것도 달빛의 이러한 상승작용 때문일지 모른다.

달빛은 우리 감성의 밝기를 조절하는 장치도 갖고 있는 듯했다. 그리하여 달빛은 그 만나는 사물의 대상이 무엇과 무엇의 조응照應이냐에 따라 채도彩度와 감도를 달리한다. 나는 어려서부터 허기나 어떤 결핍 속에서 만월을 바라보곤 했었다. 달을 보고 있으면 왠지 세상의 시름 따위는 작아지는 것이었다. 달빛은 때로 내 근원적인 존재에 대한 물음까지도 확인하게 해주었다. 항용 사람들은 자기가 앓아온 지병持病에 대해 애착을 갖게 된다고 말한다. 그래서 그런지 달빛이 쏟아지는 아득한 마음의 포구 어딘가에 다시 서보고 싶은 충동이 불현듯 일어난 것도 그 때문인지 알 수 없었다. 그것이 간월도라면 가능하지 않을까 하는 기대를 실상 나는 떨쳐 버리기가 어려웠다.

캄캄한 밤이 되어서야 우리는 목적지인 서산 간월도에 닿을 수 있었다. 차에서 내려 갯벌을 조금 걸었다. 금세 조그만 암자가 나타났다. 섬은 보이지 않았다. 늦은 식사를 마치고 법당에 모인 시각은 밤 열한 시. 백여 명의 동참자가 들어앉은 곳은 20여 평의 작은 법당. 서로 몸을 뒤채기도 어려웠다. 고은 선생은 '우주와 나'를 주제로 '불교와 문학'에 대한 강의를 시작했다. 누가 주체이고 누가 객체인가? 선생의 열띤 강의는 26일 하룻밤을 지새우고 다음날 새벽 1시가 지나서야 끝이 났다. 사람들은 제각기 흩어졌다. 숙소로, 바깥으로, 법당 안으로 자연스레 무리지어 나뉘어졌다.

두말할 것도 없이 나는 달을 보러 밖으로 나갔다. 마치 연꽃 한 송이가 피어 있는 것 같다고 해서 연화대蓮花臺라고도 한다는 그 손바닥만 한 바위는 어느새 물에 둘려서 섬이 되어 있었다.

찬물에 금방 얼굴을 씻은 듯 맑디맑은 달이 눈앞에 있다. 아! 달이다. 나는 소리내지 않고 말했다. 행사 주최 측은 싱싱한 해물이나 먹으러 가자고 일껏 술자리의 동행을 청해왔지만 모처럼 달을 보러온 것이기에 나는 아까운 자리마저 사양을 해버리고 말았다. 신문사의 최 국장과 잠시 실랑이를 하는 동안에 발밑으로 물이 들어왔다. 우리는 양쪽으로 비켜설 수밖에 없었다. 한쪽은 뭍이 되고 내가 선 자리는 섬이 되는 게 아닌가.

간월암은 이렇게 해서 하나의 섬 자체가 되고 마는 것이었다. 잔잔한 물 속에 또 하나의 달이 들어 있다. 달을 머금고 은파는 잔물결로 부서지고 있다.

나는 하늘의 달과 수면에 잠긴 달을 번갈아 보았다. 그때 '월인천강月印千江'이란 낱말이 퍼득 머리에 스쳤다.

선가禪家에서는 흔히 '견월망지見月忘指'를 말한다.

달을 보되 손가락 끝은 잊으라는 것. 여기에서의 달이란 견성見性을 지칭하는 말로 우리의 성품, 본래 자리를 보라는 뜻일 게다. 이곳 간월도에 들어와서 달을 보셨다던 여말의 나옹 선사, 무학대사 그리고 만공 스님은 과연 달의 무엇을 보셨을까?

연화대 위에 서서 나도 지금 하늘에 걸린 달과 물에 잠긴 달을 바라보고 있다. 그런데 보려는 달과 보여지는 달, 대체 누가 주체고 누가 객체란 말인가?

나는 달을 바라보면서 소회를 얻고 싶어했으나 이상하게도 아무런 생각이 일어나지 않았다. 시간이 흐를수록 한기寒氣만 더해올 뿐, 허공의 달과 나는 얼어붙듯이 그 자리에 멎어 있었다. 얼마나 시간이 흘렀을까? 오른편으로 조금 비켜나 앉은 달은 아직도 휘영청 밝고, 하늘은 그대로 손에 닿을 듯하다. 흐르는 강물, 천년의 시간도 한순간일 듯. 그리고 영겁부터 그 자리에 있어온 달과 나, 오직 묵묵히 하나였다.

그 동안 달빛 어린 강물에서라면 그곳이 어디든 간에 나는 얼마나 유정해왔던가. 그런데 오늘밤은 웬일인지 마음속에서 아무런 움직임의 뿌리조차 일어나지 않는 것이다.

"이제금 저 달이 설움인 줄을 예전엔 미처 몰랐어요"의 애상哀想이라든가 "가앙물도 출렁출렁 목이 멥니다"의 정조情調 같은 것도 일어나지 않았다. 그렇다면 그것들은 다만 내 마음 안에서 물

안개같이 피어오른 한 생각의 그림자였더란 말인가. 애상과 정조. 아무런 감정도 일어나지 않았다. 한 생각이 쉬니 만파萬波의 일파一波도 일어나지 않는 것일까?

다만 달은 중천中天에 떠 있고, 손바닥만 한 섬 위에 나는 그저 무심히 휘영청한 달빛 속에 놓여 있을 뿐, 아무런 조응照應도 일어나지 않았다고 노트에 적은 것은 1996년 10월 27일의 일이었다.

길 떠나야 할 나그네

나그네 길에 오르면 바쇼처럼 비감해지곤 했다. 여즉인생旅卽人生이라던 그도 나그네 길에서 숨졌다. 나는 지금 도연명을 생각한다. '집이란 한때 묵는 여관 같거늘, 결국 길 떠나야 하는 나그네.' 그 나그네는 죽기 며칠 전 스스로 자기 제문自祭文을 지었다.

"때는 정묘 9월, 하늘은 차고 밤은 긴데 바람기운은 삭막하기만 하다. 큰 기러기들은 날아가고 초목들도 누렇게 시들어 떨어진다. 도陶 아무개는 임시로 몸 담았던 객사에서 물러나逆旅之館 바야흐로 영원한 본연의 집으로 돌아가고자永歸於本宅 한다. 정든 이들은 슬피 우는데 나는 오늘밤, 떠나는 나의 길에 제사를 지내고자 한다"로 시작되는 글이다. 76행 313자字로 지면이 허락되지 않아 총 90자字인 「만가」를 소개한다.

'만가'란 상여를 메고 장지로 향할 때, 혹은 시신을 매장한 뒤 흙을 다지면서 부르는 노래다. 다른 이들이 망자를 애도하는 노래이건만 도연명陶淵明은 스스로 「만가挽歌」 세 수를 지었다.

荒草何茫茫 황폐한 풀은 거칠게 우거졌고,
白楊亦蕭蕭 백양나무도 쓸쓸하게 서 있다.
嚴霜九月中 서리 덮인 구월에 사람들은
送我出遠郊 나의 상여를 멀리 교외까지 전송해 나왔다.
四面無人居 사면에 인가라고는 하나도 없고,
高墳正嶕嶢 높은 무덤들이 우뚝 삐뚝 솟아 있다.
馬爲仰天鳴 말도 하늘을 보며 울고
風爲自蕭條 바람도 서글프게 분다.
幽室一已閉 무덤 구멍 한번 닫히면
千年不復朝 영원히 아침을 다시는 못 보리라.
千年不復朝 영원토록 아침을 다시 맞이하지 못하리니.
賢達無奈何 현인이나 달인도 어찌할 수 없어라.
向來相送人 여지껏 나를 전송해준 사람들도
各自還其家 저마다 집으로 돌아간다.
親戚或餘悲 친척이 더러 혹 슬퍼해주고
他人亦已歌 어떤 이들은 다시 만가를 부르기도 한다.
死去何所道 허나 이미 죽은 나는 무어라 말할 수가 없다.
託体同山阿 몸을 맡기어 산의 흙과 동화되고 말리라.

— 도연명의 「만가 3」

그때가 아니고서는 실감이 나지 않던 일들이 요즘 하나둘씩 마음에 와닿곤 한다. 이제는 하루도 반일半日, 어느새 날이 저물고 만다. 연한 청회색으로 물들어가는 거실 창밖의 어둠을 우두커니 지켜보는 낙樂. 하루가 닫히는 그 빛깔에 몸을 맡겨 어둠에 누우면 나는 곧잘 거기가 황폐한 들판인 양 시신으로 눕는 기분이 들기도 한다. 밑에서 흡수해 들이는 어떤 기운, 내 몸은 땅속에 이끌려 따습고 보드라운 손길에 감싸임을 느낀다. 몸은 서서히 해체되어 수분은 땅속으로 흐르고 체온과 호흡은 공중으로 흩어진다. 불가에서 말하는 오온五蘊의 해체를 자신에게 적용시켜본다. 결국은 흙 한 줌이다.

지난해 조성한 동명에 있는 가족묘원墓苑, 화장해 모신 어른들의 유해를 한지에 싸서 맨 흙에 그대로 묻었다. 더 빨리 흙과 동화되기를 바라면서. 나 또한 그렇게 되어가는 과정을 상상해보게 되는 것이다.

도연명은 「만가」 1, 2에서 미리 죽어보는 자의 심정을 담담히 피력하고 있다.

엊저녁엔 같은 사람이었으나 오늘 아침은 명부에 이름이 있더라. 시체는 텅 빈 관 속에 있고 애들은 아비 찾아 우네, 전에는 없어서 못 마셨던 술이 공연히 잔에 넘치네. 안주 수북한 상을 내 앞에 두고 벗들 곡하여 우네. 생전에 주었더라면 하는 그의 아쉬움이 딱하기만 했다. 그는 늘 배가 고팠다. 그가 살던 동진東晋 시대는 왕실의 세력이 약화되고 신흥 군벌이 대두하여 각축을 벌이던 난세亂世였다. 전란과 흉년으로 생계가 막연하니 밥이나마 해결하려고 출사와 은퇴를 다섯 번씩이나 반복했으나 그의 천성이 벼슬살이에 맞지 않았다. 무도한 유유劉裕는 공제恭帝를 유폐시키고 스스로 제위에 올라 국호를 송宋이라고 했다. 그의 손길을 뿌리치지만 않았어도 기아를 면할 수 있었을 텐데 그는 도道가 없은즉 물러나, 추위와 굶주림에 시달리면서도 고궁절固窮節을 지켜냈다.

"가난한 내 집, 클 필요 없고 누울 잠자리 터전 있으면 족해"라던 그분의 안빈낙도安貧樂道로 그 동안 내 가난을 다스릴 수 있었다.

동쪽 울타리 밑에 핀 국화꽃 꺾어들고, 멍하니 남산을 바라보고 서 있는 노인. "산기운 저녁나절에 좋고, 나는 새도 함께 돌아오네. 이 가운데 참뜻이 들어 있으나 따져 말하려 해도 이미 말을 잊어버렸노라"던 득의망언得意忘言한, 대상과 나의 간극이 없는 지경. 그는 이미 자연과 둘이 아니었다. 내 몸을 이 세상에 맡기고 살 날도 얼마나 될지? 허나 대자연의 섭리를 좇지 않을 수가 있겠는가?

"모름지기 천지조화의 원칙을 따라 죽음의 나라로 돌아가자! 천명天命을 감수해 즐긴다면 그 무엇을 의심하고 망설일 것이냐"고 자답한다. 그렇다. 늙어 죽거늘 무엇을 의심할 것인가? 그의 자답自答에 동의한다.

전적으로 나는 이 시인에 동감하며 여산 아래 시상柴桑이라는 작은 마을로 그를 찾아간 적이 있었다. 도씨陶氏의 집성촌은 추색 짙은 잡초 속에 벽돌집만 띄엄띄엄 있을 뿐, 올려다본 하늘은 아득하게 푸르고 퇴락한 민가民家는 쓸쓸했다. 1,600여 년 전, 도연명은 바로 이곳에서 63세의 나이로 하세下世했다. 밤은 길고 바람 기운은 삭막한데 홀로 죽음과 대면하여 「자제문」을 쓰던 그분의 모습이 떠올랐다.

"흙으로 돌아간 나는 결국 흙이 되어 없어져 아무것도 없는 공空으로 화하고, 또 사람들 기억에서도 멀어져 아득하게 되고 말 것이다. 내 무덤에는 봉토도 안 할 것이며 비석도 세우지 않은 채로 세월과 더불어 스러지게 하리라"던 그분의 말씀이 사나운 바람처럼 들판에 선 내 가슴속을 훑고 지나간다.

나 또한 그냥 세월과 더불어 스러지리라.

"몸을 맡기어 산의 흙과 동화되고 말리라"던 그분의 시구를 몇 번이고 되뇐다.

늙은 아내는 종이에 바둑판을 그리고

"늙은 아내는 종이에 바둑판을 그리고." 두보杜甫의 시구 '노처화지위기국老妻畵紙爲棋局'의 구절이 불쑥 튀어나온 것은 딱! 딱! 적막을 깨는 돌소리가 귀에 와닿으면서부터다. 오랜 떠돌이생활에서 잠시 가져보는 안착. 두보의 아내는 그런 남편을 위해 바둑판을 그린다. 마음은 서로 같으나 시대가 다르므로 내게 그런 수고는 이제 필요 없게 되었다. 남편은 아까부터 컴퓨터 앞에 앉아 혼자 바둑을 두고 있다. 그와 대각선 위치인 식탁에 책을 펼쳐두고 있지만 활자가 통 눈에 들어오지 않는다. 피로한 눈을 쉴 겸해서 시선을 잠시 창밖에 둔다. 나목이 거기 의연하게 서 있다.

지금은 12월 중순, 마침 눈발이라도 내릴 것 같은 흐린 날씨다. 헐벗은 나뭇가지의 풍경을 설화雪花로 장식하고 까닭 없이 허전해지는 세모의 심경을 위로하도록 눈이라도 푸근하게 내려주었으면 싶다. 그러고 보니 어느새 우리도 인생의 세밑쯤에 와 있다는 느낌이다. 우리 내외는 지금 말없이 시간을 잘 보내고 있는 중이다. 시간을 잘 보낸다기보다는 '시간죽이기'라는 표현이 더 적절할는지도 모르겠다. 아무튼 서로에게 짐이 되지 않으려고 조심하는 것만은 사실이다. 그도 이제 퇴직한 지가 벌써 여러 해째다.

틀에 매인 봉급자 생활이란 얼마나 자유시간이 간절하던가. 그런 만큼 남편도 마련이 많았다. 퇴직하면 읽겠다고 사두었던 책들. 가보고 싶어하던 나라의 여행 계획표. 그는 틈틈이 화구畵具를 장만하면서 세계의 미술관 순례를 꿈꾸어왔다. 퇴직 후 몇 년 간은 의욕에 불타 청년 못지않은 기백으로 프랑스어를 공부한다, 그림을 그린다며 솟구치던 의욕은 팽팽한 포물선을 긋더니만 어느 날인가부터는 바람이 새어나간 공처럼 시들해지고 말았다.

누군가 인생의 반半은 본문이고 나머지 반은 주석이라고 했다는데 주석도 없이 본문만으로 인생이 끝나버리는 게 아닌가 싶은 쓸쓸한 노회老悔가 남는다. 그는 친구들과 어울리는 정기적인 산행과 바둑, 아니면 음악을 듣다가 책장을 덮기도 하고 TV를 보다가 오수에 빠지기도 한다. 식사 후 의무적인 산책, 그러고도 또 시간이 남는다.

딱! 딱! 바둑판을 치는 돌소리가 제법이다. 만일 현장을 목격하지 않는다면 적요 속에 어느 상대와 마주 앉아 근엄하게 바둑 두는 장면을 떠올리게 되리라. 침묵과 요지부동, 어느 날인가는 그런 그가 짐짓 섬처럼 보일 때도 있다. 누군가 혼자 마시는 차를 '이

속離俗'이라 한다던데 혼자 두는 바둑은 무엇이라 일컬을까? 속俗을 떠나지 않았는데도 그냥 '이속'이 아닌가.

아이들이 빠져나간 빈집에 딱! 딱! 정적을 울리는 돌소리가 왠지 가슴 한끝을 시리게 한다.

내가 '노처화지위기국'의 구절과 만난 것은 대학 1학년 때였다. 긴 여름방학 어느 날 오후, 두보의 시 「강촌」을 벽에 써두고 피서 대신 그것으로 무료를 달랬던 적이 있다.

> 청강일곡 포촌류淸江一曲 抱村流하고
> 장하강촌 사사유長夏江村事事幽라.

이렇게 서두가 시작되면서 그림처럼 눈앞에 펼쳐지는 강촌의 풍경.

긴 여름날의 대낮. 마을은 강물에 안기어 조는 듯 한가롭고, 제비는 처마를 마음대로 드나드는데 물에는 몇 마리의 갈매기.

노처老妻는 종이에 바둑판을 그리고, 아이놈은 바늘을 두들겨 낚시바늘을 만든다. 시의 결미에서 두보는 넌지시 이렇게 말한다.

> 나는 우두커니 앉아 아무 바라는 바 없다.
> 그저 약물이나 좀 먹었으면 한다.

평상에 나와 멍하니 앉아 있는 초연한 그의 모습이 보일 듯하다. 나는 이 마지막 결구를 높이 상찬하거니와 몇 해 전 이 시의 현장을 찾아보기 위해 성도成都 완화계浣花溪의 초당을 들른 적이 있었다. 아무 대책도 없이 두보는 759년에 성도의 서쪽 교외로 들어왔다. 완화계 근처의 절 옆에다 행장을 풀고, 어느 스님의 도움으로 완화계반의 늪을 한 묘쯤 얻어 개간한 뒤 커다란 굴거리나무 아래 띠집을 짓고 스스로 '초당草堂'이라 명명하였다. 이곳에서 그는 260여 편의 주옥 같은 시를 남겼다. 여기서 잠시 가족과 함께 보낸 생활이 일생에서 가장 행복한 나날이었다고 전한다. 인생에서 영일寧日은 누구에게나 짧기만 한 것인가. 그리하여 지금의 이 무사無事 영일한 순간도 왠지 내게는 가슴 두근거림으로 다가온다. 마치 폭풍 전야처럼.

나는 현판에 새겨진 '두보초당'을 읽으며 대문 안으로 성큼 들어섰다. 1,300여 년의 세월만큼이나 무성한 나무들이 하늘을 찌를 듯 꼿꼿하게 서 있었다. 실개천이 흐르는 석교를 지나 돌계단에 오르니 본당 한복판에서 만나게 되는 두보의 동상. 백제성白帝城에서 보았던 고뇌에 찌든 얼굴이 아니라 평담하고도 의연한 모습이었다. 성도에 와서 누려보는 오랜만의 평안을 나타낸 것이리라.

48세가 되는 이듬해 화주로 쫓겨난 두보는 10년 동안이나 지향 없이 표박하는 몸으로 각지를 떠돌아야 했다. 어느 겨울날 한수漢

水를 거슬러 장안으로 가려다 배 안에서 눈을 감고 말았다. 그는 폐병과 중풍을 앓았다. 오른손은 마비되고 당뇨의 합병증으로 귀가 먹었다. 눈도 잘 보이지 않았다. 병고와 궁핍 속에 시달리며 만년의 1년 반이라는 세월을 배로 떠돌아야 했다.

흰 눈이 펄펄 내리는 겨울날 오후 세상을 타계하기 얼마 전의 일이다. 그는 아들의 부축을 받으며 악양루에 올랐다. 내가 두보를 생각하며 그 악양루 3층 누각에 서 보았던 것은 2001년 어느 가을날이었다. 눈 아래 일망무제로 펼쳐지는 동정호. 그 푸른 물결 위에 실리는 막막한 슬픔. 「등악양루登岳陽樓」라는 그의 시가 그때 명치끝에 와닿았다.

> 하늘도 땅도 주야에 떠 있는데
>
> (…)
>
> 자신도 늙어 병든 채 일엽편주一葉片舟로 떠 있다.

그래서 그런지 '두보' 하면 나는 그의 이미지가 늘 외롭게 떠 있거나 혹은 매어 있는 배 한 척으로 떠오르곤 한다.

사실 요즘에 와서 우리는 저마다 외로운 섬의 '고주일계'가 아닐까 하는 생각이 절실해진다.

뿌옇게 흐려진 시야에 마침 흰 눈이 요정처럼 나풀거리며 창공을 선회하기 시작한다.

아! 눈이 내린다. 어지러이 나르는 흰 눈발 속 저만치에 서 있는 한 사내의 초라한 모습이 보인다. 웃음이라고는 통 모를 것 같은 백제성에서 보았던 그 일그러진 표정.

시공을 떠나 악양루를 맴돌고 있는데 별안간 딱! 딱! 바둑돌 때리는 소리가 그만 나를 현실로 불러들인다.

점차 굵어지고 있는 눈발 앞에 나는 탄성처럼 '노처화지위기국'을 되뇌고 있었다.

고타로의 오두막에서

눈 내리는 겨울밤. 한 사람의 생애를 생각한다.

영하 20도가 넘는 이와테 산속 오두막에 홀로 정좌한 노인. 절대 고독. 궁벽한 산간에 스스로를 유배시킨 그 사람의 이름은 다카무라 고타로高村光太郎(1883-1956)이다.

조각계의 대부이자 황실기예원인 아버지 밑에서 유복하게 자랐으며 동경미술학교를 졸업하고 로댕에게서 배웠다. 예술에 대한 부자의 의견은 엇갈렸다. 고타로는 서양화가 지망생이던 지에코를 만나 장남의 상속권도 포기한 채 그녀와 결혼하여 오직 창작에만 전념했다. 지에코도 유화에 뜻을 두었으나 가난과 예술에 대한 갈등, 잦은 병치레와 친정의 파산 등으로 정신이상 징후를 보였다. 7년을 힘들게 투병하다가 정신병원에서 숨을 거뒀다. 슬하엔 자식이 없었다.

고타로는 허전함을 잊기 위해 방대한 양의 시를 써서 어린 학생들을 전쟁터로 내몰았다. 일본이 패망하자 어리석은 인간의 전형인 자신의 과오를 솔직하게 시인하고 참회의 눈물로 시집 『전형典型』을 엮었다. 그 뒤 종전終戰과 함께 그는 이 오오타 산간 마을에 들어와 독거생활을 시작했다. 아내를 불행하게 만들었다는 죄책감과 어린 생명들을 전쟁터로 몰아세운 일을 속죄하면서 63세의 노인은 손수 집을 짓고 물을 길어 채마밭을 가꾸며 끼니를 때웠다. 최소한의 자급자족이었다. 천식과 폐병으로 호흡곤란을 겪으면서도 조각 작품을 만들고 때로는 시를 쓰며 그림을 그렸다.

내가 이 오두막을 찾은 것은 2004년 5월 27일이었다.

그가 아내 지에코를 잃고 실의에 빠져 있을 때, 동화작가인 미야자와 겐지宮澤賢治의 권유로 그의 고향인 이와테 현의 이곳, 하나마키(일본 동북지방)로 오게 되었다고 한다.

이 오두막의 원형보존을 위해, 어느 의사가 집 전체를 유리벽으로 둘러쳐놓아 우리는 유리를 통해 그 내부를 들여다볼 수 있었다.

세 평 남짓한 허름한 목조건물인 오두막이 그의 거실이자 창작공간이었다. 선반에는 주인의 손때 묻은 몇 점의 화구와 책들. 화덕에는 주전자가 놓이고 그 위에 램프가 매달려 있었다. 빈 방에 그를 앉혀놓고 화덕 앞에서 시를 쓰던 그의 모습을 그려본다.

지에코는 죽어서 다시 회생하여 내 육체 안에 살면서 이런 산천초목에 둘러싸여 기뻐한다. (…) 두어 칸 오두막 화롯가에 앉은 나는 이곳을 지상地上의 메트로폴리스라 생각는다.

—「메트로폴리스」에서

그가 앉았던 이 절대궁벽한 곳의 메트로폴리스를 유리벽 밖에서 내려다본다. 그의 성역聖域, 여기가 그의 '꽃자리'였다.

공초 오상순 선생이 늘 말씀하시던 대로 '앉은 자리가 꽃자리'다. 메트로폴리스다. 수처작주隨處作主라는 글귀도 함께 떠올랐다. 그는 아내를 그리워하며 이곳에서 많은 시를 썼다.

죽은 아내가 담가놓은 매실주는
10년의 무게로 가라앉아 광채를 띠고
이제 호박 빛 구슬처럼 엉겨 붙는다.
홀로 맞는 이른 봄.
밤기운 쌀쌀할 때면 드시도록 하세요.
자기 죽은 후에 홀로 남겨질 사람을 걱정하던 당신.
(…)
7년의 광증은 죽어서야 끝났다.
부엌에서 찾아낸 매실주의 향미를
고요히 음미한다.
미쳐 날뛰는 세상의 외침도

이 순간을 넘보지 못한다.
가련한 한 생명을 정시할 때.
세계는 단지 그를 멀리서 둘러쌀 뿐이다.
밤바람도 고요하다.

—「매실주」에서

이와테 산의 밤바람 소리를 들으며, 세상의 그 어떤 외침도 넘볼 수 없다는 '이 순간'을 정시正視하던 그의 깨어 있는 정신과 가부좌를 튼 모습을 상상해보며 집 밖으로 나왔다. 그의 넘볼 수 없는 순간과 절대고독에 마음이 끌렸다. 무언가 채 가시지 않은 침묵의 긴 여운으로 집 둘레를 두어 바퀴 돌고 있을 때였다.

'다카무라 고타로 옛 집의 보존'이란 표지판 위에 '무득전無得殿'이란 현판 글씨가 눈에 들어왔다. 무득전이라니 혹시? 하며 현판 앞으로 다가갔다. 과연 좌측 하단에 '반야심경 이무소득고'라는 작은 글씨가 보였다.

'無智亦無得 以無所得故.'

지혜[깨달을 것]도 없고 얻을 것도 없으니 본래 얻을 것이 없기 때문이라는 『반야심경』의 '무득無得'에서 따온 것임이 분명했다. 일체一切가 원래 없는 것이기 때문에 얻을 바가 없다는 공도리空道理를 그는 진작부터 알고 있었던 것일까? 별안간 가슴이 뛰기 시작했다. 감춰진 그의 어떤 면목面目을 보는 듯해서 반가웠다.

바랄 것도 없고 아무것도 얻을 게 없다는 집, 무득전無得殿에서 고타로는 69세까지 살았다. 거기가 그의 메트로폴리스였다.

내가 그곳을 다녀온 지도 어언 9년이 지났다. 이제 나도 그 현판을 우주에다 내다 걸고 싶다,

「無得殿」.

눈을 감으면 아직도 이와테 산속의 오두막에 한 남자가 앉아 있다.

유불위재 有不爲齋

키는 작으나 두툼한 어깨, 넉넉한 심성, 유머로 번뜩이는 지혜의 소유자, 임어당林語堂을 생각하면 왠지 편안하고 친근한 느낌이 든다. 그는 현세의 삶에 모든 가치를 두고 이 지상을 있는 그대로의 천국으로 보았다. 매순간을 충실하게 그리고 더 즐겁게 살려고 애썼으며 실제로 그렇게 살다간 사람이기도 하다.

"인생을 즐긴다는 것 외에 인생에 무슨 목적이 있겠는가?"

그는 큰딸이 목을 매고 죽었을 때도, 남은 두 딸들에게 강조한 말은 이것이었다. 인간에게 주어진 목숨은 오직 하나뿐, 그렇기 때문에 온갖 방법으로 그것을 누려야 한다는 것이다. 임어당만큼 열심히 산 사람도 그리 흔치 않을 것 같다. 81년의 생애와 업적이 그것을 증명한다. 하버드 대학에서 비교문학을, 독일에서 음운학을 전공해 박사학위를 받고, 북경대학에서 영문학 교수로 또 미국에서는 중국문화를 소개하며 60권의 저술과 1천여 편 이상의 글을 써냈다. 세계펜클럽 부회장에 추대되고 노벨문학상 후보로 지목되었다. 나이 70이 넘어서야 대만으로 귀국하여 30년 동안 계속된 방랑의 닻을 내렸다. 그는 양명산 국립공원 근처에 거처를 꾸미고 아내와 함께 우아한 노경老境을 맞았다. 가끔은 두 딸이 살고 있는 홍콩에 드나들면서 외손주 보는 재미도 즐겼다. 그가 쓰러진 곳은 홍콩 메어리 병원. 영구는 대만으로 옮겨졌고 곧바로 양명산, 그가 살던 집에 안장되었다. '임어당기념도서관' 국가가 이 집을 인수하여 고인이 살던 생전의 모습 그대로 두었다. 서재와 침실, 책상과 안경, 육필 원고와 소장 도서…. 무엇보다도 나는 기념관 대청에 걸려 있는 친필 편액에 눈길이 멎었다.

'유불위재有不爲齋.'

아무것도 하지 않는 방이라니? 하필 그는 왜 이런 글귀를 써두었을까? 찌르르하니 가슴속을 관통하던 전류는 언젠가 찰스 램에게서 느꼈던 것과 같다.

영국의 수필가 찰스 램은 출생지인 런던을 한번도 떠나지 않았다. 평생 동안 근무지의 거리를 왕복한 것과 40년간 정신병 환자인 누이동생을 극진히 보살피면서 종사했던 문필생활이 전부였다. 죽을 때까지 독신으로 살면서 메리를 돌보는 데 헌신했다. 그는 초등학교 7년의 학력을 극복하느라 촛불을 켜야 하는 밤 늦은 시각 말고는 내 시간이라고는 전혀 없었다고 술회했다. 겨울철이면 머리를 짜고 공부하다가 눈을 상하곤 했는데 그렇게 격렬하게 읽지 않으면 또 안 되었다고 작품『정년퇴직자』에서 밝힌 바 있다. 코울리지의 소개로『모닝 포스트』지에 글을 발표할 때마다 편 당 6펜스의 고료를 받곤 했는데 그것 때문에 회사 퇴근길에 매일 동전 여섯 닢을 생각하면서 걸었다고 한다. 그런 그가 후일 이런 말을 했다.

> 만일 내게 어린 자식이 있다면 그에게 '불유노작不有勞作'이란 세례명을 붙였을 것이다. 아무 일도 하지 않게 말이다.

나는 보던 책을 손에서 놓고 한참을 멎어 있었다. '불유노작'이라니. 얼마나 삶이 고달팠으면 아들에게는 삶을 위해 다시는 아무것도 시키고 싶지 않다니…. 그것은 나로서도 그냥 지나칠 수 없는 말이기도 하였다. 램은 낮은 출생과 학력으로 33년간을 한 직장에 매여 있었고, 언제 발작할지 모르는 동생의 정신증에 대한 불안과 두려움. 게다가 병원비와 이웃의 민원으로 자주 옮겨 다녀야만 했던 이사의 부담까지 너무나도 고달팠던 생애였다.

임어당의 '유불위재'와 찰스램의 '불유노작'은 그 차원이 다를지도 모른다. 아무것도 하지 않는 방이란 임어당에 있어 '함이 없어도 하지 못할 것이 없다'는 무위자연한 도가道家의 뜻일지도 모른다. 그러나 근면한 삶으로 고달파진 심신을 이제야말로 쉬고 싶다는 뜻으로 해석하고 싶다. 임어당은 80 나이에 이런 말을 남겼다.

"내가 걸어온 삶을 되돌아보건대 그 삶이 성공이든 실패든 나에게는 이제 휴식할 권리가 있다."

마침 영문학도였던 임어당은 셰익스피어에게 몹시 경도되어 있었다.

셰익스피어가 햄릿에게 준 마지막 대사에서 나는 셰익스피어의 사생관死生觀을 엿본다. 햄릿은 호레이쇼의 팔에 안겨 "The rest is silence"를 말하며 숨을 거두었다.

"나머지는 다 말할 수 없는 침묵이다." 이때의 '침묵(죽음)을 나는 휴식'이란 뜻으로 해석하고 싶다. 왜냐하면 길지 않은 그의 53년이란 인생도 말할 수 없이 고달팠었으니까.

셰익스피어에게도 죽음이야말로 진정한 휴식이라는 생각이 드는 것이었다. 이것은 생자필멸生者必滅이라는 인생의 실상과 마주쳐 그럴수록 인생을 즐기자고 외친 임어당의 음성에서 묻어나던 비애감과도 일치한다.

'유불위재有不爲齋.'

나도 이런 팻말이 필요한 때가 된 것 같다.

불꽃춤

포도줏빛 물결이 넘실대는 지중해의 어느 해안도로를 달리고 있었다. 차는 멈춰 섰고 나는 초행길이 아닌 듯 좁은 골목 안으로 굽어들었다. 3미터가 넘는 돌계단을 올랐다.

눈부신 정오의 태양은 바로 머리 위로 쏟아졌고 눈앞에 펼쳐지는 아랍 풍의 하얀 건축물들. 대체 여기가 어디쯤일까? 사방을 둘러본다. 꿈에서라도 와보고 싶어하던 안달루시아 지방 그 어디쯤인 것 같다.

태엽이 감긴 로봇처럼 나는 의지와 상관없이 허름한 흙벽의 좁은 골목 안으로 들어갔다. 전생에 살던 곳을 찾아가고 있다는 느낌조차 들었다.

짚단이 듬성듬성한 흙벽에선 비릿한 흙냄새가 났고 어디선가 가느다란 피리 소리가 기묘한 울림으로 다가왔다. 소리나는 곳을 찾아가니 한 무리의 사람들이 에둘러 서 있다. 흰 터번을 쓴 노인

앞에 2미터가 족히 넘는 방울뱀이 황록색 몸을 반쯤이나 곧추세우고 있었다.

놈은 두 갈래로 찢어진 붉은 혓바닥을 버릇처럼 날름거리며 미약에 취한 듯 피리 소리에 몸을 맡겨 흔들흔들 춤을 추는 것이 아닌가. 한 점 바람도 없는데 스무 개가 넘는 비늘이 동시에 일어나 햇빛에 반짝거린다. 찬란했다. 언젠가 보았던 신라 왕관에 매달린 영락처럼 아름답다.

차르륵, 쏴르륵.

무희들이 가는허리를 꺾을 적마다 허리에 매단 구슬 장식이 일제히 떨면서 울리는 소리 같다. 차르륵, 방울뱀도 그런 무희의 동작처럼 제 몸의 둥근 꼬리를 흔들어대기 시작했다.

'따라락 따라락.'

군중들은 한두 사람씩 손뼉을 치기 시작했다. 손뼉은 점점 커졌고 한데 어울린 흥이 무르익자 방울뱀은 '따라락 따라락' 꼬리에서 캐스터네츠를 울리며 춤을 추는 동안 집시 소녀로 변해갔다.

낯이 익었다. 자세히 보니 지난 여름 모스크바에 갔을 때 아르바트 거리에서 본 아이와 비슷했다. 푸슈킨이 살던 신혼집을 둘러보고 나왔을 때였다. 빨간 점퍼 차림의 여자 아이가 길거리 한복판에서 아코디언을 켜며 노래를 부르고 있었다. 앞에 가보니 초등학교 이삼 학년이나 되었을까?

부슬비를 맞으며 천연덕스럽게 노래하는 표정이 통 아이답지 않았다. 제 품보다 배나 큰 아코디언을 켜면서 유창하게 불러젖히는 곡조는 아이들의 노래가 아니었다. 앞에 놓인 깡통에 돈을 집어넣고 비를 맞고 서서 몇 곡 더 들었다. 그런데 그 아이의 얼굴이 이따금씩 떠오르는 것이다.

파란 눈, 창백한 얼굴, 입가에 번진 루주와 하늘색 아이섀도라니, 그리고 감정에 푹 빠진 채 반 눈을 뜬 표정은 이미 어린애의 것이 아니었다. 감시원인 듯한 청년 두 사람이 팔짱을 낀 채 뒤에서 그 애를 연신 지키고 있었다. 기차를 타고 모스크바에서 페테르부르크를 돌아나올 때까지 나는 그 아이의 안부가 염려되었다.

언젠가 보았던 영화 〈집시의 시간〉 때문이었을까.

앵벌이로 나선 아이들에게 가해진 무차별 구타 장면이 왜 그 아이에게 겹쳐지는지 모르겠다. 일찍부터 온몸으로 세상과 부딪치며 살아가는 아이들의 고초가 가슴 한 켠을 시리게 했다.

차디찬 밤공기를 가르며 유랑민의 막사에서 울려 퍼지던 아코디언 소리와 기묘한 피리의 선율. 그것은 내일이 불투명한 사람들의 절망의 고함 같기도 하고 때론 외마디 비명 같기도 했다.

구걸과 도둑질, 살인과 마약. 함부로 살아가는 그들의 몸짓과 파멸이 안타깝지만 조금은 이해될 듯도 싶었다.

아르바트 거리의 그 여자 아이는 내 눈앞에서 난데없이 어른 무용수가 되었다. 에스메랄다처럼 그녀는 고혹적으로 춤을 추기 시작했다. 프릴이 잔뜩 달린 빨간 원피스가 격정적으로 턴할 때는 마치 휘감아오르는 하나의 불기둥처럼 보였다. 타오르고 있는 불꽃 그 자체였다. 짧은 생명의 불꽃, 그 찰나적인 연소를 보는 듯했다.

신들린 무녀처럼 무엇엔가 함몰된 듯한 그녀의 표정. 미간은 찡그린 채 온몸으로 비늘을 털어내듯한 광기어린 그 춤은 더 이상 기쁨의 표현이 아니었다. 어떤 악마성을 흔들어 깨우는 주술적인 행위 같기도 하고 또 어찌 보면 망자를 위한 무녀巫女의 진혼제 같기도 했다.

'따라락 따라락.'

규칙적인 반복음에 나는 설핏 잠이 깨었다.

지축을 울리는 플라멩코 무희들의 강한 발박자 소리가 귀에 여운으로 남는다. 보다가 덮어둔 에곤 실레Egon Schiele의 화집 때문이었을까.

오스트리아 화가인 에곤 실레는 이상하게도 병든 여자아이를 즐겨 그렸다. 병든 여자 아이가 아르바트의 소녀를 불러들였나보다. 가정이나 사회로부터 버림받고 질병으로 시들어가는 상한 육체, 그런 영혼에 대해 실레의 관심은 남달랐다. 화집 속에서 앙상한 손가락으로 음부를 가리고 표정 없이 〈누워 있는 소녀〉나 비쩍 마른 〈앉아 있는 어린 소녀〉의 모습은 영락없이 아르바트 거리에서 본 그 여자 아이의 모습과 닮아 있었다.

그 아이의 운명은 장차 어떻게 될 것인가? 생각만으로도 불안해진다. 알코올 중독으로 천천히 망가져가거나 질병이나 구타로 인해 황폐해진 인생을 살게 되는 것은 아닌지?

다시 화집을 펼쳐들었다. 에곤 실레가 그린 소녀들을 찬찬히 들여다본다. 병든 소녀들은 집시들처럼 안주할 곳을 찾지 못한 채, 텅 빈 허공 속에서 부유浮遊하고 있다. 인생에 대한 별다른 저항도 없이 그저 멍한 눈으로 허공에 떠 있는 듯하다.

숱한 비바람을 견뎌낸 강원도 어느 덕장의 황태처럼 뒤틀린, 그 애들의 사지에는 앙상한 뼈만 남아 있다. 눈으로 나목에 잎을 달듯 나는 염력을 담아 그 아이의 몸에 살을 찌우고 옷을 입혀본다. 꿈속에서 본 대로 몸에 꼭 맞는 빨간 원피스도 입히고 아이가 좋아할 굽 높은 구두도 신겨주고 흑단 같은 머리채엔 붉은 꽃도 달아줘본다. 그랬더니 아이는 플라멩코 무희처럼 환하게 웃으면서 내 앞으로 턱턱 걸어나오는 것이 아닌가. 그러자 나를 위한 춤인 듯 그 애는 천천히 스텝을 밟기 시작했다.

갑자기 무엇엔가 화가 난 듯 별안간 '탕' 하고 발로 땅을 찬다. 강한 발박자 소리에 깜짝 놀랐다. 거기엔 이상한 힘이 실려 있었다. 순간 소름이 돋았다. 급한 리듬을 타고 춤사위가 격정으로 치달을 때는 그 아이가 카르멘인 것도 같고, 버들가지처럼 허리가 휘어질 때에는 관능의 야차와도 같은 유대 공주 살로메를 보는 것 같기도 했다. 선지자 요한을 한눈에 사랑하고 만 살로메 공주. 왜 이 장면에서 그녀가 떠오르는지 모르겠다. 그녀는 작심하고 의부 에로드

왕에게 아름다운 춤을 선사한 대신, 요한의 머리를 요구했다.

은방패 위에 담긴 요한의 머리에 입을 맞추며 이렇게 외치던 살로메 공주.

> 넌 죽어서 너의 머리가 내 것이 되었구나.
> 너의 입술 위엔 매운 맛이 있었구나. 그건 피맛이었다.
> 아! 그러나 아마 그건 사랑의 맛일 거야.

결국 비수와도 같이 차가운 달빛 아래 처형되고 마는 요염한 살로메의 환영이 떠올라 나는 얼른 책장을 덮고 말았다. 마치 내 손으로 그 아이의 안위를 지켜내려는 듯.

피맛, 아! 사랑의 맛. 죽음을 무릅쓴 집시 여자들의 불꽃 같은 사랑, 그리고 서슴없는 산화散華.

나는 거기까지 생각을 접고 싶었다. 그런데 요란한 프릴의 빨간 원피스를 입은 무희는 한 마리의 소를 몰 듯 이번에는 격정적인 플라멩코 리듬에 맞추어 파소 도블레로 춤을 바꾼다. 순간 내 눈앞에 흩뿌려지는 선혈 같은 꽃잎들.

붉은 꽃잎은 마스게임을 할 때처럼 하나씩 일어나 여자 아이가 되었다. 그리하여 일제히 꽃처럼 피어난 여자 아이들은 손에 손을 잡고 즐겁게 원무圓舞를 추기 시작했다. 이 작은 정령들은 어느새 내 앞에서 하나의 시뻘건 불기둥으로 타오르는 것이었다. 그 화염

속으로 내 온몸이 빨려 들어가는 듯한 아찔함.

'따라락 따라락!'

내 몸 안에서도 이상하게 강한 발박자 소리가 울려나왔다. 그만 눈을 감았다. 그리고 미약에 취한 듯 몽롱한 기운으로 피리 소리에 맞추어 춤을 추던 그 황록색의 방울뱀처럼 흔들거리며 내 의식은 불꽃 속으로 나아가는 것이다.

어질어질하면서도 싫지 않은 이 기묘한 기분. 늦은 봄날 오후였다. 갑자기 그때 목 안에서 역한 피비린내가 확 끼쳐왔다.

봄볕에 나와서다

공원 담장에 기대 나는 온몸으로 봄볕을 받고 있다.

전신으로 퍼져오는 이 나른함, 알 수 없는 이 안도감은 무엇일까?

다리에서 슬며시 힘이 빠지던 어느 날의 취기와도 같고, 수술실로 들어서기 전 마취상태에서 맛본 짧은 순간의 황홀함과도 닮아 있다.

스르르 눈이 감긴다. 무거워진 눈꺼풀로 공원 표지석이 세워진, 늘 가서 앉던 벚꽃나무 옆의 벤치로 간다. 풍랑 없는 기착지에 닻을 내린 거룻배처럼 무언가 홀가분하고 편안한 마음이다. 지난 추위가 혹독한 사람에게 있어 봄볕은 얼마나 큰 위안이던가. 나는 지금 그런 은총 속에 있다. 봄이 점점 더 좋아지는 이유도 아마 이 봄볕 때문이 아닌가 한다.

가을은 중년의 계절, 고독한 나그네가 누구보다 가을 소리를 앞서 듣는다. 그것은 스산한 바람 탓이리라. 봄은 노년의 계절, 마음 시린 노인네가 봄볕을 먼저 반기게 되는데, 그건 선 자리가 음지陰地이기 때문일 것이다.

볕바른 양지에 앉아 나는 기분 좋게 눈을 감고 벚꽃나무의 냄새를 찾아 더듬어 올라간다. 머릿속은 벌써 향긋한 벚나무 냄새로 가득하고 편편片片이 날리던 작은 꽃잎의 군무, 눈을 감고 있어도 얼마든지 보인다. 구름 떼같이 만개한 벚꽃을 보러 나는 십여 년 동안 이곳에 왔었다. 그리하여 저들의 빛나는 시간을 기억하고, 또한 생장소멸生長消滅로 이어지는 윤회의 고리를 지켜보았다.

지금 저 나무에서도 수액을 실어나르는 정령精靈들의 고단한 손길이 느껴진다. 올려다본 버찌나무의 몸피에는 어느새 작은 망울들이 부풀고. 머지않아 그놈들은 예쁜 꽃을 피울 테지. 파릇하게 접힌 새 잎은 자라고 자라서 선홍빛 고운 단풍이 들리라. 나는 변화 속의 지속, 거기에서 시간의 불사不死를 본다.

꽃잎이 한번 피었다가 우르르 떨어지는 이 생멸법生滅法. 모습만 달리할 뿐, 본질의 세계에서는 생멸도 가감加減도 없다. 밤하늘의 달이 늘어나거나 줄어든 대도 끝내 없어지지 않는 것처럼. 이렇게 순환상생으로 이어지는 자연의 이법理法을 따라 나는 누구의 방해도, 지시도 없이 다만 변화할 뿐인 존재인 것이다.

새까맣게 잘 여문 분꽃 씨앗이 어느 날 똑 또르르 하고 땅에 떨어질 때, 그 생명 속으로 들어가 분꽃으로 다시 태어난 대도 무방하다.

봄볕 탓인가? 검붉은 밭이랑의 흙처럼 스멀스멀한 어떤 기운이 내 안에서도 일어난다. 이 또한 생명의 활동일 테지. 지나가는 현상을 몸으로 감각하는 일, 이것이 살아 있다는 것일까.

천지의 도道는 바뀌지 않지만, 천지의 변화는 날마다 새롭다. 불역不易 속의 일신日新이다. 이제는 그만 남루를 벗고, 고치에서 빠져나온 나비처럼 새롭게 태어나고 싶다. 할 수만 있다면『유리알 유희』의 주인공, 크네히트처럼 다섯 번째의 진화한 영혼으로 한번 더, 그리고 그 다음은 세상에 올 일이 없었으면 한다.

눈부신 봄볕 아래 서니 그 동안의 삶이 아득한 전생사前生事같이 멀게만 느껴진다. 이 따뜻한 나른함 속, 그대로 혼곤한 잠에 들어도 좋으리.

무거운 눈꺼풀을 내려놓는다. 남의 집 담벼락 밑에서 동사한 성냥팔이 소녀의 모습이 떠오른다. 왠지 나와 무관하지 않은 어느 전생의 일 같다. 그녀가 무수히 그어댄 짧은 성냥개비의 불꽃 속에서 만난 것은 무엇이었을까? 자꾸만 그 환영幻影에 마음이 간다.

약해진 시력 탓인지, 물안개같이 눈에 어른거리는 들판의 그림자. 어서 오라는 사람의 손짓 같다. 구름같이 사방으로 흩어지는 모습에 잠시 마음을 빼앗긴다.

봄의 대합실에서 바꿔 타야 할, 다음 기차를 기다리는 승객으로 나는 앉아 있다. 아! 이렇게 겨울 뒤에 봄이 있다는 것은 얼마나 감사한 일인가.

진실로 나와 악수할 수 있는 시간이 내게 허여된다는 것은.

한 뼘씩 봄이 내게로 다가오고 있다.

신神 없는 성자
— 알베르 카뮈 씨에게

알베르 카뮈 씨. 루르마랭의 집에서 나와 파리로 가는 7번 국도 상에서 일어난 돌연한 교통사고, 1960년 1월 4일. 당신의 부음은 전 세계의 독자들에게 커다란 충격이었습니다. 최연소 노벨문학상 작가요 『이방인』과 부조리, 그 실존주의 사상과 전후戰後 문학 작품들은 대학생이던 제게 자의식을 고취시키며 폐활량을 자극하는 신선한 공기와도 같았습니다. 사고 당시 빌블르뱅 근처의 진흙 속에서 발견된 당신의 검은 가죽가방 안에 들어 있던 육필 원고가 무척이나 궁금했었습니다. 생애의 마지막 6개월 동안에 쓰여진 것이고, 당시 건강(폐)이 악화된 데다가 파리문단과 정치권의 공격으로 힘들어하던 때라서 더욱 마음이 쓰였답니다. 1947년에 벌어진 정치논쟁으로 메를로 퐁티와도, 프랑수와 모리악과도 결별하고 사르트르와 『반항하는 인간』으로 벌어진 1년간의 논쟁, 당신이 얼마나 괴로워하였는지 당시의 그 고통은 나중에 『최초의 인간』에서 읽을 수 있었습니다.

당신이 서거한 지 30년이 지난 1994년 4월에 그 원고『최초의 인간』이 출간되었습니다. 생브리외 행 기차에서 내린 남자가 '프랑스 추모묘역'을 찾아갑니다. '코르므리 앙리, 마른 전투에서 치명상. 1914년 10월 11일 생브리외에서 사망'. 남자는 생몰연대를 읽으면서 나이를 계산해봅니다. 스물아홉 살. 그 자신은 마흔 살인데 묘석 아래 묻힌 그의 아버지는 자신보다 젊습니다. 무덤 사이에 꼼짝 않고 서 있는 남자는 "그 속에서 고통, 그리고 연민을 부둥켜안고 몸부림치고 있었다"는 소설 속 화자 자크 코르므리, 아니 당신을 조금은 더 이해할 수 있게 되었습니다. 한 작가를 이해하려면 다시 읽을 수밖에 없다는 롤랑 바르트의 말에 동의합니다. 당신의 첫 번째 산문집『안과 겉』은 스물두 살에 쓴, 그래서 당신이 서툰 것이라고 말했지만 오히려 거기엔 한 인간의 성장 과정과 당신의 문학적 모태가 무엇인지를 알게 하였습니다.

카뮈의 아버지 뤼시엥 카뮈가 1차대전에 징집되어 전장에 나갔다가 한 달 만인 9월에 큰 부상을 입고 전사하자 과부가 된 어머니는 두 아이(카뮈는 1살)를 데리고 알제의 서민 주거지역 벨쿠르에 있는 친정어머니 집으로 왔다. 그들은 다섯 식구였다. 할머니와 작은아들(귀머거리로 거의 말을 못함), 그리고 맏딸과 그의 두 아이. 일흔 살인데도 할머니는 모든 식구들 위에

> 군림하고 있었다. 거세고 독선적인 할머니가 아이들을 너무 아프게 때리면 딸은 "머리는 때리지 마세요" 하고 말했다. 불구에 문맹인 어머니는 아이들을 사랑하지만, 그 사랑을 자식들에게 나타내 보인 적이 없었다. 그 아들은 커서 이렇게 말했다. "그 기이한 어머니의 무관심! 나로 하여금 그것의 깊이를 헤아릴 수 있게 해주는 것은 세계의 이 광대한 고독밖에 없다."

『안과 겉』에서 읽을 수 있는 내용입니다.

당신은 노벨문학상까지 받고 난 뒤에 '나는 20년 동안 일과 작품생활을 거치고 나서도 여전히 나의 작품은 아직 시작조차 되지 않았다'며 어느 날엔가 『안과 겉』을 다시 쓰는 데 성공하지 못한다면 나는 아무것도 성공하지 못한 결과가 될 것이라며 새로 쓴 책에는 '한 어머니의 저 탄복할 만한 침묵, 그리고 그 침묵에 어울릴 수 있는 정의, 혹은 사랑을 찾기 위한 한 사나이의 노력을 갖다놓겠다'고 하였지요. 그리하여 최초의 작품집 『안과 겉』은 마지막 책이 된 『최초의 인간』과 중첩된 내용으로 한 덩어리의 시종始終을 이루고 있었습니다.

자크 코르므리는 아버지에 대한 이야기를 듣고 싶어 그에 대한 기억을 간직하고 있는 사람들을 찾아 고향 알제리로 갑니다. 그러나 그가 찾아낸 것은 '아버지의 철저한 부재와 어머니의 침묵뿐'. 카뮈 당신은 『안과 겉』에서 오직 말 없는 눈길로 애정을 표시할 뿐인 어머니의 침묵을 감동적으로 증언해냅니다.

여름철 저녁에 노동자들은 집의 입구에 의자를 내놔서 저녁의 풍경을 맛보곤 하였다. 그의 어머니는 늘 잠자코 있었다. 누군가 "무엇을 생각하고 있어?" 하고 물으면 "아무것도 생각지 않고 있어"라고 그녀는 대답하였다.

노동으로 가끔 녹초가 되어 집에 돌아온 날은 의자에 푹 파묻혀 있었다. 밤이 짙은 어둠으로 그녀를 에워싸자 그녀의 침묵은 갑자기 황량한 것이 되었다. 그런 순간에 남자아이(카뮈)가 돌아오게 되면 그는 어깨가 바라지고 깡마른 여자의 그림자를 어둠 속에서 발견하고는 그 자리에 우뚝 멈추어 선다. 그러나 그 동물적인 침묵에 부딪치자 마음이 괴로워지고 눈물이 쏟아질 것 같았다. 그의 어머니가 그를 보았다는 것, 그리고 그녀가 거의 아무것도 생각하고 있지 않다는 것을 깨달은 그날에 그는 자기 감수성의 원형이 되어 있는 것을 발견했다.

—『안과 겉』

그런데 어느 여름날 저녁, 아무도 없는 그 집에 어떤 사내가 불쑥 나타나서 어머니를 끌어당겨 난폭한 짓을 하고는 도망쳤지요. 어머니는 기절했고 아들은 의사의 지시대로 어머니 곁에 누워 밤을 지새웁니다. 무거운 공기 속엔 환자의 의식을 회복시키느라고 썼던 식초 냄새가 감돌고 있었습니다. 당신의 문장이 이어집니다.

> 그날 밤에 그들 두 사람이 얼마나 고독했던가를 그가 느끼게 된 것은 세월이 훨씬 지난 다음의 일이었다. 모든 사람과 등진 채 둘만이 느끼는 고독, 두 사람이 열병을 앓던 바로 그 시각에 남들은 잠을 자고 있었다. 그때 그 낡은 집에서는 모두가 텅 빈 것같이 느껴졌다. 여태껏 그처럼 낯선 곳에 온 것 같은 느낌을 가져본 적이 없었다.

그때 당신은 문맹의 어머니 곁에서 '부조리'를 깨달았다고 썼습니다. 부조리의 대표작 『이방인』에서 아무런 까닭도 없이 총을 쏘아 아랍인을 죽인 뫼르소. 왜 죽였느냐는 질문에 눈부신 '태양의 탓'이라니요. 저는 이 대목에서 소리 없는 총성처럼 당신의 아픈 절규가 떠올랐습니다. "나는 범죄를 저지르지 않기 위해 창작을 택했다"고 한 당신의 내면의식이 투사된 뫼르소를 생각했습니다. 작중 인물을 통해 자신의 존재를 증명하는 강력한 방법 — 저는 그 앞에서 '인간'에 대해 오랫동안 생각하였답니다.

당신의 자전적 소설 『최초의 인간』이 '겉'이라면 수필집 『안과 겉』은 당신의 심적 나상裸像을 기록한 '안'이라고 할 수 있겠습니다. 당신 문학의 정점을 찍은 『이방인』과 『페스트』, 그리고 『전락』의 후광에 가려 소홀히 여겼던 초기의 수필집 『안과 겉』을 읽으면서 카뮈라는 작가의 문학적 원형은 '어머니'라는 것과 『결혼·여름』에 수록된 중수필 「제밀라의 바람」은 죽음에 대한 명상으로서 정신이 도달할 수 있는 한 최고의 것이라고 말씀드리고 싶었습니다.

"세상에는 정신 그 자체를 부정하는 하나의 진리가 태어나도록 하기 위하여 정신이 사멸하는 곳이 있다"로 시작하여 제밀라의 치열한 햇빛과 바람은 생명력을 소진시키고 "나 자신도 망각해버린 채 나는 곧 저 바람이 된다. (…) 나는 한번도 내가 나 자신으로부터 떨어져 나와 거리를 유지함과 동시에 내가 세계 속에 현존하고 있음을 이토록 절실히 느껴본 적이 없다. 그렇다. 나는 현존한다. 그런데 지금 이 순간 놀라운 느낌을 갖게 하는 것은 내가 여기서 한 걸음 더 나아갈 수가 없다는 점이다. 마치 종신형을 받은 것처럼…." 이 대목 에서도 저는 『이방인』의 뫼르소가 떠올랐습니다.

> 이리하여 그에게는 모든 것이 오직 현재일 뿐인 것이다. (…) 왜냐하면 한 인간에게 있어서 자신의 현존을 깨닫는다는 것은 곧 더 이상 아무것도 미래에 대하여 기대할 것이란 없음을 뜻하기 때문이다.
>
> —「제밀라의 바람」

뫼르소는 처형이 집행되기 전날, 찾아온 사제에게 "하느님 따위는 믿지 않아. 희망도 필요 없어"라며 그를 쫓아보냅니다. 사제를 쫓아보낸 뒤 잠든 뫼르소는 얼굴에 와닿는 별빛 때문에 눈을 뜹니다.

좁은 독방의 창문으로 흘러드는 별빛, 찬란한 밤하늘, 고요, 그것이 문득 자연과 인간에 대한 무관심인 것처럼 보이며 그의 인생에 대한 무관심과도 일치된다는 생각에 뫼르소는 스스로 행복감에 젖는다고 당신은 쓰고 있습니다.

희망도 필요 없다며 '희망'까지 떨쳐버린 사형수의 현존. 내일이 없는 그에게 무엇이 있을까요? 욕망이 사라진 텅 빈 고요, 그리하여 눈에 닿는 저 무관심한 자연과의 합일. 갑자기 사물들이 아름답게 보이는 것은 심미적 관조 상태에서 그것들 (뫼르소가 본 별빛, 밤하늘의 고요) 자신이 아름다움을 스스로 드러내도록 '우리 자신을 완전히 비우는 것'이라던 쇼펜하우어가 떠오릅니다.

그날 밤, 뫼르소의 마음에는 어떤 것도 머물지 않는 무념無念과 텅빈 고요뿐. 이런 심미적 관조 상태는 불교에서 말하는 '열반의 전前 단계'라고 언급한 쇼펜하우어가 겹쳐옴을 어쩔 수 없었습니다. 여기에 더해 '나에게 남는 것은 희망이 아니라 무심'이라던 당신의 말이 떠올랐습니다. 그러니까 좁은 독방에서 뫼르소가 느꼈던 내면의 평화는 무심, 그것에 뿌리를 둔 것이었습니다.

『이방인』의 전작前作『행복한 죽음』에서도 보잘것없는 월급쟁이 뫼르소는 롤랑 자그뢰스를 살해하고 돈을 훔쳐 달아났지만, 중풍에 걸려 여러 곳을 떠돌다가 태양과 바다의 고장, 알제리에 와서 비로소 행복감에 안도합니다. 어떻게 하면 행복한 죽음을 맞을 수 있을까? 당신은 뫼르소가 욕망의 허상을 깨닫고 슈누아에서 금욕적이고 고독한 생활을 통해 마침내 마음의 평화를 얻은 덕분에 행복한 죽음이 가능해진다고 썼습니다. 뫼르소의 저 욕망을 부정하는 금욕주의, 모든 욕망을 버리고 마음이 정적 속으로 들어가는 순간 그는 언설로 표현키 어려운 환희를 맛보게 됩니다. 중세의 철학자 피롱파들이 도달한 '아타락시아'와도 같은 경지인 것 같습니다.

"하늘이나 하늘에서 쏟아져 내려오는 눈부신 열기를 대하면 절망이나 기쁨은 나에게 아무런 근거도 없는 것 같다"고 당신이 말한 것처럼 빛의 고장 알제리의 자연은 욕망을 무화無化시키는 어떤 힘을 지닌 것 같았습니다. 당신의 말대로 아프리카에서는 바다와 태양은 돈 안 들이고도 가질 수 있는 것들이지요.

"어느 때거나 나의 어린 시절 위에 내리쬐고 있던 그 훌륭한 열기가 나로 하여금 원한을 일체 품지 않게 했다. 나는 빈곤 속에서 살고 있었으나 또한 일종의 즐거움 속에서 살고 있었다"고 한 것에서 가난한 한 소년의 자족自足과 저 무욕無欲의 바탕을 읽습니다. 게다가 당신의 시기심에 대한 면역의 공적은 "모든 면에서 몹시 궁핍했으나 아무것도 시기하지 않던 나의 집안 식구들 덕택"이라며 "글도 읽을 줄 모르던 이 가족이, 그의 침묵과 겸허함과 타고난 질박한 자부심만으로 가장 드높은 가르침을 나에게 주었던 것"이라고 쓰고 있습니다. 『최초의 인간』에는 이런 구절도 보이는군요.

> 엄마 : 마치 무식한 뮈쉬킨처럼, 그녀는 그리스도의 생애를 알지 못한다. 아는 것은 십자가에 못 박힌 것뿐이다. 그렇지만 그녀보다 그리스도에 더 가까운 사람이 누가 있겠는가?

저는 알제의 빛과 가난, 그리고 순일 무구無垢한 당신의 어머니로부터 카뮈문학의 원형을 짚고 싶습니다. 질투심 없고 욕심 없는 무욕 대비심大悲心에서요. 당신의 희곡 『정의의 사람들』에서처럼 당신은 테러리스트의 무차별 폭력에 분노하고, 『페스트』에서 의사 리외처럼 자신의 목숨을 돌보지 않고 집단의 행복을 위해 헌신하는 당신의 행보야말로 '부조리한 실존에서 어떻게 살 것인가'의 해답으로 삼고 싶습니다.

당신이 즐겨 쓰는 신화의 주인공, 프롤레타리아의 신 시시포스는 물을 얻기 위해 아조프에게 신의 비밀을 누설하고 대신 무거운 형벌을 받습니다. 인간을 위해 불을 훔친 프로메테우스 역시 독수리에게 간을 쪼아 먹히는 형벌을 받습니다. 여기에서도 타인을 위한 자기 희생, 휴머니스트인 한 남자의 행보를 읽게 됩니다.

철학 교수이자 당신의 스승인 장 그르니에는 『페스트』에 대해 "알베르 카뮈는 자기 자신을 위해서 뿐만 아니라 모든 사람을 위해 '구원'을, 그리고 '행복'보다 훨씬 더한 것을 구하고 있었다. 그가 생각하는 구원이란 구세주의 역사役事가 아니라 하나의 '처방'을, 이를테면 사람들의 괴로움을 덜어주기 위한 삶의 방식을 찾아내서 사람들에게 전달하고 본보기를 들어 가르치다가 이번에는 '신앙을 갖지 않고도' 스스로, 다시 말해서 하나의 육화된 본보기가 다른 사람들을 본보기가 되게끔 이끌어주는 식으로 성인聖人이 되는 어떤 사람들의 활동을 가리킨다"(『카뮈를 추억하며』)고 썼습니다. 1947년『페스트』가 출간되자 당신은 '신神 없는 성자' '덕망 있는 무신론적 성자'로 평가되었습니다. 특히 당신은 자전적 에세이『안과 겉』,『반항적 인간』을 열다섯 살 위인 그 스승에게 헌정했고, 스승은 당신이 세상을 떠난 8년 뒤『카뮈를 추억하며』라는 책을 남겼습니다. 당신이 "내가 아버지처럼 여겼던 그분은 나의 진짜 아버지가 죽어서 묻혀 있는 곳에서 태어났다"라고 했던 그분 Gir(장 그르니에)는 정말 정신적인 당신의 아버지였습니다. 그분이 책 말미에 적은 당신의 인물평 몇 줄은 저의 공감을 넘어서는 것이기도 하였습니다.

> 도움의 손길도 없이 불치병에 걸려 있건, 아무런 위험도 없이 행복하건, 카뮈는 완전한 무관심을 맛본다. 나는 이 최종적인 차분함이 초기의 반항보다 더 비통한 것은 아닐까 하고 자문한다. (…) 행복이 쟁취되었을 때, 그는 불운으로 낙담했던

것 이상으로 행복에 도취되지는 않는다. 그는 기쁨과 쓰라림이 뒤섞인 감정으로 초연함을 되찾는다. 그리하여 온갖 정세에 대해 초탈해지는 한층 높은 정신의 경지로 올라선다.

'높은 정신의 경지'란 도를 완성한 분이 그 공덕을 대중을 위해 회향廻向하는 자비심이 아닐는지요. 저는 당신의 수필 「아리아드네의 돌」에서도 그와 같은 마음을 읽었습니다.

석가모니는 오랜 세월 동안 하늘에 눈길을 던진 채 꼼짝도 않고 사막에 앉아 있었다. 신들도 그의 의지와 이 돌의 운명을 부러워했다. 그의 뻣뻣하게 내민 손 안에 제비들이 날아와서 둥지를 틀었다. 그러나 어느 날 제비들은 머나먼 땅의 부름을 받아 떠나버렸다. 스스로의 마음속에서 욕망도, 의지도, 명예도, 고통도 모두 비워버렸던 그분이 눈물을 흘리기 시작했다. 그리하여 돌에서 꽃이 피게 되었다.

—『결혼·여름』

도를 완성한 그분(석가모니)이 눈물을 흘리기 시작하자 돌에서 꽃이 피었습니다. 대비심에서 피어난 돌 위의 꽃. 거기에서 저는 당신의 뜨거운 눈물을 보며, 가슴 속 돌을 닫구는 것처럼 제 안에서 무엇이 뜨거워짐을 느낍니다. 『최초의 인간』에서도 그 같은 것을 다시 한번 만날 수 있었습니다.

> 너무나 가난해서 한번도 무엇을 원하고 소유해본 적이 없는 알제리의 아랍인과 얼마 간의 프랑스인인 엄청난 수의 비참한 무리에게 땅을 주시오. 그렇게만 되면 나는, 다시 가난해져 결국 세상 끝 최악의 유배지에 던져진 나는, 미소를 지으며 내가 태어난 태양 아래, 내가 그토록 사랑했던 땅과, 내가 우러러보았던 사람들이 마침내 한데 모였다는 것을 알고서 만족스러운 마음으로 죽을 것입니다.

지장보살의 크나큰 서원과도 같았던 당신의 눈물이 알제리의 땅을 적시고 사막에 꽃을 피워낸 것입니다. 당신이 떠난 2년 뒤 1962년에 프랑스령이던 알제리는 드디어 독립이 되었답니다. "나의 반항은 내 불행 때문이 아니라 모든 사람의 삶이 빛 속에서 향상되도록 하기 위한 반항이었다"는 그 말이 생각나는군요. 약자들을 구원하고 싶다는 보살심, 중생에게 이익을 주는 이타정신에 근거한 '반항'이었음을 압니다.

갑자기 당신이 정해놓은 격언 하나가 떠오릅니다.

"큰일에 임해서는 자신의 원칙을 세워 그에 따를 것이요, 작은 일에는 자비심만으로 족하다. 내가 말하는 자비심이란 차라리 무관심이라 불러 마땅하다."

그 무관심을 저는 무심無心으로, 무욕無欲으로 바꿔 읽습니다.

무욕의 성자, 알베르 카뮈 씨. 당신이 떠날 때, 열네 살이던 딸 카트린 카뮈 여사가 '알베르 카뮈의 여정'이란 부제로 당신의 사진과 글을 보태 『나눔의 세계』라는 책을 펴냈습니다. '나눔'이란 책 제목도 마음에 들고, 책의 마지막 페이지에는 당신이 소장하고 있던 불화佛畵 사진을 올려놓았습니다. 저는 그걸 보며 '돌에서 꽃핀 소식'을 생각했습니다. 책장을 닫으면서는 어느 여름날 '땀과 식초가 섞인 냄새', 기절한 어머니를 자기에게 비끄러매고 유대를 느꼈다는 당신의 어릴 적 모습이 자꾸만 떠오르는 것입니다. '자신의 고뇌를 통찰하는 순간 그의 승리가 완성되었다'는 시시포스. 그건 바로 당신의 모습이었지요. 그리하여 모래밭에서 사금파리를 채집하듯, 세 글자가 제 가슴에 남습니다. '각즉리覺卽離' 깨닫는 순간 벌써 고통이 사라진다는 알아차림. 그로 하여 희망과 욕망을 버린 당신의 '무심無心'과 만날 수 있었던 자리, 바로 그것입니다. 제가 알베르 카뮈 씨의 문학에 경의를 표하게 되는 이유인 것입니다.

무無와 무無로부터의 환원還元에 대하여

무無라는 낱말은 내게 선가禪家의 공안인 무자無字 화두로 다가왔다. 공안公案이란 불조佛祖로부터 전해 내려오는 바른 깨달음으로 조사의 선지禪旨가 드러난 말씀이다. '일체실유불성'(『열반경』)이니 개에게도 불성佛性이 있다는 것쯤은 모를 리 없건만 조주趙州 선사는 왜 "개에게 불성이 없다"고 하셨을까?' 그 무자無字 화두가 의중에 걸렸었다.

'무無라 무라….' 굵은 염주알이 갑자기 뚝 끊어지면서 원적에 드신 효봉 선사의 마지막 말씀도 이것이었다. '무라 무….' 무無를 딛고 스님은 어디로 가셨을까?

무無는 유有의 근원이다

교토대학 철학과 교수 니시다 키타로西田幾多郎(1870-1945)는 어떤 의미에서는 모양이 있는 것이 실재實在라고 생각해왔지만 그는 어떠한 의미에서도 모양이 없는 것을 근본적 실재라고 판단했다. 모든 모양이 있는 것은 모양 없는 것의 현현顯現이라며 "모양 있는 것은 모양 없는 것의 그림자"라고 언급했다. 서양철학에서 '무無'는 '유有'의 결여라고 생각해왔지만 동양철학에서는 오히려 '무無는 유有의 근원'이라고 보았다. 『주역周易』과 노자老子의 『도덕경』에 근거한다.

이름 없는 것은 천지의 근원이요(無名은 天地之始요)
이름 있는 것은 만물의 어머니다(有名은 萬物之母라)
—『도덕경』 제1장

무명無名을 가령 도道라고 한다면 그 이름할 수 없는 도가 천지를 낳은 것이다. 유명有名은 만물의 어머니. 즉 무명이 유명으로 발전한 곳에서 만물이 발생하였다는 이론이다. 그렇다면 '도道'란 무엇인가?

반복하는 것이 도의 운동이요(反者는 道之動이요)
약함은 도의 활동이다.(弱者는 道之用이니)
천하의 만물은 유에 의거해서 생기고(天下萬物은 生於有하고)
유는 무에 의거해서 생긴다.(有生於無니라)
—『도덕경』 제40장

반反이란 다시 돌아가는 것이다. 되돌아가는 그것이 도의 움직임이다. 도의 작용은 고요하고 약한 것이다. '도道'란 길로서 우주 만물이 가야 하는 길을 제시하는데 그것은 사물의 시작을 거슬러 끝으로 되돌아오는 반복운동의 순환을 말한다. 이러한 물극필반物極必反, 원시반종原始反終인 도의 움직임[道之動]으로 만물은 본원本源으로 회귀回歸하는 것이다.

'없음[無]'은 천지의 처음을 일컫고 '있음[有]'은 만물의 어머니를 일컫듯 천변만화하는 세상의 물건은 만물의 어머니인 유有에서 나왔고, 이 유有는 천지의 비롯함인 무無에서 나왔으므로 결국은 도의 근원인 무無로 돌아간다는 것이다.

유생어무有生於無

'유有는 무無에서 나왔다'는 노자의 '유생어무'를 뒷받침하는 미국의 우주론학자 로렌스 크라우스Lawrence Maxwell Krauss의 책은 그래서 더욱 반가웠다.

『무無로부터의 우주A UNIVERSE FROM NOTHING』(2013년 출간)에서 그는 '팽창하는 우주와 그 안에 존재하는 만물은 무無에서 시작되었다. 시간과 공간은 완전한 무無에서 탄생했다'고 쓰고 있다. 『무로부터의 우주』는 현대 우주론 입문서이다. 그에 의하면 무無는 극도로 불안정한 상태로서 이로부터 유有가 필연적으로 탄생했다는 것과 신의 손을 거치지 않고 우주가 완전한 무無로부터 물리적 과정을 거쳐 탄생했다는 주장을 논리적으로 전개하고 있다.

138억 년 전, 눈에 보이지 않는 점보다 작은 상태에서 갑자기 폭발한 뒤 엄청난 속도로 팽창해 지금의 우주가 된 것이라 한다. 태초에는 아무것도 없었다. 무극無極이다. 양전기와 음전기가 태극처럼 대칭을 이룬 용광로의 점 하나, 무극에서 대폭발이 일어났다. 무극이란 천지나 만물이 이룩되기 전에 있었던 혼돈된 상태로 만물생성의 근원이 된 하나의 기운, 즉 태극이라고 부른다. 그것은 또 아무것도 없는 상태이므로 송대의 철학자 주돈이周敦頤 선생(1017-1073)은 "무극이태극無極而太極"(『태극도설』)이라고 표현했다. 편평한 우주, 우리의 우주가 무無에서 탄생한 것이다. 우주에 존재하는 모든 물체의 고전적(뉴턴 역학적) 중력에너지의 합은 양수도 음수도 아닌 '0'이다. 0은 '없음'이다. 0에 어떤 숫자를 가감해도 아무런 변화도 일어나지 않는 불변이지만, 때론 한없이 팽창하는 무한이기에 무극이라 할 수 있을 것이다. 형체 없는 0의 '무극無極'이 모습을 드러낸 것이 1이다. 일시무시일一始無始一의 1이고 일종무종일一終無終一의 1이다. 시작해도 시작한 그 하나가 없고 마쳐도 마친 그 하나가 없는 종시終始가 맞물린 그 1이 태극이고, 여기에서부터 만물이 비롯되었다고 『주역』은 말한다. "생생시위역生生之謂易" 낳고 낳는 것이 역易이라고.

역易에는 태극이 있는데 이것은 곧 음양이며, 음양은 4상象을 낳고 4상은 8괘卦를 낳는다."

— 공자의 『계사전』에서

이처럼 역의 변화법칙은 음양 둘에서 4로 분화, 다시 8로, 16으로, 32, 64로 분화하는 2진법에 따라 전개된다. 우주만물은 형체가 있는 물질(음)과 형체가 없는 에너지(양)로 구성되어 있다. 양자물리학에서는 물질의 가장 최소단위를 양자로 보는데 이 양자들은 빛, 전자, 핵의 기본요소로서 파동성과 입자성의 양면성을 가지고 있다. 양자는 양陽에 해당하는 파동성과 음陰에 해당하는 입자성의 양면적인 성질을 가지고 있다. 파동성과 입자성의 세력 편차에 의한 음양의 성질을 달리하는 양자들이 모인 것이 우주를 이룬다. 우주도 주역의 분화 방식대로 블랙홀 속의 에너지와 물질의 구분이 없던 무극無極 상태에서 시작되어, 에너지와 물질의 분별이 나타나기 시작하는, 태극이 된 것이다.

"모든 것은 무nothing로부터 나왔다. 현대물리학은 우주가 진공眞空으로부터 생겨났을 가능성이 있다"고 말한 사람은 『빅뱅직전의 우주The Void』를 쓴 영국의 물리학 교수 프랭크 클로우스이다.

보이드는 커다란 빈 공간, 때로는 無nothing, 때로는 진공의 의미로 쓴다. "자연은 진공을 혐오한다"는 아리스토텔레스의 말처럼 양자역학의 불확정성 원리에 따르면 진공은 텅 비어 있지 않고

에너지, 입자, 장場 등으로 들끓고 있다는 것이다. 즉 진공에서 전자와 양전자(반전자)와 같은 가상입자들이 나타났다가 사라지기를 반복하고 있는데 이를 '양자요동'이라고 한다.

양자역학의 법칙에 의하면 텅 빈 공간은 아주 작은 스케일에서 아주 짧은 시간 동안 수많은 가상입자와 이들이 만든 장場으로 격렬하게 요동칠 수 있다. 흔히 '양자요동'으로 불리는 이 현상은 양성자와 원자의 특성을 결정하는 데 중요한 역할을 하지만, 큰 스케일에서는 거의 감지되지 않는다고 한다. 인플레이션(빅뱅)에 의해 물질과 복사의 밀도에 작은 요동이 생기고, 이것이 훗날 중력을 통해 한 곳으로 뭉쳐서 은하와 별, 행성, 그리고 인간이 탄생했다면 지금 우리가 존재하는 것은 결국 무無에서 생성된 양자요동 덕분이라고 할 수 있다.

우주가 만들어진 대폭발 당시 모든 입자는 질량이 없는 상태였다. 빅뱅 이후 우주가 점차 식으면서 유리창에 성에가 맺히듯 전 공간에 걸쳐 배경장back ground field이 형성된 것이다. 힉스장도 이런 과정을 거쳐 탄생되었다. 모든 입자들은 걸쭉한 당밀 속에서 헤엄치는 사람처럼 보이지 않는 배경장과 상호작용을 교환하면서 질량을 획득한다. 이런 배경장이 우주 초기에 존재하지 않았다면 우리도 존재하지 않았을 것이라고 한다.

입자들에게 질량을 부여하는 새로운 입자를 발견해낸 사람은 영국의 피터 힉스 교수였고 그의 이름을 딴 힉스higgs 입자의 발견은 질량의 기원과 소립자들의 상호작용으로 우주가 생겨났다는 표준모형이론을 입증했다는 점에서 큰 의미를 갖는다. 물리학자 앨런 구스Allan Guth가 알아냈던 것은 진짜 진공에 힉스장이 들어 있다면 우주의 한 영역이 불안정한 또는 가짜진공이 존재했었을 가능성이 있다는 점이었다. 가짜진공에 힉스장을 더하면 에너지는 낮아진다. 힉스 진공에서 더 낮은 에너지 상태 때문에 자연적 경향은 부피가 수축하는데, 가짜진공 상태는 압력이 음인 상태이다. 그래서 만일 하나의 요동이 가짜진공의 한 영역에서 발생한다면 음의 압력negative pressure의 중력효과는 물질의 중력효과를 압도할 수 있어 이는 팽창으로 이어질 것이다. 이 상황에서 우주가 가짜진공에서 힉스 진공으로 전이할 때, 거대한 대폭발이 매우 짧은 시간에 일어날 수 있음을 밝혔다. 우주만물은 진공 속의 양자요동에서 탄생했고 태초의 우주는 가짜진공에서 진짜진공으로 옮겨갈 때 급팽창을 일으켰다는 것이다. 우주의 가속 팽창을 설명하는 유력한 후보는 그러니까 진공에너지다.

빅뱅 전의 상황을 물리학에서는 '진공眞空'이라고 한다. 대폭발이 진공에너지라고 부르는 어떤 것 때문에 일어났다는 주장이다. 없음[無]에서 있음[有]이 생겨나는 것이 불가능한 것처럼 보이지만 한때는 없음의 세계였던 곳에서 오늘날의 우주가 생겨난 것이다. '유생어무有生於無'다. 그리고 무無는 '반자도지동反者道之動'에 의해 다시 무無로 환원하는 것이다.

반자도지동反者道之動

반복하는 것은 도의 움직임이요, 돌아간 그 모습은 정적靜寂이다. 만물이 본원本源으로 돌아가는 것은 그 스스로의 힘으로 가능하지 않다. 본원인 도道의 힘, 그 활동에 의해서 이루어진다. 춘하추동의 순환처럼 원형이정元亨利貞의 질서를 거쳐서 사람은 생로병사하고 우주는 성주괴공成住壞空을 거듭한다. 얼마 전 경향신문(2020.6.8.)에 '앗! 태양이 이상해'라는 제목의 기사가 눈길을 끌었다.

미국 항공우주국NASA은 지난 달 2020년 5월 29일 태양 표면에서 2017년 10월 이후 최대 규모의 폭발이 일어났다고 소개했다. 이런 폭발은 흑점 주변에서 주로 일어나며 전자나 양성자 등을 우주 공간으로 방출한다. 마치 물을 흠뻑 끼얹은 바닥에 전기를 통하게 하는 것처럼 각종 전자장치들이 태양 폭발이 만드는 입자에 고스란히 노출된다. 자연히 단파통신에 많은 장애가 일어났다. 그것보다 더 큰 문제는 태양의 이상가열현상이 지구를 파멸로 이끈다는 점이다. 과학계에선 태양이 50억 년 뒤 몸집이 크게 부풀어오르는 '적색거성' 단계로 진입해 수성과 금성, 지구들을 집어삼킬 것으로 예측한다. 지난 45억 년 동안 태양은 수소 비축량의 대략 절반을 소모했다고 한다. 수소가 바닥나면 태양의 핵은 중력에 의해 수축할 것이고 바깥층은 가열되면서 팽창할 것이다. 그렇게 적색거성으로 바뀌면 태양은 지구를 집어삼켜 사라지게 할 것이라고 한다. 지구의 종말이다. 이처럼 지구도 성주괴공 한다. 우주적 시간 스케일에서 볼 때 지구에 생명체가 존재하는 기간은 그야말로 찰나에 불과하다. 지금은 우주의 비밀을 다 밝혀낸 듯 의기양양해 하지만 앞으로 50억 년 후에 태양이 수명을 다하면 우리들의 존재도 사라지고 말 것이다. "태양의 죽음과 함께 다시 무無로 돌아간다"고 로렌스 크라우스는 그의 책에서 말하고 있다.

별도 영원히 사는 것은 아니다. 태양을 포함해서 모든 별들은 그 연료가 바닥나는 시점에 이르게 되면 스스로의 무게 때문에 붕괴한다. 죽음의 고통을 겪는 별은 자신에게 남겨진 마지막 시간을 자신이 만든 복잡한 원자핵들을 우주에 공급하는 데 바친다. 별도 생로병사하면서, 마치 제 몸의 나뭇잎을 뿌리에 내어주는 낙엽처럼 그렇게 귀근歸根한다.

우리는 어디를 향해 가는가? 우리가 죽은 뒤에는 원래 우리를 구성했던 우주의 입자 상태로 돌아간다고 한다. 원시반본原始反本이다.

시카고 대학 교수인 닐 슈빈은 우리가 모두 '별의 후예'라고 말한 바 있다. 각각의 은하, 별, 사람은 방대한 시간과 공간에 걸쳐 탄생과 죽음을 거쳐온 '입자들의 일시적인 소유자'라는 것이다. 우리를 구성하는 입자들은 수십억 년에 걸쳐 우주를 여행한 것들이고 우리와 우리의 행성이 사라진 뒤 우리는 또 다른 세계의 일부로 남아 있게 될 것이라고 한다. 아득한 우주의 바다를 올려다본다. 무궁한 저 변화의 흐름 속에 찰나적인 내 존재를 일고一考하게 된다. 나는 많은 시간이 앞으로 남아 있기를 바라지 않는다. 팔십이 지척인 요즘, 몸이 붕괴 직전의 별처럼 무겁기만 하다. 무無로의 귀향을 생각하게 된다. "나, 은하수로 춤추러 가요"라던 엘리자베스 퀴블러로스 할머니의 말이 자꾸만 귓전에 맴돈다.

주역의 말씀

—『주역에게 길을 묻다』 책머리에

『주역』의 책장을 덮고 정좌하면 이런 말씀들이 울려나온다.

기뻐하지 말라, 해도 중천에 있으면 기울고 달도 차면 이지러지느니

슬퍼하지 말라, 비색한 것도 마침내는 기울어지나니 그것이 어찌 오래 갈까보냐고.

"비종즉경否終則傾하나니 하가장야何可長也리오"로 위안을 받던, 매서운 북풍 앞에서 어이 봄이 멀랴를 외치던 그때의 심정이 되살아난다.

그믐달이 만월을 향해 점점 커가듯이 제일 좋지 못한 시기가 바로 좋은 때의 시작이며 '손損'이란 성장의 시작인 것이다. '익益'이란 바로 쇠퇴의 시작이다. 어찌 '손괘'를 흉하다 하고 '익괘'를 길하다고 하겠는가.

『주역』에는 좋고 나쁜 괘가 따로 없다. 한순간도 그대로 머물러 있는 것은 없고, 수시로 바뀌면서 변화하기 때문이다.

『주역』은 상황의 논리요, 변화의 철학이다. "변화해서 도를 따르는 것이 역易"이라고 하지 않던가. 다만 변해가는 상황이 있을 뿐이다. 지금 내가 처한 자리는 어디인가? 그 좌표를 살펴보고 진퇴를 결정해야 한다. 그 나아갈 때가 아니면 근신하면서 조용히 때를 기다려야 한다. 『주역』의 말씀은 각각 그 나아갈 바를 가리키고 있다.

진퇴존망進退存亡의 변화는 6효가 서로 교류하면서 나타난다. 초효에서 상효까지 여섯 효의 왕래 변화 속에 때[時]의 개념이 정립되고, 한 괘에 있어서의 처해진 입장이 드러난다. 즉 같은 건乾괘라 해도 도연명은 초9에 해당하고 윤선도는 94에 해당한다고 볼 수 있다. 그들은 용덕龍德을 갖춘 군자로서 두 사람 모두 뛰어난 시인이었다. 그러나 처해진 때가 불리했으니 초9의 도연명은 '물 속에 잠긴 용[陶潛]'으로 은거해야 했고, 94의 윤선도는 '연못 속에 처해져[惑躍在淵]' 덕을 쌓고 때가 도래하기를 기다려야 했다.

건괘 92와 95는 제갈공명과 유비에 비견해 보았다.

신하인 92는 '밭에 나타난 용[見龍]'으로 대인을 만나보는 것이 이롭고, 임금인 95는 '나는 용[飛龍]'이 하늘에 있는 것이니 이 또한 대인을 만나보는 것이 이롭다. 효의 자리가 다르긴 해도 동덕同德으로써 이미 의기가 투합되고 있으니 이들은 만나야 천하의 대의를 도모할 수 있고 천하의 사업을 성취할 수 있기 때문이다.

『주역』의 말씀은 늘 덕을 닦고, 괴로움을 이겨내는 지혜의 방법을 일러준다. 그러므로 많은 사람들이 주역에게 길을 물었다.

다도茶道의 성인이 된 육우와, 화가 정선도 막히는 길목에서 『주역』에게 점을 쳐 길을 물었다. 육우가 뽑은 괘는 수산건水山蹇괘였다. 첫째, 험한 물이 가로막고 있어 나아가지 못한다는 현재의 상황을 제시하고 두 번째, 불길하다는 판단을 내린다. 다리 절뚝거릴 '건蹇 난難'의 때를 당하여 험함을 보고 멈추니 지혜롭다고 『주역』은 충고한 뒤 "험난한 때의 쓰임이 크다"는 지침을 제시한다.

공자는 수산건䷦ 괘의 형상을 보고 이런 상사象辭의 말씀을 내린다.

"산 위에 물이 있음이 험난함이니, 군자는 이를 본받아 자기 몸을 돌아보고 덕을 닦느니라."

육우는 이 가르침을 본받아 반신수덕反身修德하며 각고의 노력을 기울여 『다경』을 완성하였다. 화가 정선은 지산겸地山謙 괘를 뽑아 겸재라 자호하고 "겸손은 형통하니 군자는 마침내 좋은 끝이 있으리라" "먼저는 굽히나 뒤에는 폄을 이룬다"는 괘사의 말씀대로 근신과 노력으로써 그는 조선 최고의 화업을 이루었다.

『주역』이 점서占書임에도 불구하고 경전으로 대접받는 소이는 닥쳐올 상황에 어떻게 처신해야 하는가. 우리의 행동 규범을 제시하고 의리서義理書로서 윤리적 지침을 담고 있기 때문이다. 그리하여 군자는 처소에 거한즉 그 괘의 형상象을 관찰하여 괘효사의 말씀을 완상 음미하면서 본성을 돌이키고 지선至善으로 향한다. 장차 움직이려고 할 때에는 그 효의 변화를 관찰하여 거기에 따른 점占을 참작한다. 왜냐하면 괘효사卦爻辭의 말씀에는 길흉吉凶 소장消長의 이치와 진퇴존망進退存亡의 도가 갖추어져 있기 때문이다. 그러므로 "『주역』의 말씀[辭]을 미루어보고, 괘를 고찰해보면 가히 변화를 알 것이요, 상象과 점占은 그 가운데에 있다"고 하였다. 때문에 가장 중시해야 할 것은 사辭나 상象을 통하여 파악되어야 할 뜻, 즉 도道와 리理라고 하겠다. 얼마 전 숭례문의 '예禮' 자가 땅에 떨어져 화마에 휩싸인 것을 보면서 더욱 그런 생각이 들었다.

이 책에서 도와 덕에 대한 부분은 공자와 노자 그리고 주자 편에서 살펴보았고 상수象數에 따른 점占에 대한 부분은 귀곡자와 이토정 편에서 언급하였다. 자고로 도덕을 강조하는 이 땅의 선비나 유학자들뿐만 아니라 인문학에 종사하는 철학자나 교수들은 『주역』의 말씀에서 눈길을 떼지 못했다. 동양의 작가들, 바쇼나 소동파, 백거이는 물론 유럽의 작가 헤세나 괴테, 예이츠, 옥타비오 파스, 보르헤스도 『주역』을 애독했으며 보르헤스는 스페인어판 『주역』에 헌시를 쓰고 유럽 독자들에게 『주역』 읽기를 권했다. 헤르만 헤세는 『유리알 유희』에서 『주역』의 인문학적 정신과 『주역』

의 산수몽 괘와 화산여 괘 그리고 화풍정괘 를 차용해 작품의 근간으로 삼았다.

"언어가 원래 말할 수 없는 것을 이미지를 통하여 어떻게 말할 수 있는가의 경지를 보여주어야 한다"는 멕시코의 시인 옥타비오 파스는 『주역』의 기호(64괘)를 자신의 공간시에 직접 활용했다. 스위스의 심리학자 카를 융은 의식과 무의식의 불합치에서 일어나는 정신분열을 통합하기 위해 무의식안의 모든 내용을 완전히 의식화시킬 것을 강조했는데 그 방법으로서 『주역』을 주목했던 것이다. 그는 『주역』이 "무의식을 의식화시키는 도구요, 수천 년 동안 사용되어진 유일무이의 지혜의 서"라고 평가하며 작괘作卦를 실시하는 과정에서 '동시성의 원리'를 발견해내기도 했다. 『주역』은 이렇게 정신분석학, 문학, 철학, 수학, 물리학 등 과학의 여러 분야에 크게 영향을 미쳤다. 현대물리학과 『주역』의 관계는 라이프니츠 편에서 살펴보았다. 라이프니츠는 역의 64괘가 고도의 기호에 의하여 수학적 논리성을 포함하고 있는 점에 찬탄을 보냈다.

그는 '사상의 알파벳'이라고 불렀던 결합법과 보편기호법을 통해 자연과학은 물론 철학, 형이상학 등 일체의 문제들을 해결하고자 하였다. 그가 보편적 문자라고 일컫는 2진법, 즉 모든 수를 0과 1에 따라 표기할 수 있다고 생각하고 32까지의 수를 2진법으로 표기하고 그 보편문자 구상에 『주역』의 원리를 응용했을 때, 일본의 고라이 긴조 박사는 "『주역』과 라이프니츠의 2진법은 동서 두 문명이 서로 마주잡은 두 손을 상징한다"고 하였다.

『주역』이라는 책은 광대하여 모든 것을 갖추고 있으며 그 도는 커 모든 것을 포괄한다. "천지의 모든 조화를 포괄하되 어긋남이 없고範圍天地之化而不過, 만물을 원만하고 완전히 생성시키되 하나도 빠뜨리지 않는다曲成萬物而不遺"고 공자는 『계사전』에 적고 있다.

『주역』의 범위가 천지의 모든 조화를 포괄하되 어긋남이 없다는 것은 어떤 법칙도 역易의 원리를 벗어나지 않으며, 우주 일체의 모든 학문이 주역의 범위를 벗어날 수 없음을 뜻한다. 그리하여 『주역』은 제자백가의 기본사상이 되었고, 아인슈타인은 음양의 상대적 관점을 받아들여 상대성이론을 완성했다. 양자역학의 아버지, 닐스 보어는 『주역』을 참고해 원자 모델을 발표했다. 전자계산기, 컴퓨터, 로켓의 발사 원리가 『주역』에서 비롯되며 『주역』에는 첨단과학의 진리인 불확정성의 원리, 카오스 이론, 프랙탈 구조 등의 내용이 모두 담겨 있다. 해서 필자는 접근이 쉽지 않은 『주역』을 인물 중심의 에세이로써 그 용用을 통해 체体로 다가가보는 것도 한 방법이라고 생각하였다. 스무 개의 퍼즐로 『주역』의 공능功能을 살펴봄으로써 『주역』이라는 한 마리의 코끼리를 어렴풋이나마 형상화해보고자 하였다.

인간의 이기심으로 우리의 생태환경이 파괴된 지금, '인간의 척도는 인간'이라는 공자의 말씀을 되새기면서 우리는 자연의 근원인 도에서 너무 멀어진 것이 아닌가 돌아볼 필요를 느낀다. 이에 오천 년 지혜의 서, 『주역』이 그 등불이 되기를 바라는 마음을 담는다.

2012년 立秋節 觀如齋에서 孟蘭子

생사生死는 본래 그대의 것이 아니다

—『그들 앞에 서면 내 영혼의 불이 켜진다』Ⅰ・Ⅱ 책머리에

몽테뉴를 읽다가 책장을 덮고 집 근처의 공원으로 나갔다. '죽음은 살아 있을 때나, 죽었을 때나 그대에게 관여치 않는다니… 왜냐하면 둘 다 그대의 것이 아니기 때문'이라는 여운을 안고 늘 가던 자리에 가서 앉았다. 오늘 따라 풍성한 숲 그늘이 보기 좋다. 쓰르라미란 놈이 세차게 울어댄다.

'인생은 쓰라려 쓰라려 쓰라려.'

그렇게 들은 일본 시인 이싸一茶가 생각난다. 목청 찢어지게 울 수 있는 고작 며칠이 전부인 삶을, 쓰라리고 쓰라린 우리네 삶을 돌아보게 한다. 미생물의 왕성한 번식, 감각의 확산에도 불구하고 여름은 내게 생명의 계절이 아니라 언제나 죽음의 계절로 기억되는 것은 우리 가족뿐만 아니라 내가 좋아하는 작가들의 대부분도 여름에 죽었기 때문이다.

누군가 여름을 환각幻覺이라고 말했다는데 보들레르야말로 환

각의 여름만을 살다 간 생애가 아닌가 한다. 봄, 가을도 없이 작열하는 태양 아래 숨막히는 폭염의 인생만을 살다간 듯해서 그를 찾아가는 내내 마음이 편치 않았다. '나에게는 하루하루가 만년晩年이었다'는 다자이 오사무太宰治도 여름을 넘기지 못하고 집 앞에 있는 다마카와 상류로 뛰어들었다. 그의 시신이 발견된 것은 6월 19일 생일날 아침이었다. 헤밍웨이가 방아쇠를 당겨 캐첨 산자락을 뒤흔들던 것은 7월 2일 새벽이었다. 7월 24일 아쿠타가와 류노스케의 음독자살, 이날은 우리 어머니의 기일이기도 하다. 반 고흐의 총성 일발이 울린 것은 7월 29일. 푸른 보리밭 앞에서 놀란 까마귀 떼가 흩어지던 하늘을 보고 돌아온 것도 하마 10여 년 전의 일이다. 어렵게 자살을 선택한 반 고흐, 다자이 오사무와 아쿠타가와의 나이는 눈부신 30대였다.

정신병원에서 숨진 모파상, 보들레르 그리고 슈만도 여름을 벗어나지는 못했다. 이들은 모두 40대였다. 어떤 기운이 나를 그쪽으로 내몰았던 것일까. 내 발길이 닿는 곳은 보들레르가 숨진 돔가 1번지의 정신병원, 모파상이 숨진 블랑쉬 박사의 병원, 시인 네르발이 목을 맨 파리의 비에유 랑떼른느의 골목길이거나 관 속의 시신이 비틀린 고골의 무덤, 가와바타 야스나리가 가스 자살한 마리나 맨션, 다자이가 뛰어내린 미타가의 다마카와 상류. 아쿠타가와가 자살한 현장을 찾아 그가 살던 다바다 촌을 헤매 돌며 그들의 시간 속으로 가고 있었다.

오랫동안 나는 죽음이라는 문제에 붙잡혀 있었다. 6·25 피란 중 산골 뒷방에서 본 다섯 살짜리 여동생의 시신, 미명 속에 꼼짝 않고 앉아계시던 어머니와 그 앞에 흰 천으로 덮여 있는 작은 물체가 보였다. 주검과의 첫 대면이었다. 그로부터 10여 년 뒤 중학생이던 남동생을 잃었다. 자유당정권의 탄압으로 일찍 옷을 벗어야 했던 아버지의 좌절, 분노, 실직. 집안의 기둥이던 장남의 급사, 정신이 조금씩 이상해지는 어머니를 보며 무더운 여름, 나는 방문을 닫아걸고 거미줄 같은 원고지 칸에 매달렸다. 고등학교 2학년 때였다. 학교와 자매결연으로 미8군에서 주는 약을 한 주먹씩 먹으면서 미아리 공동묘지에 누운 동생의 무덤을 어머니 모르게 찾아다녔다. 허난설헌의 「곡자哭子」를 그 애에게 읽어주며 오누이의 정을 다지기도 했다. 아무에게도 방해받지 않는 사자死者의 공간. 그곳에 가면 이상하게 마음이 편안했다. 푸른 하늘과 흘러가는 구름과 바람과 햇볕과 고요, 그리고 푹신한 잔디. 동생의 등에 기댄 듯 무덤에 기대어 한나절씩 책을 읽다 돌아오곤 했다.

그 후 택지개발로 쓸려나간 동생의 무덤, 이장 공고를 통보받고도 시간을 놓쳐버린 그 잘못을 어디에다 빌랴. 지금도 묘지 찾아다니는 버릇은 그때 잃어버린 무덤에 대한 어떤 특별한 보상심리가 뒤따르는 것인지도 알 수 없다. 무연고자들의 화장 처리를 떠올리며 홍제동 뒷산에 올라 굴뚝에서 피어나는 누린 연기를 보며 황망히 서 있기도 했다. 바람결에 와닿는 누린내 속에서 동생의 실체를 느껴보려고 애썼다. 그것이 죽음의 냄새인가 똑똑히 기억하고 싶었다. 우리의 삶과 죽음을 구름에 비교하며 구름은 본래 실체가 없는 것이니 그것마저 놓아야 한다지만 말처럼 쉽게 받아들여지지 않았다. 그것을 화두처럼 50년이나 품고 지냈다.

"죽음이란 원래 없는 것이오. 영혼의 불멸성을 인정한다면 부스럼 딱지와도 같은 시신은 아무렇게나 해도 무방하지 않은가?" 이런 선사의 말씀으로 한 가닥 위안을 삼기도 하고 "흙으로 돌아간 나는 결국은 흙이 되어 없어져 아무것도 없는 공空으로 화하고…" 도연명의 「자제문自祭文」을 읽으면서 마음을 달래기도 했다.

죽음이 알고 싶었다. 죽음에 관한 기록이면 무엇이든지간에 밑줄을 긋고 가위로 오려서 스크랩해온 지 20여 년, 그것들은 몇 권의 책으로 묶여져 나오기도 했다.

작가 묘지기행을 다룬 『인생은 아름다워라』에서 29명의 작가를 만난 바 있으나, 아무래도 못다한 사연이 있는 것 같아 도중에서 봉을 뜯는 나그네처럼 여기에 다시 첨언한 내용과 23명의 작가를 포함해 이번 책에서는 두 권 분량의 52명 작가를 선보인다. 그들이 죽음에 이르는 최후의 모습은 어떠했으며 작품 속에 나타난 사생관은 무엇인지 궁금했다. 특히 「밤으로의 긴 여로」를 쓰는 내내 울어서 눈이 빨개져 서재에서 나왔다는 유진 오닐의 고통, 아쿠타가와 류노스케가 겪은 유전의 공포를 생각하며 딴 세계에 갇혀 있는 그들의 가엾은 어머니를 생각하면서 나는 내 아픔을 씻어내렸다. 작가의 고통에 동참하는 일은 단순한 위안을 넘어 영혼을 정화시키는 씻김굿과도 같은 의식이 아닐까 생각한다.

세상에서 유일하게 남긴 재산은 '때로 눈물을 흘렸다는 것뿐'이라던 알프레드 뮈세. 기이한 추악미를 예찬했던 보들레르. '슬픔과 아름다움은 하나'라던 안톤 체호프. '예술이 삶을 주도해야 한다'던 오스카 와일드. 슬픔과 아름다움에 유달리 민감했던 그 작가들을 나는 사랑한다.

스스로 천형天刑에 처해진 시인 보들레르. 스스로 저주의 시인이 된 폴 베를렌느, 또한 베를렌느처럼 동성애로 불행하게 된 오스카 와일드. 스스로 인간 실격자가 된 다자이 오사무, 애드가 앨런 포, 모파상, 랭보, 뮈세 등은 관능적 쾌락에 탐닉하며 마약과 알코올 중독, 혹은 자살기도, 매독과 정신착란을 겪으면서도 작품에서만은 완벽함을 추구하는 까다로움을 보였다. 그들은 진짜 작가였다.

혼신의 힘을 다해 영혼에 불을 지피고 자신의 감성에서 뽑아낼 수 있는 한, 선율을 뽑아내고는 애처롭게 그들은 지상에 엎어지고 말았다. 그들의 생애는 온몸을 도구로 삼은 예술가로서의 처절한 한 판 결투였다. '아름다움'에 바쳐진 순교였다. 우국충절로 민족혼이 된 노신이나 굴원, 빅토르 위고, 인도와 비꾸지 않겠다던 셰익스피어. 그리고 '죽음 앞에서 최고의 순간을 누린다'는 괴테, '죄를 거쳐 예수로'라고 D. H 로렌스에게 칭송된 도스토예프스키. '이 사람은 하느님을 닮았구나' 하고 막심 고리키는 톨스토이를 추앙했다. 여기까지 도달한 이들과 빅토르 위고, 예이츠, 임어당같이 대기만성한 작가들의 죽음만이 훌륭한 것이 아니었다. 모든 작가들의 죽음은 존엄하다. 피 흘려 몸으로 쓴 전기요, 작중 인물과 부합된 그들의 실제 죽음은 이슬에 매달린 안타까운 광휘였다.

베를렌느가 죽어나간 카페가 된 그의 집에 앉아 있었다. 벽면에 새겨진 시구 '하늘은 지붕 위로'를 보고 있자니 그의 음성이 들려오는 듯했다.

오, 그곳의 너, 무엇을 하였기에
끊임없이 울고만 있느냐…
너의 젊은 날을 어떻게 보냈더냐?

'어떻게 보냈더냐?' 그의 물음은 어느새 나를 향해 있었다. 문학에 대한 열망을 잠재우고 나 또한 여름만을 지낸 듯 살다가 퇴직한 남편을 따라 겨우 파리에 온 것은 나이 육십. 그러고도 이제 십 년의 세월이 더 보태졌다. 그렇게 알고자 했던 죽음은 이제 더 이상 타자의 죽음이 아닌, 지금은 내 등짝에 바짝 붙어 그와 동거 중이다. 여러 증세를 겪으며 몸으로 죽음을 학습하는 중이다. 오온

五蘊(몸의 구성요소)의 그 해체를 짚어보게 된다. 몸이 무거운 날은 그대로 땅 속에 묻히는 심정으로 드러눕는다. 그러면 얼마 지나서 나는 한 줌 흙으로 화하겠지. '무덤에는 봉토도 안 할 것이며 비석도 세우지 않은 채로 세월과 더불어 스러지게 하리라'던 도연명의 심정이 된다. '세월과 더불어 스러지겠다.' 여기에 생각이 멎자 온몸이 모래바람을 일으키며 사방으로 흩어지는 게 느껴진다. 상상 속에서 내 몸은 산화된다. 결국은 한 줌 바람이다.

'인생은 어차피 허깨비[幻], 끝내는 공空과 무無로 돌아가리라'던 도연명의 '귀무공歸無空'을 요즘 좌우명으로 삼고 지낸다. 그걸 외우면 마음이 매인데 없이 넉넉해진다. 몸속에 이상징후가 느껴지면 이내 소동파를 떠올리며 '내게 아직 조물주가 부여해주신 육신이 있으니 운명이 명하는 대로 영고성쇠의 끝없는 순환을 겪게 내버려둘 따름이라'는 그걸 내게 적용시킨다. 가급적 몸에서 마음을 떼려고 노력한다. 천연덕스럽게 자신의 이름을 부르며 '낙천樂天아 낙천아! 병들면 죽고, 죽으면 쉬도록 하여라'라고 하던 백거이의 탄성이 나를 겨냥해 크게 울린다. '그래 그렇게 누워 쉬자'고 생각하니 누워 있는 심신이 말할 수 없이 편안해진다. 죽음이 이런 거라면 나쁘지 않다는 생각이다. 나는 밤마다 릴케의 '완전한 죽음을 끌어안고 깊은 잠에 드는 것뿐'이라는 그 깊은 잠을 꿈꾼다.

인사동 거리를 지나다 '참! 그들은 죽었지'란 생각이 문득 들 때,

아직 살아 있는 내 자신이 신기하게 느껴지며 진공상태에 떠 있는 존재처럼 여겨질 때가 많다.

엘미러의 우들론 공동묘지를 찾아가 마크 트웨인의 무덤 앞에 섰을 때도 같은 심정이었다. 덩그러니 큰 집에 혼자 남겨져 천착한 것은 오직 죽음뿐. 그의 유고집『불가사의한 이방인 NO.44』에서 그의 사생관을 엿볼 수 있다.

이방인이 시계를 거꾸로 돌리자 이미 치렀던 장례식을 다시 치르고 영구차와 장례 행렬은 엄숙한 분위기로 후진하고… 파라오, 다윗과 골리앗 등 셀 수 없이 많은 왕들이 지나갔다. 죽은 자들이 떼를 지어 지나는 데는 몇 시간이나 걸렸다. '그들의 뼈에서 나는 덜커덕 소리 때문에 얼마나 귀가 멍해졌던지, 우리는 자신의 생각마저도 거의 할 수가 없었다. 그때 NO.44가 손을 한번 휘젓자 우리는 어느새 텅 비고 소리도 없는 세계에 서 있었다'고 마크 트웨인은 말한다.

나는 바위에 걸터앉아 이 장면을 떠올리며 잠시 눈을 감았다가 떴다. 일념一念이 무량겁인 듯했다. 텅 비고 소리도 없는 세계에 잠겨 있었다. 그리고 무량겁도 한순간인 듯했다. 그때 NO.44가 인쇄소 직공인 아우구스트에게 일러준 말이 떠올랐다.

> 인생 그 자체는 하나의 환상적이고 한바탕 꿈일 뿐이야
>
> 존재하는 것은 아무것도 없어. 모든 것은 꿈이지.

하느님과 인간, 이 세상, 태양과 달, 수많은 별들.

이 모든 것들이 하나의 꿈이야. 꿈이고 말고. 그것들은 존재하지 않아.

텅 빈 공간과 너를 제외하고는 존재하는 것은 아무것도 없어.

마크 트웨인이 설파한 '인생' 그것은 '아무것도 없는 텅 빈 공간'.

거기에 막이 오르면 사뮈엘 베케트의 극중 인물이 나타나 '고도'를 기다린다. 그는 언제 오는가?『고도를 기다리며』에서처럼 인간의 기다림이란 텅 비어 있는 무대의 시간뿐. '아무도 이곳에 온 일이 없고, 아무도 여기를 떠나지 않았으며 아무런 일도 일어나지 않았다'고 작가는 말한다. 왜냐하면 와도 온 바가 없고, 간다고 해도 갈 바가 없기 때문이다. 일찍이 태어난 적도 없고 죽은 적도 없다는 것을 예이츠는 그의 시집『탑』에서 '죽음과 삶은 본래 존재하지 않았다'고 말한다. 무덤이 즐비한 사자死者들의 공간, 텅 비어 있는 무대의 시간뿐, 그들을 생각하며 나는 잠시 내 존재를 생각했다.

'인생은 어차피 환幻, 끝내는 공과 무로 돌아가리'라던 도연명의 얼굴이 다시 여기에 겹쳐왔다. 이들의 무덤 앞에 서면 내 영혼에 불이 켜진 듯 눈앞이 환해졌다. 태어나지도 죽지도 않았다는 불생불멸不生不滅의 도리를 소동파는「석벽부」에서 좀 더 쉽고 간명한 언어로 풀이한다.

그대는 저 물과 달을 아는가?

흘러가는 것은 이와 같다지만 그러나 일찍이 가는 것만이 아닌 것을, 차고 기움盈虛이 저와 같으나, 마침내 소장消長할 수 없음이라.

물은 흐르되 다 흘러가버린 적이 없고, 달은 만월이 되거나 기울어 초승달이 되어도 달은 끝내 없어지거나 사라지지 않는다. 영허소장은 현상계의 작용일 뿐, 본체는 변하지 않는다는 것. 우리의 생사 또한 이와 같아서 생로병사라는 현상계의 작용을 거칠 뿐 그 본체는 변하거나 없어지지 않는다는 설리說理로써 그는 우리를 위로한다. 소동파기념관에서 「적벽부」를 다시 볼 수 있었던 것도 큰 기쁨이었다.

릴케는 '현상과 본체'를 다른 말로 표현한다.

"존재하라. 그리고 동시에 비존재의 조건을 알라."

존재와 비존재, 그것은 현상과 본체의 다른 이름이며 『반야심경』의 물질이 공色卽是空이며 공空이 물질인 것과 다를 바 없다.

"비존재의 조건을 알 때, 인간은 자유로워진다. 그것은 성숙한 존재가 되었기 때문이다."

「두이노의 비가」에서 릴케가 죽음을 묘파한 대목이다.

"성숙한 인간은 무르익은 과일이 나무에서 떨어지듯 죽음에 대한 원한이 없다. 죽음은 완전한 죽음을 끌어안고 깊은 잠에 드는 것뿐이다." 죽음은 인간 밖에 있는 것이 아니라 인간 안에 있으며, 인간 삶의 핵심이며 진주처럼 인생을 빛나게 하는 것 역시 '죽음'이라고 말한다.

때가 되면 무르익은 과일이 나무에서 떨어지듯 그렇게 죽음을 수용하기란 사실 쉽지 않다. 릴케도 '성숙한 인간'에 한정하고 있다. 릴케보다 두 해 늦게 태어난 헤세도 존재와 비존재를 터득한 때문인지 만년에 그의 죽음도 평안했다.

> 사랑하는 형제인 죽음이여! 오라. 나는 여기에 있다.
> 와서 나를 잡아라. 나는 너의 것이다.

헤밍웨이 또한 헤세처럼 죽음더러 어서 오라고 손짓한다.

고기 한 마리 잡지 못하고 84일을 바다에서 헤매는 늙은 어부, 산티아고는 밤과 낮이 바뀌는 동안 삶과 죽음의 투쟁을 계속한다.

'네가 날 죽이고 있구나. 고기야'라고 노인은 생각했다. 하지만 너는 나를 죽일 권리가 있어. 난 여태까지 너처럼 거대하고 아름답고, 태연하고 고결한 존재를 보지 못했단다.

"내 형제야. 이리 와서 날 죽이렴. 누가 죽이고 누가 죽던 난 상관하지 않으마."

그는 바다에서 혼자 하늘과 바다와 대화를 나누며 자연과 하나가 되는 합일을 경험한다. 자연의 요구에 몰두하지 않는다면 결국은 '삶을 속이게 되는 것'이라던 헤세의 말이 떠오른다.

"우리가 사는 것은 죽음을 두려워하다가 끝내는 죽음을 사랑하게 되기 위해서"라던 그의 말을 이따금씩 반추하게 된다. 어떻게 하면 헤세처럼 죽음을 사랑하게 될 수 있을까.

중국인답게 순천관順天觀을 가진 임어당은 "인생에는 선善도 없고 악惡도 없다. 계절에 따르면 모두 다 선善이다. 자연(사계절)에 순응하며 살아간다면 '인생은 한 편의 시'처럼 살 수 있다"는 것이다. 이런 의미에서 그는 셰익스피어를 '대자연과도 같은 이'라고 극찬해 마지않았다.

"셰익스피어는 인생을 널리 있는 그대로 보았다. 그는 대자연 그 자체와 같았다. 그는 그저 살았고 인생을 보았고 그리고 죽은 것에 지나지 않았다."

여기에다 임어당을 대입해본다. 그리고 그가 좋아하던 소동파와 도연명도 대입해본다. 그들은 하나같이 모두 대자연 그 자체와 같았던 사람들이다. 그들은 그저 살았고 인생을 널리, 있는 대로 바라보았으며 그리고 죽은 것에 지나지 않았다. 그리하여 그들의 삶과 죽음은 일출과 일몰처럼 다만 보통 있는 일에 지나지 않았던 것이다. 달관의 경지가 아니고서는 어찌 흉내라도 내겠는가.

몽테뉴도 자연을 따르라고 충고한다.

"당신이 이 세상에 들어온 것같이 이 세상을 빠져나가라. 당신이 생각도 두려움도 없이 죽음에서 삶으로 건너온 것과 동일하게 이번에는 삶에서 죽음으로 건너가라. 당신의 죽음은 우주 질서의 여러 부품 중 하나다. 이 세상의 생명의 한 부분이다"라고 일러준다. 철저하게 죽음에 대비하자던 스토아철학에 경도되었던 몽테뉴가 죽음과 고통 따위는 자연에 맡기고 즐겁게 살자는 에피큐리언이 된다. 그는 감각적 쾌락에서조차 정신을 개입시켜 쾌락이 전인적全人的인 것이 되기를 바랐다. 현재를 즐기되 집착 없는 이 경지를 몽테뉴는 '완성'이라는 말로 표현했고 예이츠는 그것을 '존재의 통일'로 표현했다.

보르도의 '아키텐박물관'에 있는 몽테뉴의 묘소를 찾았다. 침상 위에 토기로 빚은 키 작은 한 남자가 누워 있었다.

"죽음은 그대가 살아 있을 때나 죽었을 때나 그대에게 관여하지 않는다. 살아 있을 때는 그대들 생존해 있으므로. 죽었을 때에는 벌써 세상에 없으므로.

그대가 남겨놓고 가는 시간은 그대가 출생하기 전과 마찬가지로 본래 그대의 것이 아니었다. 그 둘 다 그대의 것이 아니다."

동양의 현자와도 같은 이 사람의 무덤 앞에 서니 또 내 영혼에 불이 켜진다. '둘 다 그대의 것이 아니기 때문'을 낮게 그러나 힘주어 되뇌고 있었다.

이들의 정신이 도달한 마지막 정점을 향해 내 눈높이를 따라가는 행위는 바로 그들의 영혼과 만나 내 영혼에 불을 켜는 일에 다름 아니었다.

태어날 때, 성현聖賢의 언행을 본받고 하늘에다 지식을 쌓는다는 산천대축山天大畜 괘를 본괘로 그리고 일시日時에 귀문鬼門관살을 타고난 때문일까. 좀 더 가까이 무덤 앞에 다가가 그들의 체취를 느껴보고 싶었고 그들의 사생관을 알고 싶었다. 그리고 데인 상처처럼 쓰라린 약자의 인생을 다룬 문학 말고는 다른 것에는 관심이 덜했다.

인생은 쓸 데 없는 노고勞苦라는 허무의식과 도로徒勞라는 생각을 내게 일찍이 심어주었던 가와바타 야스나리를 찾아가는 날은 종일 비가 내렸다.

"죽음의 직접적인 원인을 볼 수 있는 죽음은 싫다. 그러나 죽음의 원인이라는 것은 그 사람의 전 생애라고도 할 수 있다"는 가와바타 야스나리. 가마쿠라 묘지를 찾아가던 날의 암울하던 심정, 온 산에 까마귀 떼가 시야를 어지럽혔다. 그의 작중 인물도 대부분 자살로 끝난다. 가와바타는 '작품 쓰는 일은 자기 내부에서 허무의식이라고 하는 독을 제거하는 것'이라고 말했다. 그러나 그는 허무를 짊고 그것을 넘어서지는 못했다.

허무야. 너는 너 자체를 깨물어 죽여라!

공초 오상순은 「허무 혼의 선언」에서 이같이 선언한다. 동인지 〈폐허〉를 창간하며 '허무'와 대결한다. 온갖 유위有爲 무위無爲의 차별상을 적멸의 세계에 넣고 그 일체상一切相을 무無로 환원시킨다. 끝내는 허무가 허무 자체를 교살絞殺하는 절대 허무의 세계와 만난다. 참구하던 의심은 타파되고 실체 없음을 깨달아 마친 공초空超 선생.

육신이란 연기緣起에 의한 환형幻形, 그 공空을 아셨기에 그분은 어디에도 머무르지 아니하고 다만 '흐름 위에 보금자리 친 나의 혼'이었다.

세월의 풍화로 무덤의 형태조차도 애매한 그분의 묘소 앞에 섰다.

"자유가 나의 일생을 구속하였구나!"

그분의 마지막 육성이 들려왔다. 무소유, 무정처無定處로 평생을 그토록 구가하던 자유가 당신의 일생을 구속하였다니? 실로 마지막 순간까지 계속된 자기 점검點檢의 확인 같은 게 아니었을까?

본래 무아無我인데 어느 자리에 속박과 자유가 따라붙겠는가? 넌지시 그걸 우리에게 알리기 위해 던진 한마디의 의미 있는 물음으로 되돌아왔다. 추색이 완연한 선생의 유택 앞에 서니 그분의 낮은 음성이 내 가슴 위로 울려왔다.

나는 밤마다 죽음의 세계를 향하는 마음으로 자리를 깐다.
다음 날 다시 눈을 뜨면 나의 생은 온통 기쁨과 감사, 감격으로
가득하다.

그때 까닭모를 감사와 감격의 물결이 좁은 내 가슴속 골을 타고 뜨겁게 흘러내렸다. 주야와 생사生死가 번갈아 갈마드는데 다시 눈을 뜨면 그것으로 '너의 생은 감격일지니 그렇게 살아라' 하는 말씀으로 들려왔다. 나는 두 손을 모으고 밀레의 그림 속 풍경이 되었다. 해는 지려는데 움직이려고 하지 않는 말처럼 그런 육신을 이끌고 예까지 왔다. 이제 여름이 종언을 향해 서서히 눈을 감듯, 나도 그렇게 쉬고 싶다.

'삶과 죽음에 싸늘한 시선을 던져라. 말 탄 자여, 지나가라'던 예이츠. '하늘을 본받고 나를 버린다'는 나츠메 소세키의 '칙천거사則天去私'를 내 가슴에 담는다. 이들 위대한 영혼과의 만남, 이것만으로도 고단한 내 이번 삶은 충분히 의미 있었다. 여행길에 동행이 되어 묘지를 찾아주고 사진을 찍어준 남편에게 감사한 마음을 전한다.

2011년 7월 관여재에서 맹난자

'북인수필선'을 출간하며

수필은 인간의 마음을 위로하고 영혼을 정화한다. 한국만의 독특한 문학 장르인 수필은 작가정신에 힘입어, 문학의 대표 장르로 진화하고 있다. 과거 교훈적이며 계몽 일변도인 작품 세계에서 벗어나 더욱 현실적이고 작가의 개성이 돋보이는 문학작품으로 독자와 더 가까워지고 있다. 이는 수필 2,3세대 작가들의 노력의 성과이다. 이에 도서출판 북인에서는 '북인수필선'을 선보인다.

'북인수필선'에서는 좋은 작가들의 훌륭한 작품들을 모셔와 수필의 역사를 새롭게 정리할 것이다. 수필의 문턱에서 서성이는 작가지망생과 자신의 목표를 위해 집필을 게을리하지 않는 작가들을 위해 조금이나마 보탬이 되었으면 한다.

이런 사명감으로 시작된 '북인수필선'은 다음의 세 가지 원칙을 준수한다. 등단은 20년 이상이고, 개인 수필집을 세 권 이상 출간한 작가라야 한다. 이 두 가지 조건이 충족되었어도 선정위원들의 심사를 거쳐야 한다. 일 년에 몇 권을 출판하겠다는 목적을 따로 두지 않았으므로 성과는 다를 것이라고 기대한다. '북인수필선'은 앞으로도 수준 높은 수필선집 출간을 위해 충분한 시간을 갖고 작가와 작품 선정에 최선을 다할 것이다.

북인수필선 선정위원회

북인수필선 2

까마귀

지은이_ 맹난자
펴낸이_ 조현석
펴낸곳_ 북인
디자인_ 푸른영토

1판 1쇄_ 2021년 04월 09일

출판등록번호_ 313 - 2004 - 000111
주소_ 121 - 842 서울 마포구 서교동 467 - 4, 301호
전화_ 02 - 323 - 7767
팩스_ 02 - 323 - 7845

ISBN 979-11-6512-027-6 03810

책값은 뒤표지에 있습니다.
저자와 협의 아래 인지를 생략합니다.